在我头顶的星辰

李浩 著

江苏凤凰文艺出版社
JIANGSU PHOENIX LITERATURE AND
ART PUBLISHING, LTD

目　录

《变形记》，和文学问题 001

布鲁诺·舒尔茨：忐忑的鼹鼠与魔法师 034

攀援到树上的“那个个人” 049

流亡者的语词
——关于切斯瓦夫·米沃什 072

撬开历史的褶皱
——格拉斯笔下的二战与德国 095

谁是亨伯特？
——生活、虚构与共感力：从《洛丽塔》谈开去 112

胡安·鲁尔福 122

玄思，或博尔赫斯的可能 144

《百年孤独》与文学可能 157

海明威，《白象似的群山》 174

被放大的挣扎：在两难中的选择 208

在文字中建立的城市 227

诗与叙事：片面的随想 241

被塑造的父亲 256

在文学中出现的时间 269

《鹰溪桥上》："强大的虚构产生真实" 293

声与色 308

代跋：经典小说，经典文学 324

《变形记》，和文学问题

“一天早晨，格里高尔·萨姆沙从一个令人不安的睡梦中醒来，发现自己躺在床上变成了一只巨大的甲虫。他仰卧着，坚硬的铁甲一样的背紧贴着床……”是的，卡夫卡，《变形记》，小说的开始。在这个小说的开始，卡夫卡就用一种令人不安的方式告知我们，他所说的“不是真的”，不是真实发生，在这里，小说早早地就溢出了我们的日常和科学，而进入到一个相对陌生的境地。格里高尔，一个小职员，在骤然之间就变成了甲虫，可他，和现实世界和自己家人的联系还在，和旧有生活里的倦惫、向往、恐惧、麻木的联系还在。这个在纳博科夫看来缺少翅膀却多出了眼帘的巨大甲虫，带着仿生学意味的肉身和小职员的旧灵魂，进入到一个梦幻的、陌生的世界中，这个世界，属于创造。

我想我们必须申明，小说中的世界属于作家的创造，这是第一个需要重申的常识。尽管，它可能会用到诸多来自于我们生存的这个世界的原材料。尽管，它可能会，有诸多仿生学上的处理，让它有某种的逼真感，“像”生活。尽管，它可能最终涉及到我们在日常生活中的难题，一难或者两难三难，并将它安置于隐秘的核心……但我想我们必须清楚，小说要处理的往往并不是已有的发生，而是发生的可能。这种可能，属于想象，属于作家独特的建造。的确，一个小职员一觉醒来便变成了甲虫，这不会是真的，我们从来没有在新闻纸上读到这样的范例，除非是在愚人节——可在小说的天地里，它却可以毫无理由地成为前提，白纸黑字。在这点上，作家确实像纳博科夫所认为的“魔法师”，他创造出语言，人物，行动，曲折和故事，创造出一个能够自成一体的天地——

自成一体的天地。在伟大的小说家那里，伟大的诗人那里，包括伟大的艺术家那里，再造一个自成一体的世界完全是一种自觉，是艺术最珍贵的诉求之一。它们不仅要和我们的现实世界相区别，还要与其他作家其他艺术门类相区别。文学和艺术，自古就是造山运动而非爬山运动，这点需要明确。自成一体的天地，具有强烈的个人标识，带有从艺者的气息，梦想、思考和幻觉，是用属于自我的眼光完成对“世界”的勾勒、再造——随着格里高尔·萨姆沙的变形，一个区别于日常的陌生世界向我们展开，在这里，我们要和格里高尔·萨姆沙一起面对陌生和它的后果，面对，在父母、妹妹和女仆眼中已经“变形”的自己。从一个令人不安的梦中醒来，格里高尔所见的世界似乎一切如旧，阳光照常升起，可谁能知道在他身上的天翻地覆？卡夫卡知道。卡夫卡通过再造的世界，给我们提供了一条新路径。

在卡尔维诺建构的世界里，它竟然，提供一种独特的轻逸，有强烈的童话感：某个人，梅达尔多，可能被炸弹或者什么分成两半儿，一半儿善良，一半儿邪恶，“心怀恶意的人没有一个月夜不是恶念丛生，像一窝毒蛇盘绕于心间；而心地慈善的人，也不会不产生出放弃私念和向他人奉献的心愿，像百合花一样开放在心头。”——分成的两半儿一个行善一个作恶，他们把这个本来就混乱而可怕的世界搞得更为混乱，最终，这两个半身人会得以重新缝合，变成一个，“也许我们可望子爵重归完整之后，开辟一个奇迹般的幸福时代，但是很明显，仅仅一个完整的子爵不足以使全世界变得完整。”在卡尔维诺的世界里，罪恶、杀伐、意识形态征战、生死都跟着轻逸起来，他有一双上帝之眼，那些似乎大得不得了的事件在他眼里就像争斗中的蚂蚁，虽然，上帝于它们有无限的同情。那样不同：在普鲁斯特的世界里，一切杯水的波澜都大得不得了，一切贴浸于旧时光里的细微和片断都值得停下来，品味与缅怀，在少女们身边的分分秒秒都可以继续分割，有滋有味。那样不同：博尔赫斯完全忽略掉在普鲁斯特的世界里的提供，不留一件，你甭想在博尔赫斯的文字中寻找和普鲁斯特同质的绵密，细微，涌满，他所做的是倾空，腾出的空间为玄学和思辨安置了居所，他提供的，是另外一种忖思和怀疑的美妙世界。陀斯妥耶夫斯基的世界众声喧哗，多声部并行，其中的人物个个真理在握，有人敲击你的左耳也有人敲击你的右耳，还有人，用他的喧响同时敲击你的两只耳朵；玛格丽特·杜拉斯，她专注于一个声部，用舒缓、低沉的大提琴演奏，停滞，滑断，时而有骤然的锐响……布鲁诺·舒尔茨，在《鳄鱼街》上建起一座用沙漏做招牌的疗养院，你一旦推开这条街上肉桂色铺子的门，就会明显感觉，你进入到一座“恐怖博物馆”（余华语），在这个被华美的褐色花纹衬起的世界里你必须小心翼翼，然而恐怖还是会从不经意中浸入你的心……在贝克特那里，人被荒谬严重地囚禁，那个戈多注定永远不会到来，荒谬简直是缠绕在你腿上的绳索；而君特·格拉斯那里，在萨尔曼·拉什迪那里，小说有了“复眼”，它不只是对一个个人命运的追踪，还有诸多的光照见特定时代的特定生活与特定事件，一个个的小眼将它们收摄入小说中，让小说变得从未有过的立体和丰富，从未有过的繁芜与多歧——可以说，每个作家再造的世界都是不同的，有显见区别的，你完全能从一千万个

“众人”当中将他们轻易地辨认出来，即使蒙住各自的名字。如果你根本无意识在写作中建造属于自我的世界，那你可以是成功的通俗作家，但也肯定算不得优秀的通俗作家；而如果不幸你的写作不属于通俗类，那你或许能在这个平庸的时代获得某些不相称的声名，但距离优秀则相去甚远。

有无再造新世界的意识，有无再造新世界的能力，在我看来是一个优秀作家和小作家的区别，其间有一条本质性的鸿沟。

豪尔赫·路易斯·博尔赫斯，他写过一篇名为《创造者》的小说，他说，从前，有个野心勃勃的创造者，他想要按照真实的比例，画一张世界地图。他画下了山川、河流、树木、房屋、河流边上的牛羊和生长的青草……总之，他画下了这个世界上存在的一切，所有一切都被缩小到他的这张地图中。他用尽了毕生的精力。而等他将这张地图画完时，他突然惊讶地发现，他画下的，是自己的那张脸。在这篇小说中，伟大的博尔赫斯强调了文学（艺术创作）的主要要素：野心，真实，毕生精力，创造，世界，自己的脸。自己的脸，博尔赫斯的意思或许是，你要给自己的创造打上鲜明的自我印迹。或许是，你要，在你的创造中建构起能呈现自我面目的独特世界。

由《变形记》始，卡夫卡渐渐完成他被米兰·昆德拉命名为“卡夫卡式”的小说世界，在这个小说世界里，权力有着无边无际迷宫的意味，物化、僵板的案卷代表了真实的现实，而人的肉体存在变成投在世界屏幕上的阴影，惩罚找到“罪恶”，逻辑开始它的反向运转并坚定地实施，能够引发笑声的幽默在这里却蔓生出恐惧……“卡夫卡式代表了人和他的世界的一种基本可能性，一种并非历史决定的却或多或少是永远地伴随着人的可能性。”（米兰·昆德拉《某处之后》）“卡夫卡的伟大在于已经懂得创造一个与现实世界相统一的神话世界。”（本杰·夏洛蒂《论无边的现实主义》）

是的，可能性，这是一个需要认真对待的词，小说的世界，建筑于这个“可能性”之上，而不是已有的、存在的现实之上，它也需要申明。我们有意无意的混淆已经旷日持久。

……

再提一个“可能”，我忘了是谁说的，他说，所谓文学史，本质上应当是，“文学可能史。”

为了强调，我再重复一遍：文学史，本质上是文学的可能史。

第三次：文学史，本质上应当是文学的可能史。

我承认它属于某种“片面深刻”，而这份片面中，却包含着巨大的卓见。它对文学创见的强调近于苛刻，但反观我们的文学史，与之对照，会发现，那些在文学史上存留下的伟大篇章，确也符合这一标准——它们，为文学的样式和思考提供了新的可能。

文学创作，就应当从未有出发，展示给我们一个新天地，一种新可能，进而，是一个新世界。值得反复强调的是拓展和陌生，尽管，根植和真实也同样值得强调——于我们而言，于我们的写作而言，阅读而言，拓展和陌生化一直是更为稀弱的。我们被束缚得久矣，在自觉和不自觉中，我们团缩，固守，僵化，并从中生出自以为是……如同里尔克笔下那只被关在笼子里的豹，日复一日在铁栏的局限中徘徊，以至于，我们以为在这个铁栏之外没有世界。我们应当还能记得，上个世纪80年代人们面对一些西方文学作品发出的惊讶：原来文学还可以这样，原来小说还可以这样写！

不只是一个人发出如此的惊叹。

文学当然可以这样，而且，很可能，文学本就应这样。

文学，当然应当是前人经验的某种综合，但止于此，也是不够的。轻视已有经验，完全在一种经验归零的地界上发展自我是难以想象的，尤其是在今天，我们的文学疆域已经拓展得如此广阔的今天，越来越强调智识和积淀的今天。毫无疑问，文学创作越来越像是一门科学，或者说，它本身就具备某种"科学"的性质，只是这一点长久地被忽略，我们强调着现实和生活，强调着才情（它当然异常重要，可它，随着人类智慧和文学的前行，也越来越不可恃。），强调非关书也……王国维早就有过警告，不多读书、多穷理就无以达到极致——文学，是重视“极致”的艺术。是的，有了前人经验，有了摹写能力，成为某某第二是不够的，在一篇关于博尔赫斯的文字中我说过：“小说，真正意义上的小说，是一种偏见或偏执的艺术，它应当也必须从一种习见的、俗套的、平庸的旧路上叉开去，独自发展和寻求新的可能性，它是对未有的一种补充，是对小说疆域的个人拓展。哈罗德·布鲁姆在他《影响的焦虑》一书中曾发出这样的警示，‘我和维柯一样坚信：具有预见性是每一个强者诗人不可或缺的条件。缺少了这一点，他就会沦为一个渺小的迟来者。’”

因为预见——在某种意味上来讲，所有的小说、所有的文学都是也必须是先锋性的，因为它强调着预见和开拓，强调着对“未有”的补充，强调着冒犯和冒险，强调着，创造一个独立的、陌生的新世界……先锋，从来都不是姿态性的，不是表演性的，而是源自于一个强者诗人的内在艺术诉求。在我们国度，依旧有许多人把上世纪80年代的“先锋文学实验”看做是一段被总结过了的文化遗产，是一种简单的形式实验或形式模仿，可以束之高阁了，可以从“怎么写”转向，把重心放在“写什么”上了……这种显见的谬识竟然在一些所谓先锋作家那里也得到呼应，他们把自我妥协看成是“回到文学本身”——不可否认，上世纪80年代的先锋文学在形式和内容的探寻上并不同步，它的确是由部分的模仿开始的，有些未能消化得生硬……但把先锋性、实验性从文学创作中剔除，本质上即是把文学根本地剔除，“他就会沦为一个渺小的迟来者。”

（当然，必须强调，这里的“预见”并不意味是对未来审美趣味的投机，绝对不是，这里的“预见”更多的是，摆脱影响焦虑，对未有的路径提供崭新可能。这种可能，很可能在我们惯常的想象之外，理解之外，甚至是审美之外。）

由此，米兰·昆德拉才那样强调，“小说唯一存在的理由是去发现唯有小说才能发现的东西。一部不去发现迄今为止尚未为人所知的存在的构成的小说是不道德的，发现是小说唯一的道德。”（《被遗忘的塞万提斯的遗产》）他还谈到小说的死亡，他认为，小说的死亡并不是它消失不见了，而是它从小说“发现”的历史中脱落开去——“在俄国，难道不是有成百上千的小说大批量地出版并被广泛阅读么？当然是这样，但是这些小说没有发现存在新的片断，它们仅仅是证实那些已经被说过了的东西。更有甚者，在证实每个人说的（每个人必须说的）那些东西时，它们达到了其目的，保持了其光荣，发挥了对那个社会的功用。由于什么也没有发现，它们没有能够加入到发现的序列中来，而对于我来说，正是这个序列构成了小说的历史。它们使自己置于这个历史之外，或者，如果你愿意的话，它们是跟在小说史后面的小说。”在我们这个时代里，难道，不是有成百上千的小说大批量地出版并被阅读么？可我和我的同行所见的多是，它们没有提供任何新质的思考，仅仅是证实（甚至是一种虚假的、自己也不相信的）那些已经被说过的东西。而在诸多批评家那里，那些已被社会学、哲学、政治学、心理学说过一千次一万次的浅层知识乃至早已被证伪的浅层知识竟然“无比深刻”，他们乐道于自己在小说中文学中找到那些无比深刻的旧识，好让自己真理在握……“它的死静静地发生，没人注意，没有谁为之义愤填膺。”（米兰·昆德拉《被遗忘的塞万提斯的遗产》）

没有谁为之义愤填膺。它，显得可笑，不合时宜。

格里高尔变成了甲虫。他进入到一个全然陌生的境遇里，仿佛，是一场可怕的梦境。它的确具备梦魇的意味，以至让最初读到《变形记》的阅读者和格里高尔一样感觉不适。我们是有过童话和神话，之前还有过几部《变形记》，可随着现实主义和科学理性的强劲，人们给文学重新划定了限度，这个限度不被跨越，不便跨越，于是，卡夫卡便让格里高尔的变形成为了一种溢出，一种冒犯，越过了已有的经验。现在，我们当然可以也有权力嘲笑卡夫卡最初阐释者马克斯·布罗德过于简单化的误读，可以也有权力嘲笑那些把卡夫卡的小说当作神学和预言的种种误读，但，且慢，我是否可以这样理解，马克斯·布罗德其实并不像他所说出的那样理解卡夫卡，但他如此做，部分地，是做出了某种的妥协与适应，将它转换成众人可以理解、能够领会的庸常陈词，由此，它才获得了阅读，进而得到更进一步的阐释？

一部伟大的书，伟大的创见，必须在一种庸常陈词的广告下兜售，让它显得庸常，老少咸宜，不得不说是人类的悲哀，持久却固执的悲哀。

现实主义。在很长一段时间里我们将这个词狭窄化，无视它原有的无边性，而一步步减少它本有的外延，将它固化为陷阱和牢笼。当然，我们把诸多的词，诸如思想，形象，故事，真实，政治，典型人物……都一一僵化和固化，消耗尽它们的活力，向其中注入石灰和水泥，呆板得可怜、可笑、教条和让人恐惧。在我们这里，在我们的文学和其批评之中，这种僵化固化的倾向尤甚。

将原有倾空，重新注入，于我们的文学和文学批评其实更显重要和迫切。

把卡夫卡纳入现实主义大约不谬，因为在他的小说中有非常强烈的现实感，甚至对后世生活的预言性；把卡夫卡移出现实主义也大约不谬，因为，由他开始，“卡夫卡的世界与任何人所经历的世界都不像，它是人的世界的一个极端的实现的可能。”

在卡夫卡那里，“强大的虚构产生了真实。”

回到《变形记》。格里高尔·萨姆沙从那个令人不安的睡梦中醒来，他所思考和打量的是什么？“我怎么单单挑上这么一个累人的差使呢？长年累月地到处奔波，比坐办公室辛苦多了。再加上还有经常出门的烦恼，担心各次火车的倒换，不定时而且低劣的饮食……”“‘起床这么早，’他想，‘会使人变傻的。人是需要睡觉的。别的推销员生活得像贵妇人。比如，我有一天上午赶回旅馆登记取回定货单时，别的人才坐下来吃早餐。我若是跟我的老板也来这一手，准定当场就给开除。’”……而接下来，在经历一段饶舌的、有着小小哀怨的、自言自语式的言说之后，那种职业感开始发挥其潜在作用，他唯一关心的是：在这种新情况下，如何按时赶到办公室。是的，他对自己的处境多少少些敏感，而对那种来自现实的秩序和规则却感触强烈，不敢越矩（如果我们读过全文，会发现，自始至终，这个变成甲虫、已和我们“不是一个人类”的推销员从未有过越矩的念头，这种想法始终在他的理解之外，他所面对的，就是一个“服从的世界”。）。这和我们的现实又何其相似！这与我们面对的真实世界又何其相似！卡夫卡，用一种非现实的方式达到了真实，他，抓住了潜藏于我们的生活中却极为重要的支点。这份真实，较之那种表象化的现实更为真切，有力。

不止于此。卡夫卡从惯常的小说方式中游弋出去，走向陡峭，让格里高尔·萨姆沙获得变形，在我看来，还有另一层的深意。在他这里，“变形”并非仅仅是出于摆脱影响焦虑、让自己显得不同的考虑，还有更为重要的一点，就是，通过变形，更真切地展示在我们习以为常、司空见惯之中不审不查的某些细微，将它放大。在这篇《变形记》里，它更深切的真实性在于，卡夫卡敏感或者说超敏感地捕捉到了在我们亲情掩映下的那部分隐秘，对它进行开掘，将那些微点放置于显微镜下——被放大的真实会骤然显得触目，惊心。有人说作家是人类的神经末梢，针对于卡夫卡，针对于这篇《变形记》，确是如此。

我们怎样看待父爱，母爱，兄妹之爱？在小说中，尤其是我们国度的小说、散文中，我想我们见惯了含辛茹苦、甘于牺牲，以及加诸于其上的伟大、无私、崇高……仿若那种爱里一尘不染，仿若那种爱，不允许有丝毫疑虑。而卡夫卡所做的是，在这篇令人不安的小说中所做的是，将掩藏于这些大词圣词后面的一丝杂质，专心地挑拣出来，切成断面，放置于显微镜下——格里高尔的变形充当了显微镜的功用，只有此，只有从人变成“非人”，既保持亲密又拓展了距离，那些在日常中被有意无意掩藏起的细微才能得以如此强烈地显现。虽然这个小小推销员有意一叶障目，让自己的怀疑和审视谨慎地收回，但侵入蚌肌体中的沙砾还是硬硬地得到彰显。父亲是坚固的，他用“保护全家”的姿态拒绝这个变成甲虫的儿子，母亲有些做作的瘫倒和不住地咳，而原来还照顾这只甲虫的妹妹，在“仁至义尽”之后，用一种激烈的语调向她父母提议，我们一定要把他弄走，“他会把你们拖垮的，我知道准会这样。咱们三个人已经拼了命工作，再也受不了家里这样的折磨了。至少我是再也无法忍受了。”说到这里，格里高尔的妹妹适时地痛哭起来……而这时，老人还要继续装模作样，“不过我们该怎么办呢？”如果我们细心，我们会注意到，真正爱着这个家庭、尽力付出的恰是最终被抛弃被扫出的格里高尔，当他的价值已经榨尽之后；我们会注意到，那种在亲情里的虚伪，一直在着，不工作的父亲，耽于音乐和幻想的妹妹（她何曾不现实！），还有母亲，他们都有自私和欺骗，其实，一直在悄悄榨取……小说的最后一节是轻逸的，平静的，一家人的生活“恢复”了亮色，而这亮色，是一只甲虫的消失，一个人的消失。

有时，我想我们不得不承认，卡夫卡的变形，甚至比我们专注描摹的生活来得更加真实，也更加触目。“他的作品表现了他对世界的态度。它既不是对世界原封不动地模仿，也不是乌托邦式幻想。它既不想解释世界，也不想改变世界。它暗示世界的缺陷并呼吁超越这个世界。”（本杰·夏洛蒂《论无边的现实主义》）某些曾是卡夫卡小说坚定反对者的批评家最终成为了同样坚定的捍卫者，据说其转变是出于“生活的教育”。我们每日经历的日常也在提供种种的生活教育，而可怕的是，这种教育却使我们的审美趣味趋向单一，麻木，不审不查。是的，如果真的存在“现实主义”这一主义的话，那它也必须是无边性的，任何能为我们的现实世界提供思考参照，提供美妙和细节，提供可能的文学都属于现实主义，如果缺乏提供，不能像卡夫卡这样逼近真实，就不是。有时，我觉得，现实主义更改为“真实主义”也许更好一些，会更有效，更有建设。

我们无法否认，“一切文学作品都是混合体，有幻觉、回忆和行动，有日常谈话读书所获取的情况和材料，还有我们自身生活的片断。”（尤瑟纳尔《默默无闻的人》）——它可以涵盖一切文学，无论它是什么主义，或者没有主义。对一个狭小侧面的强调注定是功利的，片面的，画地为牢的。所有的文学，所有优秀的写作者，都希望通过自己的创造，建构一个和现实和时代和记忆相对应的世界，在那个建构起的世界里，有写作者对我们现实境遇的真实言说。

把生活表象当成现实甚至唯一现实，在取消想象、幻觉的同时也取消着深度，它透露出的是一种固执的人类愚蠢，尤其是对批评家和作家这样的专业从业者而言。所以归属于“现实主义”阵营的纳博科夫才略有尖刻地批评：“说小说模仿生活，既是对小说的侮辱也是对生活的侮辱。”“高水平的读者知道，就书而言，从中寻求真实的生活、真实的人物，以及诸如此类的真实是毫无意义的。一本书中，或人或物或环境的真实完全取决于该书自成一体的天地。一个善于创新的作家总是创造一个充满了新意的天地。如果某个人物或某个事件与那个天地的格局相吻合，我们就会惊喜地体验到艺术真实的快感，不管这个人物或者事件一旦被搬到书评作者、劣等文人笔下的‘真实生活’会显得多么不真实。对于一个天才的作家来说，所谓的真实生活是不存在的：他必须创造一个真实以及它的必然后果。”（《小说讲稿》）而另一位作家，巴尔加斯·略萨，在《真实的谎言》一文中也这样谈及他对现实和虚构的理解：如果说米什莱写的《法国革命史》、普雷斯科特写的《秘鲁征服史》“像小说”，那么这是在嘲讽两部史书，是在影射这两部著作缺乏严肃性。相反地，如果用材料证明《战争与和平》中关于拿破仑所描写的历史错误，恐怕那也是白浪费时间：小说的真实性不取决于这个。那取决于什么呢？取决于小说的说服力，取决于小说想象力的感染力，取决于小说的魔术能力。一切好小说都说真话，一切坏小说都说假话。因为“说真话”对于小说就意味着让读者享受一种梦想，“说假话”意味着没有能力弄虚作假。因此，小说是一种超道德的东西，或更确切地说，是一种独特的道德，对些，真或假就仅仅是美学概念了。“令人失去理智”的艺术，是属于反布莱希特结构的：没有“幻想”就没有小说。

创造一个真实（某种“仿生学”处理是成为作家的必修

课之一，不值得赞赏更不值得强调。）以及它的必然后果，这是小说家要做的。更为重要和严苛的一点我们也必须正视：随着科技进步，摄影、摄像、电脑、电影、电视，在某种意味上来说的确是挤压了小说的部分空间，特别是对生活表象真实的描述上——“无疑留声机将来一定会肃清小说中带有叙述性的对话，而这些对话常是写实主义者引以为荣的。而外在的事变、冒险、情节、场面，这一类全属于电影，小说中也应当舍弃。”（纪德《伪币制造者》）是的，小说，必须在另外的区域伸展它的触角，否则，它就会越来越缺乏存在下去的理由。

……………………

在对《变形记》的阅读中，我发现，即使变成了甲虫，格里高尔·萨姆沙也属于“话多的男人”，他不停地言说，那么饶舌，重复，辩白，譬如在他对前来检查探视的秘书主任所说的那些话：“我立刻穿上衣服，等包好样品就动身。您是否还容许我去呢？您瞧，先生，我并不是冥顽不化的人，我很愿意工作；出差是很辛苦的，但我不出差就活不下去。您上哪儿去呢，先生？去办公室，是吗？我这些情形您能如实地反映上去吗？人总有暂时不能胜任工作的时候，不过这时正需要想起他过去的成绩，而且还要想到以后他又恢复了工作能力的时候，他一定会干得更勤恳更用心。我一心想忠诚地为老板做事，这您也很清楚。何况我还要供养我的父母和妹妹。我现在的情况十分困难，不过我会重新挣脱出来，请您千万不要火上浇油……”那么大段大段的话，在解释情况和原因之外还有对自我生活和处境的理解与辩白——卡夫卡也承认，秘书主任没有把这些话听到耳朵里去，“格里高尔才说头几个字，秘书主任就已经在踉跄后退，只是张着嘴，侧过颤抖的肩膀直勾勾地瞪着他……”他，在寻找逃跑的路径。而格里高尔的妹妹葛蕾特似乎同样如此。它当然不同于18世纪现实主义勃兴期“景物描写”的臃长拉杂，不过，我还是把它看作是之前小说样式的影响，带有蜕变初期未褪尽的壳。后来，我发现不只一个人注意到这点：“卡夫卡笔下的所有人物有一个共同特征——雄辩或者试图雄辩。”（刘恒，《在流放地》点评）“有一个问题是我一直没怎么想清楚的，不太有把握。那就是我读《城堡》中间和后半部分的时候，突然之间发现K这个人物让我很讨厌。这本书的后半部分几乎都是K与其他人物的对话，长篇累牍的对话，无论是K还是其他人物的话都很饶舌，不断重复，不断自我辩白，又不断自我消解……”（吴晓东《从卡夫卡到昆德拉》）

雄辩或试图雄辩，成为卡夫卡小说世界的一种重要的个人标识。弱点和特点的部分，它们混杂在一起。还有人指出，卡夫卡的长篇《城堡》之所以未能最终完成，其重要的原因即是，小说叙事的推力在前面部分已经耗尽，而后面，是对话和思辨的领地，因而显露出推力不足的问题，使阅读和写作都面临着疲惫和困乏。必须承认，此话不无道理。“……艺术会在某处停下，因为人们给它强加了一个界限，让它无法超越，其实它很久之前就到达了界限面前，而且这条界限不能再往后推移。”——黑格尔如此相信。这条界限，是艺术和哲学墙起的界限，在小说中时常是：将思辨的、直接提出和阐释问题的话语从小说中剔除出去，让直觉、情感和故事成为小说的主导，“小说表达的不是思想而是思想的表情。”再进一步，如纳博科夫所宣称，“风格和结构是小说的精华，而深刻的思想不过是一腔废话。”

不过另外的问题是，卡夫卡，包括像狄德罗，米兰·昆德拉，穆齐尔，陀思妥耶夫斯基，托尔斯泰，君特·格拉斯，赫塔·米勒，布洛赫，迈克·弗雷恩，萨特，豪尔赫·路易斯·博尔赫斯，史铁生，甚至赫拉巴尔，《过于喧嚣的孤独》；甚至卡尔维诺，《看不见的城市》；甚至宁肯，《天·藏》……他们，何以“明知故犯”，似乎无视“不能再往后推移”的界限，依然致力将思考的“哲思话语”引入到小说中，是什么样的原因让他们竟然不顾竖立于悬崖处的安全警示，这，应当是一种怎样的热情？难道，这其中，就不存在合理性？

由此，牵出另外一个话题，小说何为，文学何为？

就小说而言，当然是由讲述一个故事开始的，小说家最初担当的便是那种说书人角色，编织一个环环相扣、风生水起、趣味盎然、引人入胜的故事是对说书人的基本要求，唯有此，他才能抓住“听众”，读者。我说的是最初，任何的最初都有它难以避免的简陋，不只文学，艺术，哲学，科学也大体如此——当然，我的意思并非是把环环相扣、风生水起、趣味盎然、引人入胜看成是简陋，低端，绝对不是，我的意思是，说书人角色，是小说得以发展的最初基础，只是，在最初的阶段，媚俗是一种天经地义，是硬道理，在那个时段中，思想根本构不成支撑性的力量。之后，随着认知和科学的发展，我们渐渐远离了“神话”，小说开始有了另一可能：描述一个故事。于是我们有了停滞，有了风景，烟火，有了民族特色，风土人情，有了细节，有了对话。这时有了巴尔扎克，福楼拜，果戈里，屠格涅夫，有了托尔斯泰，有了司汤达和梅里美，萨克雷，《简·爱》……之后，随着某种“现代性”的开启，小说在悄然中发展起它的认知欲求，思考一个故事成为小说的可能——早在描述一个故事的阶段，或者更早，那种思考的恳求其实已经埋入，只是，它们未能得到像后来那样充沛而坚固地剩显而已。《荷马史诗》中，三女神对“献给最美丽的女神”的金苹果的争执以及它的后果已经带有思考和审视，而阿喀琉斯在面对自己命运和境遇时的愤怒、吁叹，“思”性质也更为明显。莎士比亚，在其戏剧中，那种在卡夫卡小说中得到进一步发展的强辩、饶舌已显端倪，《哈姆雷特》的上演甚至派生出由人物命名的“哈姆雷特命题”，存在还是毁灭？是的，这是个问题。在《战争与和平》中（我有时真的怀疑，那些反复提及俄罗斯伟大传统、提及托尔斯泰的人是否认真读过这篇小说，先不要谈什么读懂。），老托尔斯泰在其中埋入了大段大段的思索，在这部伟大的小说里，他试图探寻人与历史的关系，用米兰·昆德拉的话说，他在“跟大人物的意志与理性创造历史的观点进行论战”——小说不再用来至少是不再专门用来讲述引人入胜的故事，它，开始审察人的存在，思考人的存在，追问人的存在。可以说，在各学科之间进一步细分、世界越来越丧失它的整体性的今天，把“思”引入小说是某种重新整合渐渐分化的世界的一种尝试——数学，物理，化学已不能够，经济学考察的项目可以全然不顾社会伦理诉求，曾是统一性、整体性的哲学在现代进程中也已分化成众多区域，它们之间的距离渐行渐远……在今天，也只有文学还存在那种整合的可能。

进入到“思考一个故事”（当然，这只是小说写作的一个支脉，并非整体或者是什么所谓的主体主流，并且，叙述、描述和思考之间还允许多重地转换，哪怕是在一篇小说之中。），媚俗成为敌人，对流行思想的不思考不反问成为敌人，它，开始有了抵抗，出于故意或者出于本能。小说，渐渐呈现出某种智力博弈的性质，自我的性质，它不再要求阅读者被故事的繁杂所吸引，而是要求，会心。它做出选择，它甘于拒绝一部分读者，而愿意在“无限的少数”中去找寻最能与之契合的理想读者。

我相信，饶舌的卡夫卡知道让人物强辩或多或少会损害故事的流畅，这一越界包含着巨大的冒险——他知道，另外那些前仆后继的作家们也知道。明知故犯当然有它的道理所在。因为，在他们那里，小说有了更为重要和迫切的负载，它为我们的存在呈现可能，使我们需要面对的诸多问题得以凸显，对我们被矫饰、被掩盖和曲解的生活提出警告，教会一个人对另一个个人（注意，是个人。）产生好奇心，去试图理解、体味与自己的真实有所不同的真实，让我们从那些教条的、虚假的、意识形态化的陈词中暂时摆脱，悬置轻易完成的道德判断而进入到选择上两难三难……我想有过创作经验的人都清楚，某些对世界的认知，思索，是无法完全交给人物的行动来完成的，仅仅一个故事性的“行动的世界”并不能概括你对世界认知上的复杂和忐忑，除非你要让它为故事做出牺牲。在取舍的两难中，卡夫卡们大约觉得，那些负载不能轻易割舍。天平的砝码由此而滑向了更有重量的一端。

针对黑格尔的“界限”，皮埃尔·马舍尔的疑虑多少显得忐忑：“这种分割的时代是否已经过时？”（《文学在思考什么》）——而在作家们那里，对这种分割的挑战一直在进行，他们早早付诸于行动。卡夫卡，让他的人物强辩或者试图强辩即是例证，他们的饶舌是有益的，至少使问题成为了问题。我说小说具有对世界的整合能力并不属于一个写作者的自我辩护或盲目夸耀，假如你有丰富的阅读经历尤其是阅读了大量20世纪以来的文学的话，你会发现，在伟大的小说中，整合的不仅是哲学、美学、社会学、政治学知识，还有科学，历史，其他艺术门类的丰厚实践……它向各个分散的领域伸出触角并以艺术和审美的方式将之纳入到一体之中。而且，随着实践，文学的疆域还在不断的扩大。把部分本可属于文学的疆域割舍出去，变成限度，不能，这种割地运动在我看来它多少属于文学上的“卖国主义”，等于是，把自己和文学装入到狭小的笼中。

当然文学中的“哲思话语”并不等同于“哲学”，它们之间有着相当巨大的区别，事实上从没有任何一个作家试图将二者混淆，从未有过。文学中的哲思话语虽然也具备强烈的思辨性质，但它却必须紧贴于叙事和人物，离开故事，离开作家所创造的世界，那些哲思话语的独立性则也随之消解，尤其是充溢于其间的趣味性，多意性。在强调逻辑和理性的哲学体系中，像卡夫卡那样“不断重复，不断自我辩白，又不断自我消解”的话语是不受允许的，它只能存在于文学中，小说中。小说中的哲思话语一直是和不确定性粘合在一起的，是和故事中人物的思考、命运与当时情绪粘合在一起的，而且，我们可以确认，小说家不仅不是任何人的代言人，甚至不是他自己思想的代言人：在卡夫卡那里，K，萨姆沙，流放地的军官，饥饿艺术家，他们对世界和人生的理解有着多么显著的不同！它们完全可能争吵，在每一天，每一个时间里……那种把文学中的“哲思话语”看作是拾哲学之牙慧的看法应是太过简单的误解。

在文学开启它的现代性以来，“思”在文学中的比重已经越来越重，越来越显得不可或缺，即使，在一些把故事讲得丰富多彩、波澜层叠的小说中。在承认了现在小说的复杂、晦涩，阅读不再是一种消遣与享受（我想在一些理想读者那里，享受感依然存在甚至更为强烈。）之后，吴晓东说，“小说的复杂是与世界的复杂相一致的。也正是日渐复杂的现代小说才真正传达了20世纪的困境，传达了这个世纪人类经验的内在与外在图景。”（《从卡夫卡到昆德拉》）

事实上，随着某种世界一体化进程的加快，知识普及进程的加快，信息共享进程的加快，愿意思考、把思考和辨析当成是乐趣、而从中获得享受的阅读者、思想者也越来越多。我把“思”在文学中比重的加重看成是一种进步和需要，它，于写作者，有思想力的写作者来说，也是一种难以遏制的乐趣所在。

那种把小说仅当作故事书看待、看作是曲媚和服务用具的认知已经太过陈旧，甚至构成了桎梏。缺乏思想深度，缺乏追问力度，满足于故事上的好看好读，已经让我们这个时代的文学陷入到集体性的平庸。充斥的，不过是些假货和赝品而已。

格里高尔·萨姆沙变成了甲虫，这是他悲剧命运的一个新开始，在这种悲剧开始之前，他的命运似乎也好不到哪里去，只是，善于为别人着想的他不去发现，不去思考罢了。可以说，诸多因子都是在之前埋入的，变形起到了催化和拓展的作用——悲剧和悲剧感是一步步加深的，那些藏在骨子里的隐伪也是一步步得到展示的，直到，格里高尔的背上嵌入那颗坚硬的苹果，直到，妹妹对待在最肮脏角落里的他完全视而不见，直到，父亲把他从让寄宿者愤怒的客厅里赶开，妹妹重重地摔上他的房门，直到，“窗外的第一线曙光再次进入到他的意识，随后，他的头自己耷拉到地板上，从鼻孔里呼出了最后一丝微弱的气息。”在整个叙述中，在卡夫卡为自己为格里高尔建造起的这个艺术世界中，他使用的语调始终是：简朴、清晰、准确和“正式”的，“没有一点诗般的隐喻来装点他全然只有黑白两色的故事。”（纳博科夫语）甚至显得有些冷峻——可也恰是如此，他文字中的外在平静和噩梦般的故事、有着下沉力量的悲剧内容形成对比，构成了张力。卡夫卡的叙事做法，让后来的许多作家受益。在重新阅读《变形记》的过程中，我时常会想起另一个“卡夫卡”，同是犹太人的布鲁诺·舒尔茨，在他建立起的那座恐怖博物馆里，使用的语调却是比喻套着比喻，有着充沛的色彩和诗性，在阅读中你会触碰到他延展于诗词中纤细的毛细血管，有时一碰，就渗出血来。譬如他的《鸟》：“昏黄的冬日来临了，四处弥漫着无聊。”“随着守将和无聊袭来，日子变得更加坚硬，像陈年的面包。人们开始兴味索然、慵懒冷漠地拿钝刀子切这种面包。”“片刻之后，父亲从阁楼上走下来——他已经崩溃和绝望，犹如一个丢掉了王位和国土之后，惨遭放逐的国王。”……在卡夫卡那里，儿子是无力的，无助的，而到布鲁诺·舒尔茨那里，父亲也同样是无力的，无助的……布鲁诺·舒尔茨的诗性里隐藏着强大的不安和孤立，诗化的叙述语调并不趋向唯美，不仅没有弱化其中的不安和孤立反而使之更加强化。卡夫卡和布鲁诺·舒尔茨所书写的，有着某种母题上的相近，然而他们却以自己的独特风格勾勒了完全属于自己的世界，画下了自己的面容。我承认，这两种风格我都喜欢，而我个人的趣味，可能会更倾向于布鲁诺·舒尔茨一点。

我们还需要注意到反反复复开启、关闭的门。这一道具使用上的反复足见卡夫卡的故事精心，它取到了效果。在他变成甲虫之后，家庭中的另三个成员：父亲母亲和妹妹分别敲过他的门，用不同的力度，不同的方式，不同的问话。三个人从敲门的过程中彰显了各自的性格特点，但目的却极为类似。之后，隔着门，他和不同的人再次对话，包括赶来的秘书主任，锁着的门使格里高尔的变化仍保持在一个“秘密”的限度之内，门，在这里是一种隔开，但与后来的“被隔开”全然不同……去开门，成为巨大甲虫的一个重要课题，小说极为详尽地描述了格里高尔开门的过程，卡夫卡极尽力量让它显得真实——随着门的开启，秘密曝露于所有人的目光之下，不仅是格里高尔，还有卡夫卡，秘书主任，另外的三个成员，包括我们这样的阅读者，都必须面对再造的真实中的某种必然后果：小说用一种各异却近乎完美的方式完成了它。门，在甲虫推销员被赶回屋子里去时发挥了阻挡的作用，波澜的作用，它有着和父亲的行为相称的“冷冰冰”，在这里，被卡住的甲虫身体的侧面已经擦伤，而父亲，从背后猛力推他一把，把他抛到屋子里，“父亲用棍子钩住门把手，‘砰’的一声把门关上，终于，一切都安静下来了。”门，在具备隔开功能的同时又具备着“沟通”的功能，它总是在黄昏时“偷偷地打开又关上”，后来妹妹送来了食物。故事的一个高潮，扔苹果的一幕当然和门有关，门在这里是一个界限，父亲的愤怒是由于格里高尔“忘乎所以”的越界，他吓到了他的母亲，虽然在某种意义上讲是妹妹和母亲跨过界限来侵犯他的……表面的，只能是表面的一段平静之后，卡夫卡为重伤的格里高尔打开了从他房间到父母起居室之间的门，目的是让他看见，让他更清晰地看见，这个家庭的目前生活，缺少了他存在而他又时时在存在中的目前生活。这道没关好的门当然是卡夫卡有意留下的，颇具意味。门，在格里高尔死前，还充当了压倒骆驼的最后稻草，给这只甲虫的幻想以最后一击：当他痛苦地爬回自己房间时，“没等他完全爬进屋门，门就一阵风似地被关上了，插上了门销，还上了锁。”“这样急忙关门的正是他妹妹。她早已等在一边，一看他进去就轻跳过来把门一关，格里高尔甚至没有听见她过来。她一边上锁，一边对父母亲大声说，‘可算进去了！’”——门，把格里高尔塞入到一个被孤立的狭小空间里，把他的自我欺骗，没完没了的善意，对他人的幻想，都统统塞入到这个空间，他，再无别的去处。门，不仅在推动故事、进行场景转换的过程中起到作用，还具备着象征，寓意，卡夫卡肯定明了这些。

还可注意到格里高尔父亲的制服，小说中说，格里高尔的父亲“以一种顽固的态度坚持穿着制服，即使在家里也不肯脱”。制服，它当然是一种象征，或者是几种象征，在《梦游者》中，一个叫巴塞诺夫的人把“不肯脱制服”这一有寓意的行为发挥到极致：那是他的新婚之夜。他躺下来，却不肯将制服脱掉，而当衣服的一角皱起露出里面的黑裤子时，他急忙把衣服整理好，把露出的裤子盖上。在《变形记》里，卡夫卡对那件制服的闲笔也耐人寻味：“格里高尔常常整整一个晚上盯着制服上的斑斑油渍看。”“制服上擦得锃亮的金扣子闪着微光，老头子穿着这身衣服坐着睡觉极不舒服，但他却睡得十分平和。”卡夫卡当然知道，他写下了什么。就像，卡尔维诺写下：“他把我剩在这个充满了责任和鬼火的世界上了。”（《分成两半的子爵》）就像，君特·格拉斯写下：“独自蹲在厕所里/同我自己的屁股。/上帝、国家、社会、家庭、政党……/出来，统统给我出来。/有臭味的是我。/现在可以痛哭流涕。”（《比目鱼》）一样，他们知道，自己写下了什么。为何要这样写，写出这样的句子，这样的句子里面有怎样的涡流。是的，优秀的作品往往比他的作者更聪明，但，任何神来之笔都是经过缜密思考而安置下来的结果。缺乏艺术精心，根本进不了艺术之门。

在最初，妹妹给格里高尔·萨姆沙送来食物：一只盆子，盛满了甜牛奶，上面还浮着切碎的面包。然而变成甲虫的他已经不再喜欢这些“人类的食物”，所以几乎没动。第二日拂晓，妹妹打开门，没发现他，而等见到他躲在沙发下的时候马上不由自主地把门“砰”地重新关上。在试探之后，妹妹终于发现盆里还是满满的，“她立即把盆子端了起来，虽然不是直接用手，而是用手里拿着的布……”我想，在我们的阅读中，也许不应当忽略“不由自主”那个词，更不应忽略的，是“虽然”——这里，卡夫卡在用格里高尔的视角来看，这一视角，带有一种处处为别人着想、对某些本已显现的事实不愿意见到不愿想到的故意。妹妹用手里的布拿走盆子而不是直接用手（卡夫卡也有意点明，不是直接用手。），她已开始了对这只虫子的嫌弃，她觉得，这只甲虫用过的东西一定有某种不该沾染的脏——可在格里高尔的视角中，他绝不愿意自己在这一细节上停留，他固执地坚持着一叶障目，对自己发现的欺骗，他得一次次悄悄说服自己，妹妹是爱我的，妹妹是知我的疼我的，所以，“虽然”，她虽然没有直接用手，但这并不表明……

《小说讲稿》中，纳博科强调，欣赏一部伟大的天才之作，为了充分领略其中的艺术魅力，不只是用心灵，也不全是脑筋，而是用“脊椎骨”去读的，“只有这样才能真正领悟作品的真谛，并切实体验到那种领悟给你带来的兴奋和激动。”一个文本如果经不起细读，经不起反复回味，品咂，缺乏结构和语言上的用心，即使它具备再深刻丰富的社会学、伦理学意义，那也不过是一腔废话。反观我们的当下文学，缺乏独立思考，缺乏建造一个独特艺术世界的固执和偏执，缺乏精神冒险，甚至，也缺乏艺术的精心和耐心……我们见惯了太多的集体讲述：“集体讲述倒霉蛋的故事。”集体欲望叙事，集体“底层写作”，当下的长篇小说写作又集体宏大起来，动辄书写五十年六十年一百年的“风雨变幻”，这种宏大恰恰理显露了许多写作者的内存不足，更明晰地显示了苍白。而就是那些媚俗庸常、跟在小说史后面的小说，却在批评家那里从社会学批评、伦理批评、政治学批评的角度被阐释和过度阐释，仿佛我们已经收获了一部又一部的经典，产生了一个又一个的高峰……就我个人而言，如果是想阅读社会学、政治学、哲学的一般性命题和阐释，完全可在专门的小册子中得到，在文学中，我会首先看它的艺术精心，看它的天地是否陌生，对我构成吸引……我愿一贯保持我的这一审美傲慢。

再次回到那个开头。“一天早晨，格里高尔·萨姆沙从一个令人不安的睡梦中醒来，发现自己躺在床上变成了一只巨大的甲虫。他仰卧着，坚硬的铁甲一样的背紧贴着床……”在最初阅读这篇小说我付出了先期的热情，而且，当时已经有过现代诗的部分训练。然而，它的那种陌生化还是镇住了我，让我感到不适——我旧有的审美经验、审美趣味不能容纳崭新的“这一个”，它，构成了审美上的溢出。如果不是先期的热情，如果不是这部作品被无数我所喜欢的作家诗人所提及，我想我很可能会放弃，它没有带给我兴奋和激动，却让我茫然，痛苦，寻不到路径。最初的阅读仅仅使我变成了一个“知道者”，它没有触动我的脊椎。即使多年之后，我第一次阅读唐纳德·巴塞尔姆，品特，贝克特，萨特，米兰·昆德拉，马尔克斯，加缪，拉什迪，君特·格拉斯……

那种不适感依然会出现，或强或弱，不过，我不再拒绝它，而是随时准备享受……我庆幸自己没有因为它们曾溢出我的旧审美而轻易放弃，庆幸自己在品味和反复品味中，最终品味出美、妙和会心，它带给我巨大的幸运和幸福感。我发现，许多对我旧有审美构成溢出、构成挑战的文本往往是让我一生都可受益的好文本，它给我提供了新经验，提供了新的审美可能，让我的审美疆域获得拓展和丰富。似乎，它还在不断的拓展之中，没有尽头。

所谓审美经验，一是审美教育的结果，我们在教育中被告知；二是来自文本阅读，从中寻求共性和差异。在这两方面，我想我们大约都有着先天的不足。我们的审美教育极为单一，陈腐，规定的“不能”太多却在能够上含混其词，它的僵化、滞后、呆板和泛政治化甚至使众多常识都处于被遮蔽的状态，夜郎式的民族狭隘和审美上的人为窄化，道德话语等非文学因素的过度介入等等，都极度地困囿着我们的审美；而在阅读上，我们与世界文学经典的接触无论在时间还是数量、种类和丰富性上都远远不足，且不说，是否已经学会用脊椎骨去阅读。

北岛在一次演讲中提到一份“古老的敌意”，他说，一个写作者，一生都需要保持“对时代的古老敌意”“对母语的古老敌意”，对“自我的古老敌意”——对时代的敌意，要求一个作家要警惕对流行思想的不思考，要随时质疑和质问：非如此不可？非如此，才是最好的结果？有没有另外的可能，有没有考虑到未经熟虑的后果？对母语的敌意，要求一个作家要对母语里的陈词、惯常用式操持警惕，要对自己的母语有新拓展新提供；对自我的敌意，是要求一个作家在保障摆脱他人影响焦虑的同时，也避免不自觉地滑向惯性写作，重复自己。三重敌意，是对好作品的本质要求，由此，它肯定会崭新，陌生，灾变，溢出旧有审美。

可是，面对审美溢出，我们却有着那么强烈而腐朽的轻慢，一个个真理在握，随时准备用粗暴的大棒挥动过去……我们越来越像夜郎，越来越是夜郎，满足于某种的童稚状态，把自己要命的局限当作是唯一标准，用一种轻蔑的方式对待所有未知……我们，是不是可以减少些浮躁，不要在理解之前就做出判断？是不是需要让自己，保持一点或多或少的谦逊和探究的热情，不固守，不墙堵，拒绝僵化和硬化，从而使自己变成开阔而丰厚，增强自己对他者对世界对艺术的进一步理解？这，也是卡夫卡的《变形记》给予我们的教益。

布鲁诺·舒尔茨：
忐忑的鼹鼠与魔法师

有些作家会写下为数不少的平庸或相对平庸的作品，这样的作品或可维持他们在地域性的文史馆里占有光线黯然的一隅。当然这样的作家数量众多，当然也会赢得客气的尊敬，偶尔，某个卓越的作家还会从他们那里吸取，从他们已经僵硬的肋骨里“创造”出纸上的夏娃——那样的“新生”一方面会把他者的目光部分地吸引到旧肋骨上去，但也会使拥有旧肋骨的作家显得更为幽暗。

还有一些作家，他们写下同样数量众多的平庸或相对平庸之作，而仅凭几篇天才之作就被人记住，这仅有的几篇足够把他们从平庸中拯救出来，让他们上升为星辰：譬如写下《最后一只鹅》和《盐》的巴别尔，写下《士兵的重负》和《怎样去讲一个真实的战争故事》的蒂姆·奥布莱恩，譬如写下《河的第三条岸》的若昂·吉马朗埃斯·罗萨，写下《鹰溪桥上》的安布罗斯·比尔斯，也譬如写下《鸟》《蟑螂》《父亲的最后一次逃走》的布鲁诺·舒尔茨。

这些天才之作闪烁着卓然而锐利的光。相对而言，那些数量过多的平庸作品会加重阅读的失望，因为在阅读过他们的天才之作后，我们的“先期热情”受到了相应的调动，我们的期待可能过高——尽管这些相对平庸的作品也并非一无是处，它们会和天才之作有着大致相同的羽毛或鳞片，它们也会埋伏着和天才之作类似的种子，然而那种不相称感还是极为强烈的。当然，那些平庸的或相对平庸的作品属于可贵的积累，同时，还为我们更为深入地理解他们的天才之作提供着佐证与通道。我相信，每一个能够持续的写作者经历天长日久，或多或少会生出建造自己的巴别塔的念头，因此，在那些力不能及的平庸作品中，偶尔也可看出阶梯的延伸。具体到布鲁诺·舒尔茨，具体到由《肉桂色铺子》和《用沙漏做招牌的疗养院》两本小说集合并于一起的《鳄鱼街》（《鳄鱼街》，杨向荣译，新星出版社，2010 年 1 月第 1 版），我看到的是更为清晰的连绵性，特别是那种弥漫于文字里的浓厚气息。虽然，他有时记下的只是缺乏故事性的场景，有时会被自己的叙述所吸引而旁逸出去，和叙事的主旨越走越远。

在写作中，布鲁诺·舒尔茨创造了一个世界，一个略略类似于卡夫卡式的世界，它属于幻想和幻觉，能够清晰看到作家施展魔法时魔杖挥动的痕迹。在《肉桂色铺子》里，那个为父亲回家找寻“装着钱和极为重要的文件的提包”的孩子怀着清晰、日常而现实的目的却走向了童话般的幻觉之地，脱离了日常让他变得轻盈，“永远不会忘记那个明亮的冬夜里的这次光明之旅。”——在这里，“我”的所遇都有轻微的奇迹感，尤其是陡然倒立起的天空，倒着旋转的星星，尤其是那辆马车，尤其是那个和“我”说话的小马，“它开始变得越来越渺小，简直像一个木制的玩具。我放开它，感到轻松和快活极了。”（《鳄鱼街》，杨向荣译，新星出版社，2010 年 1 月第 1 版，56—67 页。）而在《鸟》《蟑螂》《父亲的最后一次逃走》《用沙漏做招牌的疗养院》等一系列的小说中，“父亲”时而处在自己饲养的鸟群中慢慢带有了鸟的习性，时而变身为蟑螂从我们的日常中逃走，时而变成了一只蟹……

布鲁诺·舒尔茨仿若是一个拥有超强法力的魔法师，他可以轻易穿行于现实和幻觉之间，凡是他“经过之处”，那些平静的、平常的日常也立刻生出了幻觉的气息，即使在那些像《八月》《查尔斯叔叔》专注描述场景的文字里。在谈论布鲁诺·舒尔茨的时候我总想把卡夫卡拉进来一起谈论，他们的相似度和之间区别简直一样大，似乎可以铸造在同一枚镍币上。卡夫卡同样是伟大的魔法师，他甚至从一开始，就直接将你带入到魔法的境地里去：“一天早晨，格里高尔·萨姆沙从一个令人不安的睡梦里醒来，突然发现自己变成了一只巨大的甲虫。”（《变形记》，《卡夫卡中短篇小说选》，谢莹莹译，人民文学出版社，2003 年 1 月第 1 版。）“K 到村子的时候，已经是后半夜了。村子深深地陷在雪地里。城堡所在的那个山冈笼罩在雾霭和夜色里看不见了，连一星儿显示出有一座城堡屹立在那儿的光亮也看不见……”（《城堡》，译文出版社，赵蓉恒译，2011 年 1 月第 1 版。）在布鲁诺·舒尔茨和卡夫卡的魔法里，我们都可以看到一种“令人不安”的气质，看到他们的忐忑、犹疑，和夜晚的鼹鼠般的眼神，这样的感觉在布鲁诺·舒尔茨似乎更强一些。拥有魔法并未给他和他带来“造物主”般的自信，他们把在这个“非我创造的世界里”的真切感受也带入了自己的魔法世界。忐忑的、犹疑的、鼹鼠般眼神的不安得到了延续，它甚至对我这样的阅读者也造成感染。

一向，我看重文学的魔法性，看重作家“再造世界”的能力，相对于我们规范的、庸常的、刻板的和多多少少匮乏趣味的日常，我更愿意看见作家们创造性的发挥，愿意看到他们为文学增添的新质和新趣，这，应当是“稀薄的文学性”存身之地。在我看来，相较而言，它的意味也更恒久一些。

在弗·莫里亚克《小说家及其笔下的人物》一文中，这位作家谈及自己的创作，他以经验的姿态说明，“我摄取了现实中存在的环境、习惯、性格，但却赋予主人公以另一种灵魂。”我们看到，在布鲁诺·舒尔茨这里，弗·莫里亚克的这条经验得到了反方向的运用，他保留下了主人公的真实灵魂，却将现实中存在的环境、习惯、性格尽数做出了改变。他换出了不同的幕布，设计了不同的剧情，剧中的主人公也不断地更换着面目，然而我们却可看到的是某种“灵魂的恒定性”。

在题为《鸟》的短篇中，冬天和经营的失败同时笼罩了父亲，让他无可遁逃。父亲的养鸟行动就是从那时开始的，这当然可看作是“遁逃”的另一种方式：他买来了蛋，孵出了鸟，然后沉浸于鸟群中，这时的布鲁诺·舒尔茨在魔法使用上还有些小小的拘谨，他没有让父亲长出半根鸟的羽毛，尽管曾在小说中试探地提示，父亲和在“庄严的孤独中沉思着的”秃鹰越来越像，而且，“秃鹰和父亲共用同一个便壶。”接下来是几乎注定的惨败：那个叫阿德拉的女仆在扫除的时候推开窗户，父亲的鸟的王国立刻分崩离析，仅留下地面上的羽毛和一堆堆的鸟屎。“片刻之后，父亲从阁楼上走下来——他已经崩溃和绝望，犹如一个丢了王位和国土之后惨遭放逐的国王。”《蟑螂》。鸟的王国已经结束，而秃鹰的标本得到保留，尽管它遭受着虫蛀，灰色的绒毛也不断脱落着。小说说，那时父亲已经“死亡”，他和蟑螂的抗争中越来越染上蟑螂的习性，布鲁诺·舒尔茨的魔法已经更为自如，这时，他让“蟑螂性”在父亲的身上获得着生长，不仅是习惯爬行，习惯躲在衣柜或鸭绒被的下面，“我有时看到他忧郁地望着自己的双手，查看皮肤和指甲的硬度，皮肤和指甲上开始出现蟑螂鳞片的黑点。”《变形记》中，格里高尔的甲虫之变是前提，是支点，而在布鲁诺·舒尔茨的小说《蟑螂》中，父亲则经历着渐变的过程，被记叙的，就是这一过程。及至《父亲的最后一次逃走》，布鲁诺·舒尔茨采取了和卡夫卡《变形记》中近乎相同的魔法，从一开始，“多次濒临死亡，总是拖泥带水不能了却”的父亲就以蟹的面目出现……

是的，这不是单一的一出戏剧，在貌似有着某种延续性的时间里面，父亲的形象有了多次的变化：他像一只鸟，在变成蟑螂，成为了一只蟹。没错儿，父亲的一次次出现多少带有拖泥带水的性质，而变化之间也没有怎样的关联性。但是，确有一种恒定的东西，属于灵魂的、内在的东西，一直跟随着这个“父亲”，并成为它固定的影子。这条飘忽的影子，其实比父亲的任何形象都更为坚固。

停留于所有“父亲”身上的共同属性：《鸟》，“他开始和各种实际的事物渐行渐远。”“他总是听得心不在焉，神情迷惘，面露焦虑之色。”《肉桂色铺子》：“父亲已经魂不守舍，把自己出卖给另一个世界并且沉溺其中了。”他“完全融化进一个外人难以企及的领域，他甚至都不想跟我们谈论那个领域。”《蟑螂》：“父亲既然从来没有在任何女人的心中扎下根，他就不可能与任何现实打成一片。他不得不永远漂浮在生活的边缘，生活在亦真亦幻的领域和存在的边界。”而在其他的、写下父亲的篇什中，像《裁缝的布娃娃》《彗星》《用沙漏做招牌的疗养院》中，那种具有统一性的“父亲性”还在，他们拥有着共通的灵魂，即使经历着种种的变化，但还是能够被认得出来，因为，它是“父亲”这个词最可触碰到的支撑。

......

在布鲁诺·舒尔茨短暂的一生里，父亲被无数次地刻画，雕塑，他的形体一次次消失或改变，又在另一处一次次“拖泥带水”地重新复活，直到父亲的精神性形象和他的形体形象融合在一起。从某种意味上来说，父亲，也是布鲁诺·舒尔茨的“约克纳帕塔法”，布鲁诺·舒尔茨的高密东北乡，被反复书写，不断地叠加——布鲁诺·舒尔茨把自己的认知、审视、体味、悲悯和情感都注入进这个词里：父亲。

这里的父亲，是失败者，是零余人，我们可以见到在他身体内部的软弱，这份软弱和他可以变幻的形象也是相连的，甚至相互证实。这个父亲：他是形容憔悴的苦行僧，一个病态的、干枯着的人；一个“仅剩一副小小肉体的皮囊和荒谬绝伦的怪癖”的人；一个和日常的生活渐行渐远的人；一个习惯把自己交给另一个世界和另一些模糊不定的事物的人；一个生活在亦真亦幻的边界的人。在众多被塑造的零余人中，他凭借“父亲”身份和我们建立了血缘上的联系，更为明确地出现于我们的生活中，甚至可能是我们自己。

这个失败的零余人是基本无害的。他只有躲避，抽身出去，心不在焉，却不曾生出榨取之心与危害之意。在卡夫卡的《变形记》里也有一个“父亲”，他是一个显然的榨取者，用硬颚咬开“亲情”这个词的皮肤缓慢而毫无羞愧地吸吮，这种吸吮在格里高尔·萨姆沙死后还会获得继续；《判决》中，父亲强词夺理的宣判带有权力的傲慢和威严，格奥尔格只得去死——布鲁诺·舒尔茨写下的父亲则全然不同。有一个被反复用到的细节：女仆阿德拉只要动一动手指，装出挠痒痒的样子，就能让这个父亲“吓得惊慌失措，穿过所有的房间，‘砰砰’地关上身后的一扇扇门，最后倒在最远的那个房间的床上，在阵阵痉挛性的大笑中一个劲儿地打滚，想象着那种他觉得难以遏制的挠痒”。父亲由此遭受着“摆布”，在他的身上没有那种威严感，他和父亲所象征的权力明显格格不入，只能是，一个较为彻底的弱者，一个让人怜悯和厌弃的“丑角”。他其实只要边缘的、幽暗的一隅，只要不伤害到他，就足够。

和其他被不断塑造的零余人不同，布鲁诺·舒尔茨的“父亲”有一个异常显著的特点，那就是：他习惯独自的冥想，并能让自己沉浸其中；他有一个“另外的”、外人难以企及的领域。他是未完成的哲学家，是荒谬绝伦的思想者。在《鸟》中，父亲先是面对炉子“研究起永远捉摸不定的火的本质”，后来又展现了“对动物有一种如痴如醉的激情，最初，这是一种猎人和艺术家浑然不分的激情”。《彗星》中，父亲身上那种荒谬绝伦的思想者的性质获得了充分展现，而在《裁缝的布娃娃》里，一个可能的艳遇事件则被夸夸其谈的父亲和阿德拉联手毁掉，小说中第一次充分展示了父亲的那些冥想，小说说，“直到今天，我才理解了那个孤独的英雄，他独自发起一场战争，试图反击正在扼杀这个城市的无际的、本质的乏味。在孤立无援得不到我们认可的情况下，那个最匪夷所思的家伙捍卫着正在失落的诗意理想。”——正是这点，布鲁诺·舒尔茨笔下零余人的独特性获得了建筑，并引发我们的唏嘘、感慨和悲悯。在另一篇文字中我说过，在这个世界上，只有极为少数的作家肯于并有能力将自己的肋骨抽出以完成创作，用他者故事言说自我和自我之谜，将自己的心血、力气和精神纠葛放置在里面，而不是按臆想的成功学配方和对未来的讨好进行勾对——此时谈及的布鲁诺·舒尔茨也是如此。我相信这个父亲，也取自于他的肋骨，这一不及物的、处在另一世界的“冥想”的兴趣，一定是他和“父亲”所共有的。

他像一只鸟，在变成蟑螂，成为了一只蟹——父亲身上有种模仿的嗜好，这种嗜好拉拽着他不断改变，从习性到外形——他的这些变化让我想起另外一个人，“古尔杜鲁”，在《看不见的骑士》（《我们的祖先》，蔡国忠、吴正仪译，译林出版社 2001 年 9 月第 1 版。）里被卡尔维诺创造出的人物，这个奇怪的人也总是随意地“丧失自我”，在鸭群里他会把自己当成鸭群的部分，在青蛙中间他就把自己看成是青蛙，而在梨树中间他就是梨树，遇到刺猬他就会成为另一只刺猬……就连这个名字，古尔杜鲁，也是丧失自我的表征之一，在另一个人的口中另一段讲述中他的名字也会发生改变，另一个名字也可以对应到他。在布鲁诺·舒尔茨笔下，在父亲身上，我们看到的是另外种类的“自我丧失”：精神上的趋近让他和苦行僧式的秃鹰越来越像；逃避的习性让他成为了蟹，而在《蟑螂》一文中，他身上有了蟑螂的品质并非是出自于品性的接近而是屈服：“他已被疯狂所俘虏，不去与这种充满迷惑性的的巨大吸引力对抗，反而完全地向它屈服。”“白天，他还能用体内剩余的力量来抵抗，与自己的痴迷作斗争。但是，到了夜晚，这种痴迷就会完全将他制服。”父亲的这一变化多少有些“斯德哥尔摩综合征”的性质，他未必多喜欢自己的这一变化，甚至有着抵抗和厌恶，但那种屈服的快感让他生出痴迷。事实上，这一“痴迷”多少是弱者的普遍状态,布鲁诺·舒尔茨抓住了它,甚至显得并不用力。

“如果我们只考虑主旨，并且用释义的破坏性的工具来读它们，那么一首活泼的流行歌和一首具有悲剧色彩的诗会变得没有区别。诗的意义在多么大的程度上取决于它的音响、速度、词汇、文学典故和传统惯例——理解所有这些都需要圆通的技巧。”理查德·威尔伯的这段话我深以为然，诗是如此，小说亦是如此，一篇文学作品或其他的艺术品，对我们构成吸引并让我们深深痴迷的往往并不简单来自它的主旨,它的社会学意义,而是它的风格和结构,而是它的音响、速度、词汇和意味，而是它时时散发着的多汁的气味。是故，我也极为认可苏珊·桑塔格“我们需要一门艺术色情学”的强烈呼吁。它需要我们建立起对“色”的敏感，感知文字之色文学之色的色阶变化所带来的不同，感知每个字、词嵌于句子中时的丰富的毛细血管，以及将它不经意取出时的痛感和渗出的血；它需要我们建立对风格和结构的敏感，通晓它的得失和平衡，并为其中的微和妙发出感叹；它也需要我们的“情感投入”，同故事里的人物同喜同悲，共同面对这个世界的种种可能和种种挫败，从所塑造的人物身上发现我和我们，并由此生出深深的悲悯。它，较之普遍的阐释更有意义也更接近艺术。就布鲁诺·舒尔茨的写作来说，假如我们取消掉它的风格性考虑，只考虑其主旨，它的魅力至少会减少一大半儿。

布鲁诺·舒尔茨是那种有着强烈个人风格的作家，他的风格性那么突显，让你绝不会把他和另外的作家混淆。假如说，依照纳博科夫的说法卡夫卡的小说语感只有“黑白两色”的话，那在布鲁诺·舒尔茨这里则骤然色彩缤纷起来，他习惯在色彩之上涂抹色彩，让它生出某种直至过强的璀璨感；他习惯有意的妆饰性，就像克里姆特在自己的绘画里所做的那样。布鲁诺·舒尔茨的文字本质上是诗的，有着教堂穹顶彩色玻璃的性质。

“昏黄的冬日来临了，四处弥漫着无聊。铁锈色的大地上铺着一层白雪，犹如一条磨得露出织纹的寒碜的桌布，上面满是窟窿。这张桌布不够宽大，有些屋顶依然暴露在外，它们就这样屹立在那里，有的呈黑色，有的呈棕色，有的是木椽顶，有的是茅草顶，像一艘艘载着被煤烟熏黑的大片阁楼的小舟……”这段文字，是小说《鸟》的开始。在这里，比喻被充分地使用着，新奇而贴切，简直让人叫绝。比喻有某种的连绵性，它们之间还有相扣的环儿，这种方式也颇有新奇感。在诸多同时代及后时代的作家那里，具有修饰性的形容词是尽可能抹掉的，而在布鲁诺·舒尔茨的文字里却是叠加，甚至是反复的叠加，他把每个词都打磨得有了细细的光。和性格相连的“反方向风格”让布鲁诺·舒尔茨的小说在语感上呈现了极强的异质性，也会生发出小小的不适来：它显得过于文艺。我想布鲁诺·舒尔茨应当遭受这样的指责，就像这种“过于文艺”的指责也会针对于莎士比亚和马尔克斯一样。在简洁和修饰之间，我承认以我的偏好会略略地倾向于修饰一些，因为它们有时会让我讶异，让我拿出更多的耐心反复品味。还因为它们时常会有特别的陌生，这种陌生使它区别于庸常。

区别于庸常，属于布鲁诺·舒尔茨的那种奇妙的魔法性也可以局部建立，让你惊讶于他的奇思妙想，让你对这份奇思妙想怀有会心的敬意。在一篇小文中卡佛曾谈到，作家应保持“对每一次的日落和旧鞋子保持惊讶的能力”——是的，这是一种可贵的能力，一种值得作家们反复自我提醒的能力，他需要在所有的熟视无睹中做出重新的发现，让一切的旧都有初见的新奇。在《肉桂色铺子》里，小说写到“我”穿过距离校园很近的公园，灌木丛中时常有黄鼠狼、貂鼠等动物的出没，布鲁诺·舒尔茨发现了属于这些动物身上的“羊皮般的臭气”，这时幻觉来了，想象来了：“我们怀疑，它们中间就有这所学校陈列室里的展品。虽然那些展品的内脏已被摘除，毛也拔了，但仍然感觉得到在那个白晃晃的夜晚，在空空荡荡的躯壳中，那种永恒不变的本能发出的声音，那种木偶般的焦灼欲望，它们回到这片灌木丛中只是为了过上片刻虚幻的生活。”

布鲁诺·舒尔茨用他繁华的甚至有些过度的繁华包裹的是忐忑、敏感，和小小的忧郁。在他奇妙的、极具魅力的语词后面，我们能感觉他目光的躲闪，像一只只肯在夜晚出没的鼹鼠。

……………………

再一次，我把卡夫卡和布鲁诺·舒尔茨放在一起谈论。我觉得，在他们的笔下，“世界”只是一个狭小的针孔，顺着这个针孔进入的领域也只有很少的人，只能容下某个个人和他的家庭，和这个家庭密切相关的少数问题。在卡夫卡那里，某个个人更多的是K，是格里高尔，而在布鲁诺·舒尔茨这里，某个个人更多的是父亲。

故事围绕着某个个人展开。他们，甚至动用剪刀，截断了这个个人和外部生活的一些连线，所以在他们的小说里，几乎没有金钱或金钱的力量，没有商业贸易，“既没有党也没有意识形态及其行话，没有政治、警察或者军队。”（米兰·昆德拉《某处之后》，《小说的智慧》，艾晓明译，时代文艺出版社，1992年2月第1版。）——是的，他们的小说里没有这些，但他们抓住的却似乎是某种本质，某种人生的秘密隐藏，某种我们不得不面对的精神处境，“一种并非历史的决定的却或多或少是永远地伴随着人的可能性。”

小说，布鲁诺·舒尔茨的小说以及卡夫卡的小说，在这一基础上缓缓地伸出触角，探向“人类沉默着的幽暗区域”。这是一口足够幽深的井。

攀援到树上的“那个个人”

在《文明的孩子》一文中，约瑟夫·布罗茨基曾如此写下：“文学批评只有批评家在同一个心理学和语言学观察层面上运作的时候才有意义。现在的情况是，要谈论曼德尔施塔姆，不管是用俄语还是英语，都只能严格地‘从下面’来谈论。”对我而言，谈论卡尔维诺和他的《树上的男爵》面临的是同样的境遇，我只能严格地“从下面”来谈论，带有仰视的视角——你可以从多个层面来理解“仰视”这个词。伊塔洛·卡尔维诺是我的背后神灵，在初读的时候已是如此，我确信在我们之间存在某种的秘密血缘，甚至相信阅读过他作品的作家都会深受他的润泽，作为受益者，我当然自觉不自觉地会“严格地”保持谈论的谦敬；伊塔洛·卡尔维诺的言说具有高度和超拔的幻想性，他让自己的写作“和上帝发生着关系”；更为显见的则是“物理层面”的，他让12岁的柯希莫离开饭桌和“我们的”日常攀登到树上，并施展魔法，让男爵在树上度过了自己的一生。某种引力管辖着我和我们的双脚，我只得从枝干和叶片的掩映中，“从下面”来言说、分析和运作，试图理解和体味那种别样。

“树上”当然是一种象征，“树上的生活”也是，卡尔维诺化虚为实，将理念的烟塑造成具体的魔鬼（像一则阿拉伯童话里所做的那样，也像他在《分成两半的子爵》和《看不见的骑士》中所做的那样。我们需要一个善恶、黑白截然分开的世界，并曾尝试将恶和黑从人类生活中剔除，卡尔维诺便创造了被分成两半的梅达尔多·迪·泰拉尔巴子爵，让他演示这种可能和可能的问题；意志的力量被不断夸张强化，卡尔维诺便创造了一个“凭借意志的力量和‘对我们神圣事业的忠诚’”的无形骑士，让他演示这种可能和可能要面对的荒谬。），他把传说、历史、记忆、思考、想象、理想和一切纷杂之物聚拢在一起，念动咒语：于是，柯希莫·皮奥瓦斯科·迪·隆多从有墨点的纸上诞生，离开平静、习惯的现实日常一路攀援到树上去，承受起高处的可能和它的“全部必然后果”。在这里，卡尔维诺不是描摹、复制、展示一种现实，而是“激活”一种现实，用“可能性”替代现实中的已有发生——其实这种方式是极为古老的，从神话、童话和传说中一直延脉着的，只是在卡尔维诺和他同时代的作家那里，这一古老被赋予了现代性，有了“创造感”和新的可能。我极为看中作家的创造，这不仅是能力的问题，绝非那么简单。我认为，作家笔下的世界应是独立的，彼岸的，差异的，他可调用这个世界存在的一切之物，但在“创造”中，幻想、幻觉和理想会以一种精微的、粘稠的、飘忽的、意外的甚至戏剧化的方式加入进来，他所书写的世界可与我们目力所及的此生此世有着巨大不同。它和生活不像，是因为表象化的生活已经越来越浑浊混乱，碎片化，缺乏概括性和重心，而纷繁、混乱又平庸的日常又时常将孕育于蚌体里的珍珠压积于灰尘和杂物之下难以呈现，而写作，尤其是产生了电影、电视和音频之后的文学写作，它无法被其他学科代替的最大价值就是在于它能够创造一个差异的世界，能够用艺术的并只有艺术的方式才能发掘和呈现的中间地带……在我来看这属于作家们的“天赋魔法”，任何对它的禁锢都有画地为牢之嫌。让柯希莫“脱离生活”而攀登到树上，这点和卡夫卡在《变形记》里所做的一致，和布鲁诺·舒尔茨在《鳄鱼街》中所做的一致，和君特·格拉斯在《铁皮鼓》里所做的一致：他们共同探寻的是人类生活的可能性，更本质的是精神生活的可能性；他们在我们习惯不识不察的幽暗区域发现了风暴，并将这杯水里的风暴津津有味地放置在显微镜下——他们用极致的方式将问题提供给我们，将他们的思考提供给我们。

用象征的或者说幻想再造一种“太不一样的生活”，一是出于“艺术”自身魅力的考虑；另一则是，“放大呈现”有利于展示宿寄于我们日常中的那些神经末梢一样分布的微点（它有些过小，在现实情境下很容易被忽略，尽管它可能蝴蝶效应般影响到我们的判断和行为。）；更为重要的，是作家的趣味，是他的兴趣使然。他和他们，有那种超乎寻常的灵性，他和他们不满足被困囿的现实束缚，他和他们，愿意在幻想和幻觉中冒险。

“我将先讲我对他情有独钟的主要理由，这就是我在博尔赫斯那里认识到文学理念是一个由智力建构和管辖的世界。这个理念，与20世纪文学的主流格格不入，应该说是背道而驰。换句话讲，20世纪文学主流是在语言中、在所叙述的事件的肌理中，在对潜意识的探索中向我们提供与生存的混乱对等的东西。但是，20世纪文学还有另一个倾向，必须承认它是一种少数人的倾向，其最伟大的支持者是保罗·瓦莱里（我尤其想到散文家和思想家瓦莱里），他提倡以精神秩序战胜世界的混乱……”这是卡尔维诺在谈及豪尔赫·路易斯·博尔赫斯时所说的话，将它用在卡尔维诺身上同样合适：我对卡尔维诺情有独钟的理由，也是因为他的文学理念是一个由智力建构和管辖的世界，他和他们让小说这种世俗文体从简单的说书人角色中摆脱出来，成为丰富有趣的智慧之书。“我把我的思想寄托于这本书中，我不知道用其他的方式表达。”——《树上的男爵》第三十章，卡尔维诺借柯希莫弟弟也就是虚拟的作者之口说出，我相信它是真诚而重要的，他向我们表明，这部故事之书所呈现的，是由智力建构和管辖的世界。他试图追踪一个个人，试图为其精神秩序建立相对清晰可信的图谱……对于《我们的祖先》三部曲尤其是这篇《树上的男爵》，我当然是一再重读，每次的重读也总如初读那样给我带来发现，我端着一碗水，提着一桶水，将装满的洒水车开进来，随着年龄、阅历和经历，我将一条江的水注入进去……它依然不能被注满，它总有我无法穷尽的宽阔区域。

……

12岁，还是少年的柯希莫开始他的“树上生活”，他的全部时间和命运都在这个距离地面几米的空间里安置下来，直到“升入了天空”。无疑，柯希莫的生活与我们所有人的生活都不像，就像格里高尔·萨姆沙的甲虫生活和我们所有人都不像一样——但，柯希莫是有生命的，我相信它取自于卡尔维诺的肋骨，就像格里高尔·萨姆沙也取自于卡夫卡的肋骨那般。攀登至树上的柯希莫，变成甲虫之后的萨姆沙，携带着写作者的血肉和因此的疼痛，“替代”写作者的内心在“这个世界上”生活并承担那些艰难的甚至是灾难的负重。在这个世界上，只有极为少数的作家肯于并有能力将自己的肋骨抽出以完成创作，用“他者故事”言说自我和自我之谜，将自己的心血、力气和精神纠葛放置在里面，而不是按臆想的成功学配方和对未来的讨好进行勾兑。

哲学家索伦·克尔凯郭尔曾言到，如果他在战争中死去希望在自己的墓碑上刻上简单的几个字：“那个个人。”那个，个人，无疑，从肋骨中诞生、带有明显卡尔维诺DNA印迹的柯希莫男爵就是那个个人，他用一生践行和致力的，就是成为具有现代性、独立性和思考力的个人。第十四章，卡尔维诺甚至安排了柯希莫和父亲的一段有分歧的对话，让他自我阐释：

“你记得你是迪·隆多男爵吗？”

“记得，父亲大人，我记得我的姓氏。”

“你希望自己配得上你拥有的姓氏和爵位吗？”

“我将尽一切努力以更配得上人这个称号，我将具备他的一切品质。”

那个个人：柯希莫成为“个人”是由饭桌上的反叛开始的，他反叛的是延续至呆板的旧规则、刻意与虚荣、“符合身份的义务”和按部就班，反叛的是不合时宜的思想还有姐姐太具想象力的烹饪（攀援到树上的最初原因，就是柯希莫拒绝食用由姐姐巴蒂斯塔的蜗牛汤和蜗牛做的主菜）……反叛行为当然是一种难以以尺度衡量的混杂物，它在能够言说的部分之外还有诸多的模糊，包括荷尔蒙冲动和少年成长中为反叛而反叛的故意……这是个开始和支点，就像克尔凯郭尔把“个人”看成是哲学的开始和支点那样。接下来，柯希莫的选择却有着贯穿的决绝，他将自己的一生固定在树上，把“不再踏回地面”当做加于自己的唯一禁令——随着年龄的增长，反叛的故意和原始冲动慢慢减弱但“反叛”作为一种内心原则则被始终地保留着，一直渗透在他的每个行为里。这反叛让他拒绝了为姓氏和爵位的刻板承担；拒绝了惯常的道德逻辑成为面包师、菜贩子和马蹄铁匠以及“小流氓们”的朋友，大盗贾恩·德依·布鲁基的朋友；拒绝了流亡贵族乌苏拉两个章节的爱情而成为一些风流韵事的影子主角，直至和任性骄纵的风雅女人薇莪拉沉陷于“吵架一样疯疯傻傻的爱情”里，直至拒绝和遭到薇莪拉的拒绝。这“反叛”甚至也让柯希莫拒绝了某种固定立场，他为穷苦人提供也为贵族们提供，为大盗提供也为森林的防火防盗提供，甚至，为敌对、战争着的双方军队提供着某种帮助。柯希莫的反叛还表现为对某些教义和某些知识的反叛，他不仅仅遵循已有，不是那种书斋里的知道者，而是希望从各种经验中博取，选取他认为合适的与合理的，并努力合一，作用于实践，将主意贡献给他人（“我知道当我比他人有更多的主意时，我把这些主意贡献给他人。如果他们接收了，就这是指挥。”《树上的男爵》第十四章。）。而且，在对待和运用这些知识的过程中，柯希莫的态度与方式也不是传统意义上知识分子式的，他不建立严格体系，不遵守文体规范，不建立确信也回避歧意，他拒绝了合规的那些，而让自己的说出成为一种僭越："他开始写一份《一个建立在树上的国家的宪法草案》，在其中描写想象中的由正直的人们居住的树木共和国。他开头写的是一篇关于法律和政府的专题论文，可是在写的过程中，他的虚构复杂故事的本领占了上风，后面插入了惊险情节、决斗和色情故事，有一章专门讲婚姻问题，变成了一本杂记。"（《树上的男爵》第十九章）"柯希莫想虽然是一份《控诉书》，写得这么凄惨也不是美事，他想出一个主意，要求每个人写出他最喜欢得到的东西。每个人重新往那本子上写上他的要求……"（《树上的男爵》第二十六章）

柯希莫的"反叛"还会针对于自我和自我的建立，譬如他的"野外共济会"，譬如他的"诉苦书和希望录"，譬如"柯希莫，这个现在不知厌足的情人，过去是一个信奉禁欲主义、苦行主义的清教徒。他一直在追求爱情的幸福，但一直都是对肉欲怀有敌意。他甚至怀疑接吻、抚摸、喁喁情话减弱或取消了原始的快感。是薇莪拉使他产生冲动，他同她做爱之后从没有感到过神学家们所说的那种沮丧……"（《树上的男爵》第二十二章）如果一种建立的过程慢慢远离了他的真实感受和初衷，柯希莫便会生出反叛，对此进行拒绝。"我不会服侍我不再相信的东西，不管那是我的家、我的祖国或者我的教会；我要尽可能自由地、完整地以某种生命或艺术的模式来表达自我，用我容许自己使用的仅有的武器——沉默、放逐、隐瞒——来自我防卫。”（乔伊斯《一个青年艺术家的画像》）那个个人，是20世纪以来渐渐闪现起来的萤火之光，在漫长午夜的巨大幕布中。

当然，成为那个个人，仅有反叛是不够的（尽管它是最最重要的），他还需要另外的“一切品质”，譬如对阅读和学习的极大兴趣，“愿意使自己成为有用的人，喜欢为别人进行一种必不可少的服务。”蓬勃的好奇心，对具体事务的兴趣，对集体生活的爱好和对“文明社会”的离弃，苛刻的自我律令和游戏精神，对幽暗、隐秘的发掘与尊重……当然，在“那个个人”那里，在柯希莫那里，“心中有一个关于人类社会的理想。每次当他着手把人们联合起来，或者为了某些具体的目的如救火护林、打狼自卫，或者成立行会时，诸如锋利磨刀、光明制革之类的，他总是在黑夜里把人们集合到森林中，围坐在一棵树下，他就在那棵树下演讲，总是会产生出一种密谋的、宗派的、异端的气氛，在这种氛围中他的话题很容易从具体讲到一般，从关于从事一种手工技艺的简单规章制度浑然不觉地谈起建立一个公正、自由、平等的世界共和国的蓝图。”卡尔维诺还提到，在《一个建立在树上的国家的宪法草案》之后，他还完成并发行了一部《共和体城市的宪法草案以及关于男人、女人、孩子，包括鱼鸟和昆虫在内的家养的动物和野生的动物、高秆植物、蔬菜、草本植物的权利的声明》……

附着于这个个人身上的并不都是晶亮之物，这个个人是一个复合体（少年时，他经常向地上的人们挑衅，从父亲嘴里得知他还偷佃户家的杨梅；中年时的风流韵事以及种种奇怪举动。），甚至有着种种的相悖，种种的相悖也在相互争吵，其一贯性却是恒定的。“许多年以来，我为一些连对我自己都解释不清的理想而活着，但是我做了一件好事情：生活在树上。”（《树上的男爵》第二十九章）

……………………

纳博科夫在他的《文学讲稿》中言称，“对于一个天才作家来说，所谓的真实生活是不存在的：他必须创造一个真实以及它的必然后果。”被创造出来的柯希莫作为“那个个人”，此时，应当要承担他需要面对和承受的必然后果了。

一生生活在树上，他首先需要攀援的技能，这点儿，卡尔维诺早早地塞给了他，还让“弟弟”为他带来不滑下去的保障：滑轮，钩子，钉子和绳索。他需要动机和持续力，在这个艺术天地里，卡尔维诺用他天才的方式不断助推，让它变得真实可信。他需要食物：开始，这些由家人提供，随后由他狩猎获得（卡尔维诺为他准备了佩剑和枪），由他用狩猎的猎物和当地农民交换获得，再后来，那只被他称为“矮脚佳佳”的小猎狗成为辅助，它还把和薇莪拉之间断开的线头巧妙接在了一起。他睡在哪里？下雨刮风怎么办？第八章，一场大雨将“我”和雨伞送进了柯希莫搭建的房子，“一时我觉得这是一座宫殿，但是马上就感觉到它很不牢固，因为里面已经有两个人，平衡就出现问题，柯希莫不得不立即修补漏洞和塌陷……”后来，卡尔维诺又让柯希莫“找到用皮囊过夜的办法”，为他的图书建筑了“各种悬垂式图书室”。他需要穿衣，于是学习了裁缝的技术，修剪树木等劳动所得也使他有些可支配的零钱；他口渴了怎么办？要不要洗澡？这些问题在第十章得到很好的解决，在第十章，卡尔维诺还为解决柯希莫的“大小便”问题安排了符合逻辑的去处，“年轻的皮奥瓦斯科·迪·隆多就这样文明地生活着，遵从邻居和家人的行为规范。”

他需要恋爱，他需要向远处走走，他需要学习知识和使用智慧，他需要言说和表达；他可能要面对风霜雨雪，可能要生病和苍老，可能要……卡尔维诺为自己的这根肋骨想到了这些可能，并为他精巧地、不着痕迹地安置了解决之道。像一台庞大的、齿轮咬合的精妙机器，卡尔维诺的技艺和智慧当然让我叹服，然而在这些之外，在生活的疑难和克服之外，我更关心的是，“这个个人”所要面对的精神境遇——这个个人，他本身也更看中精神生活。

在底层民众中：柯希莫是一个贵族，他携带的这一身份始终是个符号，也始终是个区别；他曾召集过消防队一类的组织，“发现了自己组织民兵和领导群众的能力。”然而这个个人并不热衷于权力只习惯于“把意见贡献给大家”，他懂得集体会产生出最强有力的人物但自己对此却缺乏兴趣。于是，他们评价他：“他竟然是这样的能干！”“他毕竟办成了一些事情。”接着，卡尔维诺剥掉表面的壳，“那语调就像是有人要对信奉异教的人或是对反对自己的人做客观的评价，故意显示自己的心怀是如此宽广，也可以容纳与自己见解相差甚远的思想。”（《树上的男爵》第十四章）“那时已经出现一种社会风气，把任何事情都看成是贵族们的时髦玩意儿，是他们许多怪癖之一。总而言之，虽然一个比较宽容的时代正在到来，然而它更虚伪了。”（《树上的男爵》第二十三章）——他们，还把柯希莫看成是疯子，某些顽童和闲汉会在树下对他起哄，若不是他的某些可贵做法尤其是对身份的敬畏，他们也许会朝他身侧的鸟开枪（朝男爵开枪的事也确实发生过，在他被种种风流韵事纠缠着的时期）。在这个群体中，他是个外人也是个怪人。他像石子无法溶解在水中。

在知识分子中：当“这个个人”形成的初始，他曾和欧洲诸多的知识分子有书信的交流，而随着时间、经历、经验和……书上说，柯希莫在核桃树上写作《一个建立在树上的国家的宪法草案》，“他寄了一个简写本给狄德罗，署名很简单：柯希莫·隆多，百科全书的读者。狄德罗寄回一封短信表示感谢。”书上说，“我”在欧洲遇到哲学家伏尔泰，“他问我：‘骑士先生，这位像猴子一样生活在树上的著名哲学家就是在您的家乡吗？’我感到很荣幸，情不自禁地回答他，‘阁下，他是我的兄弟，迪·隆多男爵。’伏尔泰非常惊讶，也许因为有那种表现的人的兄弟竟然是显得如此正常的人，他开始问我一些问题，比如：‘您的哥哥待在那上面，是想上天吗？’‘我哥哥认为，’我回答，‘谁想看清尘世就应当同它保持必要的距离。’伏尔泰非常欣赏这样的答复。‘从前，只是大自然创造生命现象，’他总结道，‘现在是理智。’老哲人开始了关于他那虔诚的一神论的宏论。”书上说，在柯希莫和薇莪拉产生浓烈爱情的时候，他将自己的经历、体验和思考，“进行哲学上的探讨，写了一封信给卢梭，也许搅得卢梭思想混乱，他没有回信。”——在诸多传统知识分子那里，柯希莫也是个难以理解的另外，异数，他写下的是不断跳跃、有太多旁逸和超出常规的幻想的混杂物，多少带有“精神错乱”的性质——对于溢出和超常，知识分子们用不同的方式回避和沉默，或断然地以自己能够理解的方式理解，他，被忽略着。他言说的那些（也许实质上更有价值）不被作为知识存留，“没有人认真看待它，它成了一堆死去的文字。”（《树上的男爵》第二十八章）

在现实政治中：他参与，甚至是首要组织者，但因为缺乏领导欲（“一旦共同的问题得到解决他就感觉做一个孤独的个人更适合些。”“他自然是一个同他那个时代盛行的一切各类的人的集合群体格格不入的人。”）而必然逐步走向边缘——人们需要一个有力量的强者，哪怕这个强者最终让他们感觉不适，恐惧和厌恶。人们渴望服从，让另一个大脑替代自己的思想，自己顺应潮流行事就是了。柯希莫在翁布罗萨共济会中的参与是书中较为着重的一笔，我们看到，“共济会会员们承认他的高超的学识，让他加入支部，并委任他一些特别职务，因此引入大量新的礼仪和象征物。”“从后来那里保留下来的关于最初的礼仪的记载中，可以看出男爵的影响，只要看看入会仪式就足以资证：新教徒被捆好，让他们爬到树顶，然后用绳子吊放下来。”（《树上的男爵》第二十八章）这个始终热爱着大地的个人，这个能够希冀把主意贡献给他人的个人，他的贡献仅仅在于仪式化的形式，而核心的、内容的部分，则在变异、置换、篡改和忽略中消失殆尽。现实政治貌似尊重了他的头脑但实质上却是更深也更决然地将他抛在了外面。

那么，作为贵族，他在权贵者的眼中——轻视，嘲笑和虚伪的宽容是可以想到的，他已经不是他们，不再是，而是一个缺乏责任感神经错乱的疯子，甚至他的智慧也会遭受嘲笑。书中，有一段加冕后的拿破仑皇帝对“住在树顶上的爱国志士”的会见，他描述得精彩、戏剧而包含丰富。为显示自己的博学也为其他，波拿巴·拿破仑试图借用典故，可他却一直想不起来；最终，他在柯希莫的提示下想起那是亚历山大同第欧根尼的会晤：“拿破仑打榧子，表示他终于得到了他一直寻思的话。他用一个眼色示意随行的大臣们，注意听他说话。他用极好的意大利语说：‘如果我不是拿破仑皇帝的话，我很愿做柯希莫·隆多公民！’他掉转身走了。他身后随从们头上的二角帽互相碰撞，弄出一阵响声。”叙述已经消解了所谓的荣耀，尽管拿破仑皇帝送出的帽子足够高大，但它只是语词，包含着虚伪、夸张和轻飘，当不得真。当这顶高帽送出之后拿破仑甚至没有停留，对他来说，对“住在树顶上的爱国志士”的接见是个象征，作为新任的皇帝他需要姿态，至于树上的那个个人，是柯希莫还是第欧根尼还是其他人，很不重要，而随着他的转身一切都已结束，那个面目模糊的个人也许会是多年之后偶尔想起的谈资，仅此而已（称柯希莫·隆多“公民”本身也包含了诸多潜在的意味）。

在底层民众中，在知识分子中，在现实政治中，……“那个个人”都呈示了强烈的格格不入，他是异质性的沙子，他拥有的知识和智慧无法保障他成为“权威”和强者，恰恰相反，使他成为了弱的和更弱的，但他可以书写。那，在自我的知识和言说中，他又遭遇了什么，他能否完整、明晰、准确地表达出来？不能，依然是，不能。第二十四章，小说寓言化地说出了“那个个人”在言说时的可能境遇：“他往一棵核桃树上搬去一张长桌，一个排字夹柜，一箱字母，一玻璃酒坛油墨，整天忙于排版和印刷。有时候在排字夹柜和纸张之间落下一些蜘蛛、蝴蝶，它们的形象被印到了书上；有时候一只睡鼠跳到油墨未干的纸上，尾巴把整张印好的东西都扫脏了；有时候松鼠拿走了字母盘里的一个字母，它们把字母带回洞里，以为是可以吃的东西，比如拿大写的字母Q，它那圆而带把儿的形状被当成是一只水果。柯希莫在这种情况下，只好在一些文章中用大写的C凑合着代替。”蜘蛛、蝴蝶被印在书上，它们是不合规的意外，也并非言说中的应有之意；而睡鼠尾巴所做的，则是让他的言说变得模糊和混沌，对它的理解只得依靠猜度来完成，而这猜度可能是正解也可能是误读。最让我感叹也最让我心酸的是C对Q的代替：它标明，依靠语词的说出和真实想法之间有着不可弥补的分歧，尽管我们足够小心、经心，这个语言的世界也只能建立在折光之上，误读和误解在语词产生的最初就已经开始，难以避免。崔卫平说过，“我们几乎在说任何一句话时，都不能不是腹背受敌的。在刚刚表达完思想的第一秒钟内，就会产生一个念头：需要另一篇文章，来表达与其相反的意思。”卡尔维诺的所说大约也是。升出水面的冰山并不是冰山的全部，更多更重的部分只得淹没在下面的无法言说之中——但我们又不得不依赖语词，“凑合着代替。”

《树上的男爵》，卡尔维诺用寓言的方式、小说的方式写下那个个人的生存史，让他按照“理想”的样式成长也让他承担着必然后果。得承认，我如此对它情有独钟的另一理由，还因为我也是“那个个人”，这个攀登到树上的柯希莫也取自我的肋骨。日常中的我当然只能生活在地面上，就像柯希莫的弟弟那样，“我把我的思想寄托在这本书中，我不知道用其他的方式表达。我始终是一个冷静平和的人，没有强烈的激情或狂热，是一家之主，是世袭贵族，思想开明，循规守法。政治上的急剧动荡从来没有使我经受大起大落，而且我希望如此继续下去。可是内心里，又是多么地难过哟！”

……………………

尽管有学者称欧洲人为“小说之子”，认为在欧洲文明的发展进程中小说（及一切艺术）的作用是明显的，是基石之一，但贮藏于小说（及一切艺术）中的那部分“智慧”依旧遭受着普遍的漠视，就像柯希莫的言说所遭遇的那样。追求可理解的明晰、体系、确然和宏观是人们的普遍心理，何况，多数人属于汉娜·阿伦特所指称的“无思无虑者”，他们渴望一个善与恶能够被清楚区分的世界，习惯在理解之前判断，愿意追随“时代精神”并与之保持“正确”的一致……

从这点上，柯希莫注定孤独，“那个个人”注定孤独，贮藏于小说里的智慧注定孤独。卡尔维诺用一束追光跟踪着这个以自己肋骨创造出来的个人，让他牵扯着自己的疼与痛，并让尚有连接的毛细血管为这个创造物不停地供血，直到他变得苍老，直到，他搭乘偶尔飞过的热气球离开“升入到天空”。无可否认，那个个人，生活在树上的个人对于大地、人类的爱甚至远超不曾离开地面的“我们”，但在最后，他余下的气力还是用在了“反叛”上——不，不是不肯和解，柯希莫的“反叛”尽管底线清晰但也从未尖锐过，变成一种有意的姿态，他只是，愿意将自己的一生全部地交给自我的精神原则——他，做到了。当然他为自己的做到也付出了可观的代价。

“在所有小说的心脏里都燃烧着抗议的火苗。虚构小说的人之所以这样做，是因为他过不上小说里的那种生活；阅读小说的人（他相信书里的那种生活），通过书中的幽灵找到了为改善自己生活所需要的面孔和历险的事情。这就是小说的谎言所表达的真情：谎言是我们自己，谎言给我们安慰，谎言为我们的乡愁和失意做出补偿。”——巴尔加斯·略萨在他《谎言中的真实》这样宣称，他说出的，即是我阅读《树上的男爵》时的感觉，我找不到更为精确的表达。小说如此，小说应当如此，这，是卡尔维诺和所有伟大作家给我的教益。

“我写了四十年小说，探索过各种道路，进行过各种实验，现在该对我的工作下个定义了。我建议这样来定义：我的工作常常是为了减轻分量，有时尽力减轻人物的分量，有时尽力减轻天体的分量，有时尽力减轻城市的分量，首先是尽力减轻小说结构和语言的分量……”在《美国讲稿》中，卡尔维诺这样写到。是的，卡尔维诺的小说始终有种特殊的“轻逸感”，甚至是童话性——他的减法与20世纪以来的小说显然驰向背道，无论是从故事上，结构上，语言上。《看不见的城市》与《命运交叉的城堡》等小说的复杂性在于逻辑线条上，在于整体的勾连上，但就每一个独立的故事来说都是不复杂的，轻逸的，简笔的，它的故事往往可以做到复述，甚至可以读给儿童。我的儿子李逸君就在他十几岁的时候读过了《我们的祖先》，并且读得津津有味，并且，在我为朋友讲述《树上的男爵》时悄悄为我指出我的记忆错误。卡尔维诺有意减轻着重量，在诸方面。无疑，这是一个巨大的冒险。

当然是巨大的冒险，因为某种时代精神总是或多或少地影响着人和人的判断，这种时代精神也具有着强大的合理性并不完全是一种错谬的流行。是的，对流行思想的不思考是文学的敌人，但多数时候这一思考是建立在基本平行或者大致认同的基础之上的，当米兰·昆德拉提出“小说的精神是复杂性的精神，每一部小说都对读者说，‘事情并不像你想象的那样简单。’这是小说永恒的真理”的时候，他的自信来自绝大多数作家（尤其是那些伟大作家们）的普遍共识。在这一共识的基础之上，19世纪以后的小说（其实之前也是）越趋复杂繁重，交响感也越来越强——我相信这一趋势在今后的时代中还会加强，进一步加强，在我看来君特·格拉斯和萨尔曼·鲁西迪已经前瞻性地开拓了路径，虽然这一路径还有待更多的写作跟上。我认可这一趋势，信任这一趋势，同时赞扬这一趋势，但我也承认卡尔维诺所提出的警告：“有时候我觉得世界正在变成石头。不同的地方、不同的人都在缓慢地石头化，程度可能不同，但毫无例外地都在石头化，仿佛谁都没能躲开美杜莎那残酷的目光。”重量感、繁厚感并不等同于石头化，但渗在内部的趋向还是有的，或多或少。

柏尔修斯是成功地砍下美杜莎脑袋的唯一英雄——我想卡尔维诺也是，尽管说他是唯一性或许武断。在20世纪的文学版图中，在经典性的文字中，卡尔维诺是个“灾变”性的异数，是反方向的钟，恰是这一不趋同的“灾变”让人耳目一新，他，展示了新可能。

没错，卡尔维诺笔下的人物并不复杂，似乎每一个人都只负责携带一至两种可能向度，更多的时候只负责一种，譬如《树上的男爵》中的父亲，母亲，姐姐，律师骑士，包括大盗贾恩·德依·布鲁基；“我”在其中甚至更为简化和简洁，更多是叙述者的身份而不是参与者的身份。卡尔维诺有意将每个人物所携带的向度强化至小有夸张，一方面这是出于有趣的考虑一方面则是便于引发思忖，对他们行为和精神向度的思忖。甚至可以说，卡尔维诺笔下的人物都有些“概念化”，是明确的“概念”的产物，他们身上的征质极为容易总结，尽管这一总结性并不影响故事的趣味和人物行为的丰盈。卡尔维诺掌握着“概念”和“故事”的危险平衡，在他强概念的小说中，负载了概念与理念的人物无一不生动，无一不携带着气息和妙趣。

当“我们的故事”越来越趋向复杂，结构越来越趋向复调化和复眼感的时候，越来越趋向多声部和“叙事纠缠”的时候，卡尔维诺反其道而行，在《美国讲稿》的“速度”一节，在谈论到“离题”的时候他坦承：“我喜爱直线，希望直线能无限延长，好让读者捕捉不到我。我希望我能像箭一样射向远方，消逝在地平线之外，让我飞行的轨迹无限延伸。或者说，如果在我前进的道路上有许多障碍，那么我将用许多直线线段设计我的行迹，依靠这些小的线段在尽可能短的时间内绕过各种障碍。”卡尔维诺的小说使用的多是线性结构，像《树上的男爵》，它几乎用一种与时间并行的线性方式串起柯西莫的一生，从 12 岁的年纪开始，直到他离开我们的人世。在这一生中，成长和解决生活问题在一起纠缠，和对时代、政治、人类可能与知识分子的精神诉求一起纠缠，它的“飞行轨迹无限延伸”，一直延伸到最后一页纸的空白处。《分成两半的子爵》也是基本线性，《宇宙奇趣》也是……是的，在阅读卡尔维诺之前，我似乎确切地认定线性结构已不太适应当下的文学写作，它是滞后的，原始的，粗陋的，已没有太多的新意可言，它已经匮乏了新可能；然而，对卡尔维诺的阅读让我惊讶，我骤然发现我的判断过于武断，卡尔维诺就展示了新可能，他利用滞后完成了创新，他让旧枝条发出新芽，有了新花。

在语言上，卡尔维诺貌似也毫不用力，只是平常叙述，可其中总是有着某种意味的回旋，这样的句子比比皆是。譬如贾恩·德依·布鲁基的死，小说是这样写的：“当他的身体不再扭动时，人群走散了。柯西莫骑坐在吊着受绞刑者的那根树枝上，一直留到深夜。每当一只乌鸦飞来要啄食尸体的眼睛或鼻子时，柯西莫就挥动帽子将它赶开。”对于死亡，没有比它更平静的描述了；然而这里贮含的绝不像它的表面那样简单。看客们不在意尸体，在意的是大盗之死的过程，而这个盗贼是否已经无害或基本无害则不是他们考虑的，对他们来说大盗死亡即是故事的结束，但对柯西莫来说不是。在这些话里，有“理解的孤独”，也有不计利益的坚守，有悲悯和苍凉。乌鸦可以看做是象征，眼睛和鼻子应也算是。挥动帽子驱赶乌鸦的形象是柯西莫男爵的一部分，和他的内在紧紧相连。同样具有回旋感的还有另外章节中(第二十章)佳佳的“消失”:“佳佳不再回来。柯西莫天天守在白蜡树上观望草坪,仿佛可以从草地上悟出长久以来在内心折磨着他的那个东西:对于远方的思念、空虚感、期待,这些思想本身可以延绵不断,比生命更长久。”佳佳是种象征,是薇莪拉存在的象征,是他爱着和思念着的象征,是他痛苦和愤恨纠缠着的渊薮。在这段同样平静的文字里,百感交集着,并形成了有强吸力的涡流。

尼采说,“假设没有可怕的深度,就不会有美丽的湖面。”——他说得太好了,有种为卡尔维诺“量身定做”的恰应感。卡尔维诺的轻逸,简略,线性,所呈现的就像是“美丽的湖面”,可我们无法忽略在这份表面的平静下的可怕深度。

我极为看重卡尔维诺,不只是他的故事能力,不只是他的幻想和思考深度,更让我敬佩的,是他为我展示了一种我以为已经不再有的可能,一种有趣的反向,而终点,和一切伟大的文学又那样一致。

流亡者的语词

——关于切斯瓦夫·米沃什

1951年，40岁的切斯瓦夫·米沃什选择了流亡，这一选择似乎谈不上“被迫”但却有着同样的挣扎和艰难。在我看来，切斯瓦夫·米沃什这个名字是与“流亡”焊接在一起的，他的自我放逐其实更具象征意味；在我看来，切斯瓦夫·米沃什的流亡其实更早一些，并且具有多重性，不止政治的单一向度。没错儿，20世纪以来许许多多的思考者或多或少都显得与时代、主流、新信仰以及混杂的强力有些“格格不入”，他们的保持同样形成了另一层面的放逐：在任何一个地域的人群中，在任何一种语言中，在任何一种的喧嚣中，他们都是“孤独的个人”。切斯瓦夫·米沃什是其中的一个。

切斯瓦夫·米沃什的流亡并不始于1951年而是更早，

这一点儿他自己也承认。在《被禁锢的头脑》前言中，米沃什坦言，“我曾试图让自己相信，我能够保持独立性，并为自己确立一些不能逾越的原则。但随着人民民主国家势力的发展，我作为作家所能回旋的余地越来越窄。”“多年以来，我内心与这种哲学进行了多次对话，同时，还跟几个接受了这一哲学的朋友进行过相关讨论。因为情感上的抵触，我最后义无反顾彻底抛弃了这个不能被我接受的理论。”米沃什平静的叙述中有个巨大的情感涡流，他故意使用轻质的词：“对话”，“讨论”。仿佛它们从未形成过阴霾，也不曾让他产生骤然掉入大海中的落水感。可这与内心的对话已经持续多年，“多年以来”，它泄露的是持续性和时间的延绵，在这个“多年以来”当中早早地埋下了流亡的种子。多年以来，他始终处在说服与反说服中，切斯瓦夫·米沃什的内心具有弹性却也有着某种的坚硬。“用心理学方法来分析的话，就可以从各种不同的角度了解我为什么终于和东方集团决绝。旁人很容易认为这决心纯粹出于对专制的仇恨，实则是由各种动机所促成，而其中有些动机说起来并不冠冕堂皇。我的决定与其说是经过理智冷静的思考，倒不如说是由于胃口无法受纳。一个人可以用最合乎逻辑的理由来说服自己，说假如他能吞下活生生的青蛙，健康一定大有进步。于是在理智上他被说服了，可以吞下一只青蛙，然后第二只；可是吞到第三只时，他非大倒胃口不可。我思想上的变化也同这情形

相仿佛。”（《被禁锢的头脑》英文版序—1）

曾任波兰驻美国及法国使馆文化专员的米沃什用主动的方式选择了流亡生活。他是一个诗人，用母语写作。“一个诗人连自己的语言文字都没有之后，还能算诗人吗？”切斯瓦夫·米沃什极其看中自己的诗人身份，故而这一主动选择是种艰难的斩断，会让他巨痛并涌出数量庞大的血。可那种被禁锢感更使他窒息，他可以在生活中服从而他的诗却不，巨石下他的思考还在不断地钻出新芽，这新芽让他恐惧又让他不得不细心呵护……“在畏惧和战栗中，我想我会完成我的生命，/只当我促使自己提出公开的自白书，/揭示我自己和我这时代的羞耻；/我们被允许以侏儒和恶魔的口舌尖叫，/而真纯和宽宏的话却被禁止；/在如此严峻的惩罚下，谁敢说出一个字，/谁就自认为是个失踪的人。”（《使命》）我想，出现在米沃什回忆录里的某个故事或许也可作为动机之一，部分地解释米沃什的流亡选择：他说，俄国革命时期，在火车站的自助餐厅里，一个举止优雅的就餐者引起了周围的注意。他们走到他的桌前，嘲笑他，往他的汤里吐痰。这个人没有任何反抗。场面持续了很长时间。最后，这个举止优雅的人突然从兜里掏出一把手枪，把枪管含进嘴里，然后扣动了板机。“那种残酷和庸俗随着革命翻腾到了生活的表层，变成苏维埃生活的品质。”米沃什谈道。残酷和庸俗也是需要不断吞下的活体青蛙，它甚至要求你必须成为类似的同类，这点儿，我们可以参看巴别尔的《鹅》。反对雅致在我们的国度里也曾一度流行甚至有再度流行的可能，这点儿我想我们并不陌生。它更让人绝望，无路可逃。有些厌绝可能是“非本质”的，它似乎并不直接影响到你的生活与生活质量，但处在其中，终会生出强烈的、难以自控的力量。

如果我们将“流亡”这个词的外延打开，更拓展些，侧重其中的“被抛弃”“被脱离”与“格格不入”，那，切斯瓦夫·米沃什的流亡性便呈现出多重含义，譬如他在知识分子们之间的“流亡”，在自我中的“流亡”和宗教意味上的“流亡”。在民众、知识精英和负有使命的布道者中间，米沃什都属于索伦·克尔凯郭尔所言称的“那个个人”，始终保持着思考、行为、语词上的独立性。这个热爱着大地的个人努力攀援至树上，并独立承担着生活在树上这一“相对高处”的必然后果。

在知识分子之间，他是孤独的。他的知识并不用来……他敬重纯净的知识和智慧，敬重在内心深处的相互辩驳，而从不考虑将它幻化为矛或盾，或者借助它来“选择有利地形”。恰因如此，知识的累积让他更加“腹背受敌”，这一“腹背受敌”在1945年苏联先遣部队进入波兰之前就已生成。在纳粹占领期间切斯瓦夫·米沃什选择给当时的地下刊物写作，“波兰的情况使我接近左倾的思想，不过我的观点与其说是积极和正面的，还不如说是消极和反面的。我不喜欢右翼的政治团体，因为他们主要的政纲只不过是：反犹太主义。”他承认自己具有对于用革命解决问题的“感情倾向”，“我梦想过一种去掉主义的左派独裁团体，甚至梦想过一种神权政治的共产主义。”（《青年人和神秘事物》）不喜欢右翼和向左的“感情倾向”并不意味他会和斯大林信徒们站在一起，不，他不能融入，尽管他也确曾试图嗑下那枚被他称作“穆尔提·丙”的药丸——这枚出现在斯坦尼斯瓦夫·伊格纳奇·维特凯维奇书中、由蒙古哲学家穆尔提·丙发明的药物，能够导致改变“世界观”，它会让你变成另外一种人，瞬间获得安详和幸福，变成心满意足的不思考的人，“人们在繁忙的日常生活表面下，仍然会意识到必须作出一种不可逆转的选择，也就是说，人或者不免一死——要么是肉体死亡，要么是精神的死亡，或者通过服用‘穆尔提·丙’药丸，以那种由上方早已规定的唯一模式重生。”（《被禁锢的头脑》第一章）——拒绝在米沃什那里是双重的，他匮乏“选边站队”的立场感，不肯依靠“多数人”的肩膀掩盖住自己。而当他选择流亡，到西方，他的孤独处境并没有特别的改善，恰恰相反，那种“腹背受敌”感可能变得更甚：“我这本书（指《被禁锢的头脑》）在1953年出版的时候（他没提到的是，最初，据说伽俐玛出版社的发行人出于左派的观点都没将此书放到书架上。），实际上引起了所有人的反感。羡慕苏联共产主义的人认为这本书极尽侮辱之能事，而反共分子们指责该书缺乏一种明确的政治态度，怀疑作者骨子里是一个马克思主义者……”那时，知识分子们忙于对立性的争吵，米沃什是弱的，更弱的，他的声音被层层的喧嚣所淹没，那种具有卓见的珍珠需要吹尽了时间的灰烬之后才显现出一二来。说实话我对知识分子这一群体也缺乏可能的信任，他们更多是“天真”的人，不及物也不肯及物；他们更多是“知识者”“知道者”，且不说这些知识是否陈旧过时或者包含了太多的谬误与偏见；他们或知道、懂得，却已屈从于现实，此刻正用冷漠的恶意盯着后来的挣扎者，仔细观察“受捶”的过程；他们或随波起伏，运用知识精致地利己，或适度地让自己保持在风口浪尖——赞同与反对的关键点在于个人好恶或者利益取舍；他们，或许能记住书上的某些结论，然而知识反而更助长了他们的愚蠢，总是一副真理在握的样子……更可怕的，是某些人，他们拥有被禁锢着的头脑，全部的精力和时间都被他用来对另外的人进行同样的禁锢和规范。切斯瓦夫·米沃什无法不孤独。我们能见的，是他在知识分子中的自我放逐。

在东方，那种曲意逢迎独裁者和新信仰的“现实主义”氛围是他难以接受的，而在西方，他同样有着不适，“因为在西方我同样感觉到一股压力，使我顺从，换句话说，就是让我无条件接受另一种制度；虽然这制度与我刚脱离的制度正相反。”——他不肯顺从，尤其是这份“顺从”裹挟在压力中的时候，米沃什让自己不断反弹。像我们熟知的亚历山大·索尔仁尼琴，或者奈保尔、萨义德，切斯瓦夫·米沃什同样无处安顿，在任何的一方他们都属于可恶而可贵的“异见者”，接纳的感恩也无法消除梗在喉咙处的“异见”——当然，这从来都是两码事。

那么对我，对于自我，切斯瓦夫·米沃什……他也是分裂着的，在诗和其他的文字中，我们得见他分裂着的形状以及撕裂时被痛苦拉长的血和肉。那种不顺从和格格不入同样出现在“我”和“自我”之间，作为审视者，他的手上拿有手术的刀片。这枚刀片在解剖他者的同时也解剖着自己，解剖着无可告解的耻辱感和罪恶感，呼叫的苍白，人性的幽暗区域，自我放逐动机里“并不冠冕堂皇”的部分，麻木和怯懦，悔恨的折磨，被催眠术引诱的摆荡时段以及无可剔除的“本能”：“唉，我只在自己身上找到了一个处处要占上风的雄性的本能，一个精力充沛的精子的本能。/我真实想要的只是力量、名声和女人。/无论如何，我发现适合我的都只是一种怀疑主义哲学。/它不给人任何更高的品质。”（《贬低本性》）在西方（特别是在美国），米沃什试图给自我建立一隅安静区域，试图隐藏自己隐隐作痛的“离乡感”，他几乎表面上做到了：“如此幸福的一天。/雾在一早就散了，我在花园里干活，/蜂鸟停在忍冬花上。这世上没有一样东西我想占有，我知道没有一个人值得我羡慕。/任何我曾遭受的不幸，我都已忘记，/想到故我和今我同为一人并不使我难为情。/在我身上没有痛苦。/直起腰来，我望见蓝色的大海和帆影。”——这首著名的《礼物》有着表面的平静，安详，单纯与从容，它在着，他在文字的表层涂抹了一层厚蜂蜜，然而，对“大海和帆影”的强调却是悄然的泄露：他在望向远处，花园里工作的满足并不能全部地吸纳住他，那“任何我曾遭受的不幸，我都已忘记，/想到故我和今我同为一人并不使我难为情”之类的句子就有了另外的、“欲盖弥彰”的味道。尽管，此处自我的分裂显得较为微小。

被切斯瓦夫·米沃什的刀片割开的“自我”里还有一截儿，在选择一个更为恰应的词语之前，姑且我们称它为“神父”：作为思考者和记录者的米沃什有着某种“布道”的倾心，在骨子里，他是极为“靠近”宗教的（当然波兰的多灾多难和自身境遇也迫使他靠近。），在他的诗中特别是晚期的诗集《第二空间》里“上帝”曾不断地被提及，也不断地被追问。在诗中，米沃什言道，“我的一生都在努力回答这么个问题：恶从何来？/如果上帝在天上，/在我们身边/人们不可能受这么多的苦。”（《高地》）摆荡于“信”和“疑”的狭窄缝隙里，诗中出现的“一生”和“努力”不应轻易被放过，它提示了漫长、试图被说服和其中的艰难，同时，用一生来努力回答，恰也证明切斯瓦夫·米沃什的“神父”自许，然而，这个“神父”——“我是否敢于向他们坦承，我是一个没有信仰的神父，/每天都在祈求理解的恩宠，/尽管在我心里只有对盼望的盼望？/有一些日子在我看来/人们不过是节日里的牵线木偶，在虚无的边缘跳舞。”（《塞维利奴斯神父》）在记录着记忆的《米沃什词典》中，他还曾谈到，“只有我们确信自己独特的存在，只有我们确信自己的命运只能由自己来承担，我们才会相信灵魂不朽。”

“我听到反对声，那也是我自己的反对声。”米沃什说。这句话的意味远比它在《从我的欧洲开始》中的前后承接更加深长。不肯轻易顺从和轻易相信，使得米沃什成为梗硬着的异数，使他腹背受敌，成为了多重的“流亡者”，尤其是，精神上的。

....

重新返回，让我们返回到“穆尔提·丙世界观”——这是和米沃什连接紧密的一个词，它甚至前呈而对切斯瓦夫·米沃什构成笼罩。这个词，不是米沃什的“发明”，却在米沃什的擦拭下变得更为炫目。另一位诗人西默斯·希尼曾如此评价：“切斯瓦夫·米沃什的伟大在于，他具有直抵问题核心并径直作出回答的天赋，无论这种问题是道德的、政治的、艺术的，还是自身的——他是这样一种人，这种人拥有暧昧难言的特权，能比我们认知和承受更多的现实。”是的，米沃什依借自己“直抵问题核心并径直作出回答的天赋”向我们展示“穆尔提·丙世界观”的诸多表现及其荒谬、可笑、可怜和可恨之处，他在混沌的繁复的现实中抽丝剥茧，指认“这一片真正荒原”的可怕。面对一个从未出现过的新信仰和它的带来，切斯瓦夫·米沃什竟然反应迅速地“熟悉”了它并将其本质牢牢抓住。他，和昆德拉、哈维尔、索尔仁尼琴、哈谢克、布罗茨基、赫塔·米勒等人一道，成为了这个庞然大物的摧毁者之一。

“穆尔提·丙”药丸属于一种致幻的药剂，它会让你产生出“被融入”的温暖，让那种“成为人民大众一分子”的渴望得以部分地实现：尽管智力水平上的差异还存在着，但基本原理却是共同的，精神上的巨大分界早已消除。在你的身侧是密密麻麻手臂的丛林，也许是第一次，“你”和“他们”所思、所想和所说取消了分别，“他们”负责提供给你一个集体的力量，让你得以战胜虚弱感和一向存在的怯懦。同时，在这个众人之间，你明确地成为了“有用之人”。“穆尔提·丙”药丸的药性里还包含着导致遗忘的成分，不，它不是苦的，而是溶解着的甜味剂：服用它，可以让你从苦难的记忆、对一些得不到答案的难题的冥想、刻意的执着中轻易摆脱，“解脱出来”，转而对旧有的这些露出鄙视：它们是那么肤浅和无关紧要。而此在，口腔里咀嚼着余下的甜味的此刻应是安详和幸福。“穆尔提·丙”药丸导致的遗忘是有选择性的，它擦掉的是痛和苦的部分，让你纠缠却难以摆脱的部分，而药剂做到了。当然，“穆尔提·丙”药丸的推销者还会承诺：在接受药丸之后，你将会是一个具有新信仰的新人类，你将和另外的新人类一起自己来构建新的历史体系而不再是“历史体系的奴隶”，你成为了“主人翁”——这是另一层的晕眩，处在诱惑性的漩涡中心，何况还有物质上的激励。“满足虚荣心只是社会需要的一种外在表现，只是一种得到社会承认的象征，其实它每一步都在强化翻身的感觉。”

米沃什洞明世事地指出，“穆尔提·丙”药丸的服用并没有违背人性，恰恰相反，它来自人性深处的要求。人们（包括知识分子）需要“正确性”的支撑，所以从这点上来说，“惧怕独立思考是知识分子的特点。”许多时候，他们惧怕的可能并不是“得出危险结论”，而是害怕“徒劳”——自己的人生、创造和思考之塔建筑在流动着的沙基上，它随时可能垮塌，将你付出一生的辛苦一并摧毁。知识分子们时常会在两个不同向度上做出选择：“如果他不顺应现实中唯一且具有生命力的潮流，那是因为他必须考虑，是要跟现实的运动保持一致，还是要符合历史的法则。”问题是，即使历史中的一瞬也会远远超过个人的生命长度，当新信仰作为一种全新的、摧枯拉朽的庞大力量笼罩于人们头上时，知识分子们甚至无从确认：它是不是新的历史法则，是不是“现状不能改变，非如此不可”，甚至是不是“正确的”潮流中最具生命力的一步。他看不到终结，也猜测不到这种可能。他被覆盖了，像蚂蚁陷入到大海。“尽管有抵抗，尽管有过瞬间的绝望，但这样的时刻（指吞下药丸）总要到来的……”然后，“他至少可以获得某种程度的内心平衡，足够让他从事一系列活动，这比他以毫无成效的反抗和怀抱不确定的希望折磨自己要好许多。”

事实上，服用过“穆尔提·丙”药丸的“过来人”往往会对还有挣扎过程中的未服药者表达关切和同情，送出劝慰：“没事的，会好的。”当然，有时，这些“过来人”在看到别人在受自己曾受过的苦时会产生瞬间的喜悦：凭什么你就不？事实上，服用过“穆尔提·丙”药丸的“过来人”也许会生出某种的自觉，他们自觉地寻找尚未服药的人，将他推到药丸推销员的面前，后面的事，交给推销员就是了。后面的发生与“过来人”似乎无关，他们不接受谴责。

“穆尔提·丙”药丸的副作用是，人们依靠在“众人中”抵抗空虚感而更大的、更本质的空虚感却又显现了出来，他们也许没能意识到包含其中的荒谬：个人的人生被压缩在很短的、规范化的阶段里，孩提时代、成年和老年“挤成了一团”，而在他身上“没有一样东西是真正属于他们自己的，一切都属于产生他们的历史体系”——“不再成为历史体系的奴隶”是一句经不起深究的广告语，靠近它就是靠近了它的反面，恰如米兰·昆德拉《玩笑》中指出的那样，“世人受到乌托邦声音的迷惑，拼命挤向通往天堂的大门。而当大门在背后砰然关闭时，他们却发现自己是处在地狱里。”“穆尔提·丙”药丸的另外副作用还有思想才能的减弱，把思考力和想象力上缴之后他们只剩下“追随者模仿追随者，过去模仿过去”，或者成为“精致的利己主义者”，而再无真正意义的创造。对“穆尔提·丙”世界观的完美性构成否定的还有——切斯瓦夫·米沃什将它定义为“冷漠”。他敏锐地感觉到，这是一种“坏的精神流质”，是“暴力和不幸、内部瘫痪和外部动荡的先兆”。

在《永不满足》中，斯坦尼斯瓦夫·伊格纳奇·维特凯维奇写道，服用了“穆尔提·丙”药丸的人虽然努力改造自己，但终就无法完全地消除掉自己的个性，他们最后都成了著名的精神分裂症患者；而在切斯瓦夫·米沃什那里，境遇看上去似乎略好：药丸的服用者有所战胜，他们学会在“无所不在的有意识的群体表演”，成为了新型的“凯特曼”，依靠口是心非、表里不一的伪装在新信仰的人民民主体制下存活下来。而且，某些人，即使明知自己是在演戏，但表演的时间已经太久了，于是他逐步真的成为了所扮演的角色，和它混成一个，而且“越演越起劲”。

“越演越起劲。”米沃什继续着他深刻的甚至小有恶毒的洞察，他谈到，持续不断地伪装虽说会让所有人都处在一种不堪负荷的氛围中，但是也给伪装者提供了不小的满足。

“嘴上说某事是白的，而心里想着那一定是黑的；内心感到某事可笑，表面上却显示出一种庄重的热情；分明是满腔的仇恨，但表现出的却是爱的迹象；对某事分明是知道，却装着一无所知；在欺骗对手（其实对手也在欺骗我们）的同时，也在高度地评价自己的足智多谋、老谋深算。”(《凯特曼——伪装》）米沃什看到，伪装的因子已经弥漫于人民民主制度的空气里，人们呼吸着它同时也将它吸纳进自己的肺，渐成生活的必需，尽管“如此大规模实践的群众性表演在人类历史上并不常见”，但它却驻扎下来。

伪装的生活是有共通性的，即使在极权主义的总发条已经出现松动之后。“日常生活中的做戏与剧院里的表演之同之处在于：人人都在别人面前做戏，而且彼此都清楚大家都在逢场作戏。”（《凯特曼——伪装》）或者，“我们知道他们在撒谎，他们也知道我们知道他们在撒谎，我们也知道其实他们知道我们知道他们在撒谎，他们也知道我们是假装他们没有在撒谎……”口是心非所造成的人格分裂并不比服用“穆尔提·丙”药丸带来的后果轻多少，但看到周围沉默着的大多数，他们的伪装能力还远逊于自己，那种时而泛起的快感会让症状有所减轻。问题是，“凯特曼能走多远？”问题是，如果人的一生始终处在“凯特曼”的伪装术中，从未以“自我”的真面示过人，那他应是感到悲哀还是幸运？他的一生，是有，还是无？

发现并指认体制下的伪装并不困难，切斯瓦夫·米沃什不肯止步于现实现象，而是要再进一步，指认依附在“凯特曼”身上的不同属性，并“试图像博物学家那样”分类：民族凯特曼（通过比较，看到自己民族在习俗、文化和其他方面的更为高雅或优越之处，用民族情绪替代理性。在当时的波兰，尤其是工人家庭出身的青年知识分子，民族凯特曼的集中表征可以简单归结为一句话：社会主义——好；俄罗斯——不好。）；革命纯洁性凯特曼（原教旨主义者的理念，怀旧的，经历着幻灭的；他们用凯特曼的方式藏身，却坚持期待着纯洁性的复兴。）；美学凯特曼（在私人领域，他们并不认同官方给予的单调、笨拙的审美，在这一领域里他们为自己留置了狭小的“余地”，但一进入到有他者在场的表演区域，他就成为官方审美不遗余力的拥护者和赞美者。）；职业工作凯特曼；怀疑论者凯特曼；形而上学凯特曼；伦理凯特曼……“对多数人来说，必须生活在持续的紧张状态下和无时无刻不在的警觉中，似乎是一种酷刑，但这同时也给许多知识分子带来了一种受虐淫的乐趣。”

“穆尔提·丙”药丸是一个出现在别人书中的旧词，但富有洞察的米沃什“拿来”了它，并重新注入了新的、更具复杂性的词意；“凯特曼”也是一个旧词，它原出现于康德·戈比诺所著的《中亚的宗教与哲学》一书中，属于东方的穆斯林，“如果有必要，人们就必须对他们真正的信仰保持沉默。”

如果保持沉默还不够的话，那他甚至可以公开否认自己真正的观点，采取一切手段和策略蒙蔽对手——米沃什再次“拿来”，将原有倾空，重新注入了新的、更具复杂性的词意。从这个层面上讲，切斯瓦夫·米沃什属于《圣经》中提到的那个“唯一跑出来给你报信的人”。他是，黑暗的信使。却用自己处在黑暗中的眼睛寻找着可能的光明。

……………………………………

流亡者的语词。米沃什在他的语词中建立起漂泊着的家园，他呵护着藏于语词中未被掘出的根。在流亡的漫长生涯里，他得通过这种精心的、具有象征意味的呵护来使自己获得温暖，并且不至枯竭。当然这也是所有流亡作家的共同趋向，“母语”成为他们最后的、可亲的土壤，他们的生命只有在其上的种植才能获得生长，才有更真切的自如和自由，或者同样借用另一位流亡诗人布罗茨基的更为有趣的比喻：曾经作为剑的母语，此刻在他的手里变成了盾牌。

这一小节，切斯瓦夫·米沃什的诗人身份将被放大；这一小节，波兰，作为米沃什“我的”“另一个欧洲”的背景将被缩小，请让我们专注于语词和语词中的建造。

在我看来，相较于切斯瓦夫·米沃什“流亡者”“审视的怀疑论者”，他的诗人身份更应被记住。在这一身份里，他的魅力更充沛一些，也更耐得回味。

米沃什的诗句具有一种流淌的性质，略显迅捷，他很少设置层出的阻挡以使它停滞或慢下来，这也使他的诗有了道来的娓娓。译为汉语的切斯瓦夫·米沃什的诗句（无论是张曙光译、西川译、绿原译还是周伟驰译。）在流畅感的褒扬上相当一致，它们仿佛不那么经意，米沃什随意从情绪、思考和“瞬时发现”中截取——它的调子是口语体的，尽管是讲究的口语体。米沃什有意给我们这样“不经意”的错觉，他用这种方式迅速地为我们建立了进入通道，从而更直接、敞开地让我们生出共鸣。有过诗歌训练或一直都在写诗的人一定知道，这种“不经意”其实是写作者经意选择的结果，是在训练之后、反复地斟酌之后，加之区别于他人的缪斯的回避之后的“精心呈现”，没有一个有建树的诗人不是如此。和这种流淌感相称，切斯瓦夫·米沃什的诗句还有着某种的直接感，尽管它的里面同样竖着隐喻和象征的丛林，却并不显得晦涩——至少字面上如此，米沃什“捡走了”可能出现在水流冲刷的河床上的石块。在切斯瓦夫·米沃什的诗中，我们还可以看到那种属于“叙述性”的推力，他把属于小说的“故事”挪用进自己的诗中，挪过来的还有故事的吸引。譬如《偶遇》：“黎明时我们驾着马车穿过冰封的原野。/一只红色的翅膀自黑暗中升起。//突然一只野兔从道路上跑过。/我们中的一个用手指点着它。//已经很久了。今天他们已不在人世，/那只野兔，那个做手势的人……”

他掌控着语词的节奏，让它进入提琴的旋律。从这点上来说米沃什是一个具有古典气质的诗人，在他的随笔中我们也可以看出他对具有“世界主义”特征的现代诗风的个人抵御，当然这并不能简单地认为他会放弃“与古典主义者争吵”。在《故土，对自我限定的追求》一文中，米沃什谈道，“我按照自己谦卑的天平，由此得出结论，一个人不应当向前跑得太远，一切都成熟得很缓慢……”没错儿，“不应当向前跑得太远”的自我警告无法对诗艺的成功提供任何保证，假如米沃什在他的世纪只写下顺畅、直接的诗句即使这些诗歌足够动人他也会被列入到渺小的后来者行列，他必须增加新质，必须在延续的基础上提供前行，也必须致力于烙上个人印迹。米沃什懂得，他把古典主义在“洁净诉求”中剔除的某些元素用诗的方式加了进来，并将它调和成诗性的有机部分；他将现实发生中的粗砺、粗糙、罪孽的事与物（包括语词）调和成诗性的有机部分，加入到自己的诗句中，当然这需要一系列复杂而深刻的变动；与此同时，他还掌握了“诗歌的语言使它可以参与并主宰‘宗教思想、政治思想和社会思想持续不断的变化’”的炼金术，这一炼金术让他变得卓然。在《偶遇》中，最后一节，这一炼金术发挥着作用：“哦，我的爱人，它们在哪里，它们将去哪里/那挥动的手，一连串动作，砂石的沙沙声。/我询问，不是由于悲伤，而是感到惶惑。”在这里，他将视线伸入到死亡的幽暗区域，并让投下的石子发出持续不断的回响。

米沃什诗歌的另一显著处是，他总习惯把“宗教思想、政治思想和社会思想持续不断地变化”做及物化处理，让具体、场景和细节不断楔入（有时还加入“历史”和“历史的发生”），从而让自己的诗歌获得丰厚与浑浊，并借助浑浊感使言说的向度有了多重。他淡化了诗歌的透明性，向里面注入了类似“现实主义”倾向的混杂与日常具体，有时你会惊讶他加入了那么多的具体情境却没有造成诗性和言外之意的减损，这种平衡能力实在让人叹服。诗歌（和一切艺术）从来都是一种平衡的艺术，有时它会取中，通过回旋取得对称，而有时，它会故意倾斜让一方偏重显示出欲要倾塌的样子来，然而在另一个支点上制止住它——切斯瓦夫·米沃什采取的即是那种“危险的平衡”。具体日常、场景化和现实感的介入在让诗歌的阅读者强化了“亲历”感和带入性的同时带来的另一后果则是，挤压了写作者的抒情空间，进而造成诗性的匮乏，“散文化”，其属于“诗”的那份魅力便会受损。这时，写作者就必须拿出相应的策略进行技术补救，在场景与场景、细节与细节的连接处凿出更多的“气孔”，尽力拉开语词的张力……他得充分利用自己余下的“有限”。在他那篇曾被反复引用的诗作《一个故事》中，我们可以借此证明：

现在我想讲米德尔的故事：我且放进一点寓意。
他倒霉碰上了一头灰熊，又凶又猛
经常从小屋的檐下撕抢鹿肉。
不仅如此。它不理人，也不怕火。
一天夜里，它开始捶门，
还用爪子打破了窗户，于是人们蜷成一团，
把猎枪放在身旁，等待着黎明。
晚上它又来了，米德尔近距离射中了它，
射在左肩胛骨的下面。它于是又跳又跑，
跑得像一场风暴：一头灰熊，米德尔说，
即使被射中了心窝，也会不停地跑，
一直跑到倒下来。后来，米德尔沿着血迹，
找到了它——他这才懂得
这头熊古怪行为的真实原因：
这畜牲的口腔给脓肿和齿烂掉了一半儿。
成年累月的牙痛啊。一种不可言喻的痛楚
经常逼得我们胡作非为，
使我们产生盲目的勇气。我们没有什么可以丢失，
我们走出了森林，未必希望
天上会下来一个牙医把我们治好。

“现在我想讲米德尔的故事：我且放进一点寓意。”他用“我且放进一点寓意”的插入为接下来要讲的故事留出了出气的孔，这成为另一条有张力的引线，让我们不至于在故事的流畅中顺流而下。接下来是“故事”的，它显得具体，生活，朴实，口语，直到“成年累月的牙痛啊”才开始有了新的转向。“我们”被安排进那头灰熊的身体里，牙痛成了“我们的”，那种胡作非为和盲目的勇气也成了“我们的”，寓意在这里有了更密集的透气孔，这里有诸多的未完成：“我们”是谁？为何一只熊的遭遇成为“我们”的共同境遇？何谓“盲目的勇气”？…… 米沃什不提供标准化的“解释”（它属于阅读者添加个人经验进行填充的领域，在这里，阅读者需要调动他“清醒的头脑和健全的知觉”。），米沃什提供的，是顺着这层隐喻继续向前，“我们走出了森林，未必希望/天上会下来一个牙医把我们治好。”在及物的、故事的言说之后，忖思的、寓言的、有着形而上意味的追问从预留的透气孔里冒出，它们有效地阻止了讲述日常故事而造成的意味的下滑。

有一则同样有着非常意味的故事出现在米沃什的自述中，他说的是青年时期在巴黎度过的时光，“有一次演出在我身上产生了真正强有力的影响。要感谢路德米娜·比托叶夫，她也许是当时最伟大的女演员。”“在皮兰德娄的《今晚我们即兴表演》中，路德米娜·比托叶夫在一刻钟之内从一个少女变成了一个老太婆。她坐在脚灯前的椅子上，她的伴侣时间女神给她脸上贴皱纹，抹掉它嘴唇上的胭脂，再把灰粉撒在她的头发上。”米沃什说，“悲剧的恐怖与怜悯过去从没有这样深刻地贯注过我，我自己经常思考的题目也是一样的：变化的毁灭过程——在个人身上，在国家身上，以及体系身上。也许所有的诗歌不过就是这个主题。”与其说切斯瓦夫·米沃什从此次演出的片断中寻找到了“问题的核心”，倒不如说是种“唤醒”——路德米娜·比托叶夫演出中那一刻的炫目恰好照亮，让切斯瓦夫·米沃什窥见了属于自己的缪斯的独特面容。当然，确定主题和持续围绕之间还有漫长的路，祖国波兰在欧洲的尴尬位置，“一只苍蝇反抗两个巨人的搏斗。”在新信仰的压力和恐惧中的生活，流亡和它造成的困苦，在格格不入的陌生人之间以及苍老的逼近则像另外的支流，不断地注入到他所确定的“悲剧的恐怖和怜悯”中，让它汇聚出更大、更浑厚的喧响。“在窗玻璃在冬日正午庭院里闪着霜的 / 咖啡馆桌子前面的那些人中，/ 只有我一个人幸存。/ 要是我愿意，我可以走进那里，/ 在寒冷的虚空中敲击我的手指 / 召集着幽灵。”(《咖啡馆》)“我的前生一个接一个地在离开 / 像船舰，带了它们的悲哀。/ 而被派定给我的画笔的 / 国家、城市、花园和海湾，靠近我 / 期冀得到比从前更好的描绘。/ / 我未曾脱离人民，悲痛与怜悯联结着我们。/ 我们忘记了——我总是说——我们都是王的孩子。”（《晚熟》）“然而就在这外观后面，忙碌、不可见的‘时间’美容师却正在把带阴翳的皱纹施加眼角，将双唇描绘成苦涩表达。／／他们在头发上撒灰，他们将曾经的独一无二变成没有名字的面具。／／镜子黯淡了，眼睛难以看见了。对于天使我们只是一个单独的事件，不是屈从于普遍规律的一个数字……”（《我》）他，将“变化的毁灭过程”看做是人生剧院里的固定舞台，每次灯光亮起，音乐响起，他就开始进入到“时间”赋予他的角色中，完成他经过熟虑的、却又有即兴色彩的舞蹈。他专注于自我的身体，专注于旋律和其中的象征，专注于“悲剧的恐怖和怜悯”，而没有注意到暗影里还有没有耐心的观众。

寒鸦栖息在我窗外的塔上。
又一年过去了，没有触动我的事发生。
人口越来越多的城市，沉浸于充足的夕照里。
等待着结局，在那时，在安提阿、罗马和亚历山大里亚。
一个应许给了我们，心疼是在两千年前。
而你并没有回来，噢，救世主和导师。
他们在我身上画上你的记号，把我派到外面服务。
我担负着神职人员的长袍
还有一张保持仁慈、微笑的面具……

（《塞维利奴斯神父》）

撬开历史的褶皱

——格拉斯笔下的二战与德国

文学是人学，是对人类生存的质询与审视，是伸向沉默着的幽暗区域的神经末梢，是对混沌着的日常的警告，是对遗忘的抵抗，是放置在侧面的镜子，也是……故尔，米兰·昆德拉才那样坚定地宣称，“小说的精神是复杂性的精神，每一部小说都对读者说：‘事情并不像你想象的那样简单。’这是小说永恒的真理。”（米兰·昆德拉《贬值了的塞万提斯的遗产》，《小说的智慧》23页，时代文艺出版社1992年2月第1版。）伟大的作品大都建立于丰富与复杂之上，它永远会通过艺术的方式告知我们，“事情并不像你想象的那样简单。”我们面对的，并不是一个“意义自动上前”、泾渭分明是非分明、能够一目了然的世界，而是具有诸多复杂性、歧意和难以言说部分的多重世界，多重人生。对二战的理解也应如此，对德国与德国人的（战败的、非我阵营的）理解也应如此。得来不易的胜利值得纪念，这是铭记历史的应有之意，它也确是某种正义、自由和良知的艰难战胜；然而对于“他者”——在那些“侵略者”“失败者”标签背后，在那些具体的人身上曾发生过什么，为什么会如此，某种恶的基因是否已被剔除？……在我看来同样值得细细打量。人类的任何前行都依赖于知，只有知，我们才可能保留住美和善的种子，才可能对恶的微芽保持警惕——即使它被包裹在糖衣里面。

因此我们更关注德国作家、诺贝尔文学奖获得者君特·格拉斯的提供，在他笔下的德国人和二战经历——可以说，在所有德国作家中，也没有谁像他这样专注于二战前后的德国和德国生活，固执而持续地反思这场该诅咒的战争和它对德国的影响。在我有限的阅读中，他的《铁皮鼓》《狗年月》《猫与鼠》《局部麻醉》《蟹行》无一不与第二次世界大战这一事件有关，《我的世纪》——“我不得不再一次地埋头在历史的进程、杀人的战争、思想的迫害的故事堆里，把那些通常很快就会被遗忘的东西昭示于众。”即使在书写德国“三十年战争”的历史小说《相聚在特尔格特》中，君特·格拉斯也走至前台，“已有之事，后必再有，已行之事，后必再行。我们当今的许多故事绝非现在发生。本书所讲的故事，即肇始于三百多年前。其他故事也大体若是：举凡在德国发生的故事，无一不是源远流长……”他看中的，是事件的“后必再有”，是贮含其中的“源远流长”，是那样发生的可能性，是那种可能性里的可怕之处。在书写历史的小说（包括幻想的小说）中，君特·格拉斯埋下了警告。

……………………

毫无疑问，一种显著的、强烈的恶容易遭受抵御，稍具理性的人就会自发生出反抗，至少会消极对待，它如果不加以修饰、掩饰是难以成为“集体意识”的，何况是在向以理性著称的德国——阿伦特在《极权主义起源》中曾向我们指认，作为20世纪专制形式的极权主义现象，其特殊性就在于，它会通过意识形态的蛊惑，赋予自己“假定正义”，全能地控制至少在在一定时间内得到几乎是全社会的支持……在君特·格拉斯的写作中，他让持续的光打在纳粹主义者“假定正义”的镜面上，从而让我们得以确认和审视。他让我们审视纳粹“激动人心的宣传”——在《我的世纪》，题为“一九三一年”的那一小节，其中的内容全部由引文构成：“向哈尔茨进军，向不伦瑞克进军，这就是口号……”“被奴役的时代终于一去不复返了！新的分队将接受洗礼！他们甚至从沿海各地，从波瑞沙滩，从弗兰肯地区，从慕尼黑，从莱茵兰地区，滚滚而来，坐卡车，乘公交汽车，开摩托车……”“是的，战友们，我头一次体会到这座纪念碑的整个压力，我看见那些支撑在刀剑之上的英雄形象，我知道，在莱比锡大会战过去了一百多年的今天，解放的钟声再次敲响了……”“结束被奴役的时代！”“就该这样，战友们！不是在国会的那些喋喋不休的、早该烧掉的小屋里，而是在德国的大街上，整个民族终于找到了自我……”“是的，我们，只有我们，才能代表未来说话……”而在伟大的《铁皮鼓》，格拉斯甚至为纳粹的宣传开辟了专门的章节：《演讲台》，“演讲台是干什么用的？建造演讲台的时候，根本不考虑将来登台的是谁，站在前面的又是谁，但是不管怎么说，它必须是对称的。体育馆旁五月草场上的演讲台，也是以对称为显著特点的。且让我们由上往下看：六面‘卐’字旗一字儿排开。下面是大旗、小旗、锦旗。台底下是一排党卫军，黑制服、冲锋帽，帽带勒在下巴底下……”“演讲台台基前，站着希特勒青年团，确切地说，是本地少年队的军号队和本地希特勒青年团的军鼓队，使前台显得青春焕发。在某几次集会时，还有队伍左右对称的混声合唱队，或者喊口号，或者唱深受欢迎的《东风之歌》，据歌词说，旗帜招展，需借东风，甚至其他风向，统统不及东风能使旗帜充分展开。”纳粹利用了一战失败后德国人心理上的“耻辱印迹”，将它重新撕裂并培养仇恨感，利用诸如“纪念碑”“英雄”“解放”等大词圣词调动，使得德国民族进入到“信”和对领袖的崇拜中；“对称”是演讲台的风格也应是一切纳粹建筑的核心风格，它将刻板的庄重注入其中，强调着令人晕眩的严肃。而口号和合唱，青春焕发……“这些乌合之众！然而这种一浪高过一浪的狂喊乱叫也使人感到激动，今天我也不得不承认，确实很有魅力，尽管只有一场阵雨那么短暂。”他让我们审视纳粹文化中“恻隐之心的自我销毁”，譬如《铁皮鼓》中记叙的“砸玻璃之夜”和玩具商人的死，譬如一向温雅、和善的幼儿园长考尔小姐对因受伤而哭泣着的斯特凡的拒绝：“他是个波兰小孩，对此他（指打人者）不能负责。”……1934年，格拉斯冷静地写到对一个“让我感到莫名其妙的畏惧”的犹太人的处决：“不管怎样，我给了米萨姆四十八个小时，并且建议他在这个期限之内动手做个了结。那么就会是最干净的解决。”“可是，他没有帮我们这个忙。因此，施塔科普夫只好动手。他显得是在一个抽水马桶里把他溺死的。我不想知道具体细节。严格地说，这纯属敷衍了事。事后再伪造成上吊自杀，当然也很困难。双手痉挛的样子并不典型。我们也没办法再把舌头弄出来。那个结打得也太内行了。米萨姆绝不可能打成那样。施塔科普夫这个笨蛋还继续干蠢事，他在早上点名时下达了他的那道‘犹太人出列去割断绳子’的命令，从而使这件事公之于众……”（君特·格拉斯：《我的世纪》105页—106页，上海译文出版社2000年9月第1

版。）从众的心理和仪式的狂欢让人们变得麻木，进而不仁，当然他们的友善、团结与互助都在，但只针对于“同一族类”，而对那些被纳粹宣布或暗示为“他者”“敌人”或者“可能的破坏者”时，则是冷漠和残酷的，它影响到孩子也影响到了女性。1934年的那件事并非孤例，它具备集体心理的“无意识”特征，从中我们可以看出“消灭恻隐之心”的渐进与成功，在这时，他们不关心那条生命的被动消失，不关心具体细节（让自己不审不察，不去面对），关心的是如何掩盖它，让被动呈现出“自杀”的样子。阿根廷作家博尔赫斯曾写过一篇内容类似的小说，《德意志安魂曲》，一个叫奥托·迪特里希·林德的军官即将被处死。他本是一个平常的德国人，爱好音乐和玄学，对尼采和施本格勒的阅读也是他日常的部分，正如他自己承认的那样，“虽然我不乏勇气，但我缺少暴力的天赋。”可他，这个缺少暴力天赋的人最终成为了塔尔诺维茨集中营的副主任，这意味着……这意味着选择。略过挣扎的痛，我们还是看看奥托·迪特里希·林德自己的辩解吧，他说，“我并不喜欢这一职务；但是我恪尽厥职，从不懈怠。”恪尽职守、从不懈怠！它意味着美德，没错儿，似乎我们无法从这点上指责他，然而，奥托·迪特里希·林德的尽责就是对他的指控中所说的，“严刑拷打和残杀无辜。”小说中，借用奥托·迪特里希·林德之口，谈及了他对一名叫“耶路撒冷”的犹太人的杀害，也就是在那里，他给出了自我的选择：“我的出发点也是为了毁灭自己的恻隐之心。他在我的眼里并不是一个人，甚至不是一个犹太人；他已经成为我灵魂中那个可憎的区域的象征。我同他一起受苦，一起死去，在某种意义上同他一起消失；因此我心如铁石，毫不容情。”

不止于指认“平庸的恶”，格拉斯还从不同侧面让我们见识纳粹者高声宣传的“蛊惑之处”，譬如对希特勒的元首崇拜；譬如纳入集体的强烈荣誉，责任感的召唤；譬如集体生活的温暖感和活力感，“内部友善”；譬如恩惠式的福利……让人着迷的还有纳粹者对于集体“纯洁性”的维护，在这里，它排除着“不适合”也排除着在他们看来的“恶行”：《猫与鼠》的第四章曾提到对流苏的拒绝，“我们学校的校长、高级参议教师认为，戴这种流苏太女人气，配不上一个德意志的年轻人，因此他禁止在教学大楼和校园里戴流苏。”——这项（或类似）的禁止是有根据的，根据的支点当然阿道夫·希特勒：“我们对我们德国青年的期望不同于过去对他们的期望。在我们的眼里，未来的德国青年应该是身材修长，敏捷，坚韧，像克虏伯的钢铁一样坚强。”（转引自古多·克诺普，《希特勒时代的孩子们》31 页，人民文学出版社 2006 年 1 月第 1 版。）；《铁皮鼓》中也曾写道，一名叫迈恩的冲锋队员因为对猫的虐待和残杀而被开除出冲锋队——在希特勒的冲锋队里，残害动物的恶行是不被允许的，偷盗、酗酒等等也是不被允许的，但，对某些人、某种人的仇恨乃至杀戮却可以堂而皇之，直到被当成“英雄”。

……………………………

将触觉伸入到历史内部，指认发生的原点和现实，“把那些通常很快就会被遗忘的东西昭示于众。”——它的意义当然巨大，值得珍视。然而伟大的君特·格拉斯并不止于此，仅仅呈现于他来说是不够的，也无法让他把一生的目光凝聚在这个点上——他要的是追问，审视，梳理和强烈的警惕，他要的是，把忽略的、遮掩的、回避的、令人羞愧的、缄默着的部分放置在显微镜下，将它用艺术的方式放大，成为“问题”，不得不面对不得不回答的问题。

J.M.库切谈道，“格拉斯是最早对举国上下闭口不谈普通德国人在纳粹统治下的共谋做出抨击的人士之一。”“他依然相信理性的辩论和虽然谨小慎微却是深思熟虑的社会进步。他选择的图腾是蜗牛。”（库切，《君特·格拉斯与“威廉·古斯特洛夫”号》，《内心活动》139页，浙江文艺出版社2010年9月第1版。）——没错儿，写作中的君特·格拉斯充当着人类的神经末梢，他的写作专注于问题和问题的核心，通过对一个个“个人”的考察来完成对受害、沉默和历史的象征性追问。作为“唯一的报信人”，君特·格拉斯没有将自我（包括小说里的自我）圣化、净化，将过错剔除，而是以坦荡的某种的“污点证人”的面目出现，他甚至对那些试图让自己摆脱羞愧和羞耻仿佛始终站在“正确”一边的伪君子进行着嘲弄：“今天，‘反抗’这个词已经变得非常时髦。您随处可以听到人家在讲什么‘反抗精神’啦，什么‘反抗集团’啦。人家甚至可以把反抗变为‘内心化’，美其名曰‘内心流亡’，更不用提那些可以名列《圣经》的正人君子了。”拒绝自我圣化、净化是种难得的勇气，而它，也是深入真实内部的必经之路。

《铁皮鼓》，它宏观、开阔，君特·格拉斯凭借出色的想象力创造了小说的主人公，3岁之后拒绝长个的奥斯卡·马策拉特，并给予他两位迥异的父亲：德国人马策拉特和波兰人扬·布朗斯基。我相信这是某种的隐喻，它不只关乎肉体和基因，更在暗示格拉斯的“但泽”和它的位置感。处在旁观者和介入者之间，奥斯卡·马策拉特以一个畸形儿的形象介入到历史之中，并被时代所裹挟，目睹着“在时代里的发生”：一战后的凋零，1933年希特勒在出任德国总理后但泽纳粹势力的兴起，排犹排外情绪的生成和渐渐强烈，“砸玻璃之夜”的暴力事件，对波兰的入侵，纳粹党的安乐死计划（消灭精神病患者、痴呆患者和侏儒。），对犹太人的屠杀，诺曼底战役，德国军官暗杀希特勒的“七·二〇”事件，但泽被苏联部队的攻入和德国的战败，战后西德的物质匮乏时期的境遇，黑市和货币改革，对纳粹思想进行清洗的“消毒剂”和联邦德国的成立……我把君特·格拉斯的《铁皮鼓》看做是包含丰厚的“简编德国断代史”，正如我把萨尔曼·拉什迪的《午夜的孩子》看成是“简编印度断代史”一样。这种小说化的断代史，会将它关注的强光投射在某个或某些个人的身上，让他背负着历史的严肃、荒诞、活力和可笑艰难前行。关注的强光：在《猫与鼠》，它照见的是一个叫约阿希姆·马尔克的青年学生，他本是一个循规蹈矩甚至有些不够自信的人，其不凡之处仅仅在于卓越的潜水能力和佩戴掩饰性饰物，让它掩藏自己过于突出的喉结。他因盗窃一名海军军官的铁十字勋章而被学校开除，而“铁十字”却已成为他身体的一部分，融在他的血液里——被纳粹反复的“英雄”宣传所吸引，这位循规蹈矩的青年进入军队，此时，他早已改变了心性，成为了热血的服从者。小说中说，马尔克作战英勇，战绩卓著，最终为自己赢得了一枚铁十字勋章。“我们要建立一个男人的组织，是这样一些始终不渝地、坚忍不拔地、如果必要的话也冷酷无情地代表着民族利益的男人。这是关键的。”（阿道夫·希特勒语，转引自古多·克诺普，《希特勒时代的孩子们》157 页，人民文学出版社 2006 年 1 月第 1 版。）约阿希姆·马尔克已经被塑造成为那个“较为理想的样子”，问题是，接下来他的生活……在《狗年月》中，它照见的是瓦尔特·马特恩，他是复数，具有身份上的、行为上的多重，书上说至少有“一百零三个”马特恩，小说的最后一节所讲述的即是“第一百零三个地下最深处的马特恩的故事”。瓦尔特·马特恩：他既是“红鹰”成员，甚至参加过共产党，但同时又是纳粹冲锋队队员，当过兵上过前线；他既为“红鹰”散发传单，又参与冲锋队对于“红鹰”和共产党的追捕；他曾热烈地拥护纳粹，又曾因“侮辱元首”而遭到什未林剧院的解雇，还因反对法西斯而在拘留室里被打断肋骨……他的多重性还表现在与好友阿姆泽尔的关系上，他们先由施虐者和受虐者的开始而进入到友谊，但当冲锋队队员身份需要时瓦尔特·马特恩的施虐远比他者更为凶狠，直打得阿姆泽尔血流满地、牙齿脱落。另一重的转折出现在战后，马特恩带着黑色牧羊犬普鲁托在德国“巡回”，以受害者的身份寻求报复，清算纳粹的罪行。为了进行“非纳粹化”，多面的瓦尔特·马特恩可谓处心积虑，无所不用，甚至通过手段让昔日仇敌的女眷染上淋病……我们看到，瓦尔特·马特恩之所以如此多面，是因为他总是按照时代的流行思想不断调整，总是保持、尽力保持“正确”，因而便同自己的过去不断“决裂”……和马特恩有着巨大相似性的还有图拉·波克里弗克，是马特恩的女版，她在君特·格拉斯的小说中曾反复出现，在《蟹行》中，她是苦难的受害者同时又是一个获救的母亲：当运载难民和隐藏的军队的“古斯特洛夫”号被苏联军队击沉之后，她最终从漂浮着数以千计的尸体的大海中获救，并生下了一个男孩。库切说，“图拉的政治观点很难简化为任何有条理的体系。她是一个受过训练的木匠和无可挑剔的无产阶级，在新成立的国家东德，她投身于党的事务，以其行动主义获得承认和受嘉奖。她未加质疑地紧跟莫斯科路线，1953 年斯大林逝世时她哭了，并为他点烛。然而，她这会儿可以把几乎杀了她的潜艇水兵誉为‘苏联英雄，与我们工人结成友谊的同盟’，待会儿却可以把威廉·古斯特洛夫（纳粹瑞士分部的领导者，被犹太青年大卫·法兰克福特所杀。）形容为‘我们美丽城市什未林惨遭谋杀的儿子’，并把‘欢乐创造力量’计划（纳粹国社党的工人阶级休闲计划）称为共产党应效仿的模范。”“小说快结束时，她已把天主教纳入她那兼收并蓄的信仰系统……”——如果我们肯加以比较，约阿希姆·马尔克也应是图拉和马特恩群体中的一员，他们善于谋略，缺乏原则性，总是随着时代的调整而进行调整以让自己总处于有利的位置上，狡诈冥顽，对理论和他者的存在不耐烦，不肯饶恕人……不只是他们，作为新闻记者的保尔（《蟹行》，图拉的儿子）、马策拉特（《铁皮鼓》，奥斯卡的父亲）等人也是，米兰·昆德拉认为，这种不断的改变其实是种不变，是非个人性的：“我看到的那些对列宁、对欧洲一体等改变态度的人，全都露出了他们非个人性的本质。这改变既不是他们的创造，也不是发明，不是心血来潮，不是出其不意，不是认真思索，不是疯狂之举；它没有诗意，它只是靠向历史多变精神的一种十分乏味的调整。因此连他们自己都没有感觉出来，反正，他们总是保持着老样子：总是站在对的一边，总是想着——在他们的圈子里——应该想的；他们改变不是为了靠向他们自我的某种本质，而是为了和他人混成一团；变化使他们始终保持着不变。我可以换一种方式来表达：他们是按照看不见的、自身也在不断地改变着想法的法庭在改变自己的想法；他们的改变只不过是一个赌注，押在明天将自喻为真理的法庭上。”

专注于二战的影响，专注于纳粹党的勃兴与衰亡，专注于历史褶皱里被漠视、回避的遮掩的，是君特·格拉斯略显固执的选择，《狗年月》中，他甚至为阿姆泽尔的布劳克塞尔公司制造了“神奇眼镜”——这种玩具眼镜的神奇之处在于，7至21岁的青少年只要戴上它，就能看到父母亲的过去，他和他们的经历、暴行和种种都会透过眼镜而“原型毕露”。这种“认识眼镜”造成了撕裂，发展成遗忘和抵抗遗忘之战，有罪行的父母和发现的孩子们之间鸿沟由此骤然加深——小说中说，不少青少年无法容忍犯下罪行的父母和他们的掩饰而选择离家出走，自杀浪潮也一浪高过一浪。接下来，有组织的半大孩子强行占领黑森电台，进驻科隆的瓦恩机场……政府在压力之下不得不实施“紧急状态法”……“哦，马特恩，你还得把多少失败写成胜利呢？”它提出问题：把过去交给遗忘是否有助于和解，还是呈现更有助于和解？将旧日的伤疤揭开会不会造成某种混乱，或者个别脆弱者的歇斯底里？而如果我们选择遗忘，“已有之事，后必再有，已行之事，后必再行”是不是便成为史学常态，我们的后代子孙是不是还得经历重复的荒蛮、无知、残忍和杀戮，那些罪恶是不是还会再改头换面之后重来一遍，两遍？……这，值得经历过二战的德国人审慎思考，其实也值得反法西斯阵营里的战胜者思考。对待历史，记忆和痛苦，依靠牙医的局部麻醉有效却不能彻底，在西柏林教授德语和历史的埃伯哈特·施塔鲁施只得在反复发作的牙痛和历史之痛之间来回摆荡，他收集到的资料或许具有象征之用：一位纳粹军官，企图在战后用沙盘去打赢已经失去的二战。历史不容假设但我和我们还是偶尔地假设，假设纳粹战胜，假设核武率先由在德国的海森伯团队掌握，假设……抛开这个假设，还有问题在着，那就是，这些“希特勒的孩子”，虽然这个“父亲”并非是他们自己挑选的——他们如何认识自己，他们将在历史中如何被评价？“战争结束了，我们变得有多清醒？有多多疑？我们应当如何保持警惕？如何不相信大人说的话和大人话？”“毫无疑问，我们这一代是没有用了……人们牺牲了我们，我们却带不来牺牲品。我们17岁时候就已经打上了一个罪恶制度的烙印，我们无法扭转时间，无法扭转时间。”在这里，时间并不成为具有麻醉效果的药剂，它反而是种有力的钳制——那些人，那代人，被固定在了“历史”之上，而他能够的，有效的，试图影响的，又是什么？哪些，是他和他们必须要负的责任？假设，历史重回，他和他们将会如何选择？

“已有之事，后必再有，已行之事，后必再行。”——《蟹行》，它用横移的、弯曲的蟹行姿态向我们讲述某种“重复”的可能：在海难时出生的保尔从母亲口中得知，他以一种纯属巧合的方式与一名重要的纳粹人物威廉·古斯特洛夫建立了联系，这种联系仿若是另一条纠缠的脐带：一月三十日，他出生，而这日也是纳粹获得政权的日子，是威廉·古斯特洛夫的死亡日，也是以他命名的“威廉·古斯特洛夫”号的沉没日。“因此，保尔是某种萨尔曼·拉什迪意义上的午夜的孩子，一个被命运指定来替其时代发声的孩子。”“然而，保尔却宁愿逃避命运。”可是，选择回避、遗忘和对命运的摆脱总不能彻底，那条多出的脐带尽管在他出生之日就被剪断，但那类基因性的东西却渗入到骨髓里，成为命运纠结中的部分。1996年某日，偶尔，保尔随意浏览互联网，意外发现一个“什未林战友同盟”为保存威廉·古斯特洛夫的记忆而设的网址，更为意外的是，他感觉，那个所谓的“战友们”其实就是自己的中学生儿子康拉德——他的猜测没错儿，是康拉德，他跟随奶奶住在什未林，并在潜移默化中接受着奶奶图拉的影响，写下谈论“欢乐创造力量”的论文，并将威廉·古斯特洛夫当做德国英雄和烈士向世界推荐。在虚拟的网络中，康拉德召来了“大卫”并不虚拟的敌意反应，

“大卫”声称，大卫·法兰克福特才是故事中的真正英雄——借助网络，电脑屏幕，保尔观看着两个人一来一往的争辩，这争辩最后导致……康拉德在什未林威廉·古斯特洛夫纪念碑的遗址上杀死了那个“大卫”，而那个大卫并不是真正的犹太人。法庭上，康拉德对于真相并不在意，“我开枪是因为我是德国人。”“通过大卫之口说话的，是那个永恒的犹太人。”经过盘问，我们发现这个康拉德从未见过任何犹太人，然而他强调这并不重要，他对抽象的犹太人也并无敌意，“但现在是让德国人荣耀古斯特洛夫的时候了。”康拉德被投入监狱，这时互联网上又出现了一个“康拉德·波克里弗克战友同盟”的新网址，他们宣称：“我们相信你，我们等待你，我们追随你……”

“‘格拉斯’吐露说，他那代人都对战争年代保持谨慎的沉默，因为他们个人的罪疚感太强烈了，还因为‘应首先承担责任和表示悔过’。但现在他发现这是一个错误：德国苦难的历史记忆因此断送给激进右翼。”——“威廉·古斯特洛夫”号的沉没当然属于德国的苦难记忆，数千人在苏联潜艇的鱼雷攻击下成为漂浮在波罗的海的死尸。从这个意义上讲，那些失去生命的人和最终被救起的少数都属于战争的受害者，问题是——

历史该不该反复讲述，该如何讲述，受罪疚感的影响，我们在遮遮掩掩中失掉的又是什么？我们如何真正能够“让历史不再重演”，当当事人沉默而“新纳粹主义”者利用和控制“历史”的时候？在《蟹行》中，在君特·格拉斯诸多文本中，我们总能听见源自于沉默深处的悠长回声。

谁是亨伯特？
——生活、虚构与共感力：从《洛丽塔》谈开去

作家的写作或多或少都具备某种的“自传”性质——至少从个人印迹上说的确如此，被书写的作品往往是写作者心灵暗影投射的幕布。在对作家和作品的关系上，弗洛伊德们认为，只要能从艺术家个人生活的经历中找到作品的原型，一切问题便迎刃而解：毋庸置疑，它包含着合理性，文如其人，在每一部作品中作家的心理禀赋无处不在，时时渗透。在最初阅读《洛丽塔》的过程中，我也悄然把弗拉基米尔·纳博科夫与亨伯特·亨伯特合身为一，亨伯特·亨伯特是纳博科夫的“这副面具”，“透过它，两只困倦的眼睛仿佛在燃烧……”（均为《洛丽塔》中的句子）

我知道，不止一个人抱有和我相同的想法，尤其对《洛丽塔》；我知道，我们在诸多的时候也是这样看待文学作品的，无论是在阅读《毕司沃斯先生的房子》《红楼梦》《变

形记》还是《心是孤独的猎手》；我知道，密布在《洛丽塔》文字中纤细、绵密的神经末梢更是导致我们相信它具有“自传”意味的因素，最重要的因素，因为它太像了，逼真得像是经历与经验。

纳博科夫的生活似也可提供佐证，在芭芭拉·威利的《纳博科夫评传》中曾谈到纳博科夫少年时期不断的艳遇和荒唐，在博略沙滩上对一个罗马尼亚女孩的爱情，和克洛德·德普雷的私奔（这次未遂的私奔只是逃到了电影院便被追上。），和瓦伦季娅的恋爱，以及一系列“相互交叠的风流韵事，有的愉悦，有的肮脏”（纳博科夫《说吧，记忆》）——这些，或可为洛丽塔的诞生提供着卵子的结构，但那时的纳博科夫远未生长成亨伯特，在时间中，他还无法孕育出后来亨伯特先生的心理结构。纳博科夫的诸多写作似乎也可佐证，他在自己的诸多作品中都曾写下“我”，譬如《光荣》，譬如《玛丽》，譬如《绝望》中的俄裔商人赫尔曼——芭芭拉·威利谈及，“文本中纳博科夫的世界与赫尔曼的世界有交叉，强化了作者和题材之间的偶然关系，但它也确立了纳博科夫创造赫尔曼场景的地位和他的全知全能。通过将自己的名字编码进文本（这是他在创作中经常使用的一手），纳博科夫提示了他的‘主权’，‘真正创造’了‘人物话语’。”甚至，他故意，“俄语中的‘紫丁香’一词的音形都与纳博科夫的笔名‘西林’很相近，在赫尔曼的叙事中，紫色正好是主色。紫丁香的反复出现，暗示着纳博科夫的在场……”和经验联系，《洛丽塔》之前存在一个个人的母本，1941 年 10 月，弗拉基米尔·纳博科夫写下过一个短篇《魔法师》，它和后来的《洛丽塔》有太多相似：一个法国的小城，老男人为了追求一个在公园邂逅的 12 岁的小女孩，故意迎合她得了绝症的寡母。结婚几个月，女人死去，留下他和她的女儿——他带小女孩去了海边，在路上，他们停留在一家旅馆过夜。在单纯和小女孩相处的隐秘空间里，他开始慢慢、以充满色情意味的礼仪形式抚摩她熟睡中的躯体。正当他进入高潮，小女孩醒过来，发出尖叫，于是羞愧难当的男人仓皇逃跑，刚冲到路上，就被迎面而来的卡车撞上……另外，如同芭芭拉·威利指出的那样，早在小说《天资》中，这个亨伯特已具雏形——如此多的重叠当然不能仅是巧合，它，应当是……一种隐藏的心理积淀。至少，可以说，纳博科夫对这一母题有着超强的敏感，来自这一向度的信号即使再弱也会被他捕捉，放大。荣格在《论诗人》一文中曾宣称，“我们每个人从小便天赋了一笔精力，我们意志中最为强大的那股力量便抓住这笔精力，并且控制它，操纵它，剥夺它直至不剩点滴有价值的东西。创造力就是这样吸干人类的各种冲动的，致使人本身不得不依靠滋生各种坏品质来发展自己——如冷酷无情，自私自利和虚荣小气（即所谓‘自恋’），甚至滋生各种罪恶来维系生命的火焰不致被熄灭。”

我部分地认可荣格，这种片面深刻里面意味悠长，尽管我对他的判断很有微词。但他提供着认识的可能。作为写作者，我非常珍视“可能”，尽管有些可能一时无法对我生益。亨伯特·亨伯特先生的恋童癖是确切的“坏品质”，如果从道德角度，我们似可加诸“变态的、扭曲的、堕落的”词汇——这些词，经由作品，很可能也会浸入“纳博科夫”这个名字。事实上，人们也确是那么做的。在这里，我不多谈“小说产生于道德悬置的领域”这一常识，尽管它异常重要，尤其在我们这个常识时常被遮蔽的区域。我要谈的，是另外，是写作本身。是写作和写作者最本质的关系。

我将写作看成是一面放置在自己侧面的镜子；在《创造者》中，博尔赫斯宣称野心勃勃的创造者画下的世界地图其实是他自己的那张脸，在荣格和弗洛伊德那里……毫无疑问，这个亨伯特·亨伯特部分地存在于纳博科夫的体内，或许是他一向沉默着的幽暗的区域，它或许在压抑中，但在着，我们的体内从来不缺乏魔鬼，更大的可能是，我们多数缺乏不断宣称的天使。纳博科夫将它放入温箱，小心培育，清除障碍，使它得以迅速成长，在显微镜下变成了庞然大物。就像卡夫卡在《变形记》里，陀思妥耶夫斯基在《罪与罚》里完成的那样。

不，当然不能仅止于此，如果我们把作家和作品的关系看成是简单的互渗或镜像的话那肯定是荒谬的，可能是种无知。写作是种创造，有魔法和魔力的创造，它从来不是生活生出来的，恰如弗·莫里亚克所说的那样，“生活给予小说家的只是一个出发点，他从这儿出发，可以走自己的、不同于事件的实际进程的道路。他把现实中潜在的东西写成现实，使模糊的可能性变成现实。有时，他简直是选择一个同生活事件的实际发展直接相反的方向。他互换剧中人物的位子：在他所熟悉的一个悲剧故事里，他在刽子手那里寻找受害者，又在受害者那里寻找刽子手。他从生活素材出发，又同生活进行争论。”

“洛丽塔，我生命之光，我欲念之火。我的罪恶，我的灵魂。洛、丽、塔：舌尖向上，分三步，从上颚往下轻轻落在牙齿上。洛、丽、塔。”生命、欲念、罪恶和灵魂。它带有燃烧感，带有淡淡的浅绿色的光。那应是从某种爬行类动物牙齿里挤出的毒液，我以为。在这里，在这有颜色和气息的文字里，纳博科夫终于找到了她，洛丽塔。

寻找洛丽塔：没错儿，她需要寻找，她不直接来自生活，她得用诸多的碎片拼贴出来，还需要魔法固定，并赋予气息和活力。记忆能帮助纳博科夫一些小忙，但它远非全部。为了这个“洛丽塔”，我们看到，纳博科夫一回到伊萨卡，就开始记录少女们的举止和兴趣，采访当地女中校长，阅读心理学、社会学方面的研究，留意时尚潮流，列出点唱机里的歌曲、著名歌星和影星的名字，随手摘抄杂志广告，记下收音机和电影中的台词……“其中有一个故事特别吸引了他的注意。1948年，11岁的莎丽·霍纳被50岁的弗兰克·纳沙诱拐，在逃亡途中，做了差不多两年性奴，最终被遗弃在加州一个汽车旅馆。不过，另一个更早的故事明显预示了纳博科夫笔下的场景。丽塔·格蕾是喜剧大师卓别林的第二任妻子，他们初识于1915年，那时丽塔7岁，卓别林26岁……”（芭芭拉·威利，《纳博科夫评传》）这些记忆、书本、生活片断和各种道听途说堆积在纳博科夫脚下，他说，要有光。现在是见证奇迹发生的时刻——

谁是洛丽塔？博略沙滩的罗马尼亚女孩是，克洛德·德普雷是，瓦伦季娅与伊丽娜也是；伊萨卡的少女们是，莎丽·霍纳是，丽塔·格蕾也是，甚至还应包括进纳博科夫自己；但她们和他又都不是，在作家的创造中，他只按照需要取走了他需要的，属于她们的均已模糊，变形，不再相认。洛丽塔产生于并只能产生于虚构，尽管她一经“产生”出来，音容和性格，包括她想说、能说的，想做、能做的，都被纳入属于她的“逻辑”，不再轻易改变。那，谁又是亨伯特·亨伯特？当然仅有一个纳博科夫是远不够的，弗兰克·纳沙会是，卓别林是，众多纳博科夫认识的男人们是，甚至，那些存在于欧洲和美国小说中的人物，有的也是。没错儿，没有一个人物（即使他生活在一个完全虚构的世界）是凭空生出的，它需要支点，需要种子和胚芽，但，一旦进入到创造，虚构的魔法便成为重中之重，小说写作，更多的是魔法技艺的较量，虚构能力的较量，艺术技巧的较量。在这里，生活和生活的真实必然退位，必须退位，而让位于艺术的虚构——他说，纳博科夫在《文学讲稿》中说，“就书而言，从中寻求真实的生活、真实的人物，以及诸如此类的真实是毫无意义的。一本书中，或人或物或环境的真实完全取决于该书自成一体的那个天地。”“对于一个天才作家来说，所谓的真实生活是不存在的：他必须创造一个真实以及它的必然后果。”不仅如此，他还再进一步，甚至不惜刻薄：“把小说当成是真实事件来看，是对小说和真实的双重侮辱。”

作家的写作或多或少都具备某种的“自传”性质，我认为它是对的，每个人与物的出现都携带着作家生活、记忆、阅读经验和道听途说的基因，而之所以他会让这个人物被创造出来（特别是主要人物），一定更是他兴趣和观察所在，甚至直接取自写作者自己划伤的肋骨。他通过他的创造表情达意，言说他对世界对生存的体验和认知；“把小说当成是真实事件来看，是对小说和真实的双重侮辱。”我认为也是对的，因为一旦进入到小说的领地，虚构，故事结构便成为最核心的主宰，它完全可能到达“彼岸”，完全可能断然剪断与生活相连的那条脐带。“作家是一个相互牵制的悟性的双元体或综合体。他一方面是一个经历着人生的个人，另一方面是非个人的、创造性的程序。”在《论诗人》中，荣格也这样确认。

谁是亨伯特·亨伯特？那带我们进入的、拉扯我们进入到“这副面具”，透过他的眼和心来察看力量又源自哪儿？那个在道德上可能让我们排拒的亨伯特·亨伯特又是如何“说服”我们，让我们建立起对他的信任，让我们相信这个“了不起的罪人”，甚至，“靠他优雅而极致的恶行赢得了我们的敬重”（斯坦利·温特劳布）？又是怎样的一种力量，将这个罪人的毛细血管与我们的毛细血管连通，让我们与他一起体味愤世嫉俗、欺骗、矛盾、含混和幻灭、偶尔的惊人坦荡、自我厌恶和深切懊悔，让我们，在我们的体内发现到他的存在，并生出对自我的厌恶和怜悯的力量源自哪儿？

共感力。这是作家们成为作家的一个显要才能。借助“共感”这一通道，写作者进入他所塑造的人物的骨血中，进入大脑，进入它心灵一向沉默着的隐秘区域。在这里，他会天然地选择和他塑造的人物站在一起，无论它是男人还是女人，老人还是孩子，帝王还是乞丐，吸毒者、杀人犯、卖淫女还是说谎者。在这里，作家会选择“消失”，部分地消失，让自己融化，把“排异”降到最低的最低，而让塑造的人物走向前台，自动呈现、自动表演——他魔法世界的建立得益于此，唯有此，他才可能在虚构中夯实“真实以及它的必然后果”，才能让我们相信：他是，他在，他必然如此，他的身上有我的影子。这种共感力，使一个写作者不必亲自经历某种生活、体验某种生活却能抓住那种生活、那种体验的“真实”“真切”。在纳博科夫的评传和《说吧，记忆》的自我传记中，我都未能发现一个真实“洛丽塔”的介入，但这不阻碍文字上洛丽塔的轻巧、顽皮与乖张，“变幻莫测、脾气恶劣、欢快、困惑，以及那种轻佻女童尖酸的优雅。”（《洛丽塔》原文）都跃然纸上。文字赋予她的一切都是她的，灵与肉，动作、表情和语言，没有一处是用胶水粘上去的；纳博科夫也无恋童、杀人的“经验”，但这也未能阻碍他丝丝入扣，让亨伯特·亨伯特先生的心理微末毫发毕现：“晚上。我也从来没有体验过这种烦闷。我想描述她的脸，她的姿态——但我不能，她越是近在眼前，我的欲望便越遮蔽住我的双眼。我不习惯小仙女，见鬼。一闭上眼睛，我只能看见她一个不动的片断，一种电影的静态，一种突如其来的、圆滑又下流的可爱，她在那儿系鞋带，一条腿在格子呢裙下跷起来。”“那真是一场非常特别的彩排……我的心肝，我的心肝……那是五月的一天，一阵阵灰色的骤雨作标志——全都滚滚而去了，超出了我的眼界，排斥了我的记忆，当我再见到洛时，是临近傍晚了，她跨到自行车上，手掌压在我们草坪边一棵小桦树湿漉漉的树干上，我被她的微笑所散发的温柔震慑住，一霎间我相信我们的困扰都已过去。‘你还记得，’她说，‘那家旅店的名字吗，你知道（鼻子皱起来），说啊，你知道——休息厅里有白柱子和大理石天鹅的？噢，你知道的（呼吸紧促）——就是那家旅店，你在那儿强奸了我……”

共感力使纳博科夫和亨伯特·亨伯特成为一体，他们共同使用一双眼，一副面具，甚至一个心灵；在完成小说最后一段文字之前，他坚持保持如此，不越矩，他在和亨伯特先生一起欲望、烦闷、克制、羞愧、躲闪，掩饰厌恶和怨毒。也正是这份共感力，让卡夫卡进入到格丽高尔的躯体里，和他一起经历、体验，让尤瑟纳尔可以数次“变身”，成为哈得良，成为安娜姐姐。也正是这份共感力，使得海明威《白象似的群山》得以敞开它的不朽，让福克纳和他的昆丁、班吉一同“喧哗”并一同“苦熬”。借助共感力这一卓越才华，小说才会生出米兰·昆德拉所说的“超个人”智慧之声，那种“小说家不仅不是任何人的代言人，他甚至也不是他自己思想的代言人”的诉求才能真正得以实现。正是因由共感力的存在，正是因由纳博科夫放弃思想代言，立体的、有血肉的、独立行动的亨伯特·亨伯特才得以进入到我们的视野，他获得了理解，携带着他的恶行。

“小说是个人的想象的乐园。这是无人拥有真理的地域，安娜她不拥有，卡列宁也不拥有；但是这里每个人都有被理解的权利，安娜有，卡列宁也有。”（米兰·昆德拉《耶路撒冷致辞：小说与欧洲》）

胡安·鲁尔福

墨西哥作家胡安·鲁尔福并不是一个高产的作家，没有受过高等教育，云南人民出版社在1993年曾出版过一部《胡安·鲁尔福全集》，所收录的多是他的短篇，只有一部中篇《佩德罗·巴拉莫》和几个剧本的片段，大约23万字。然而作为当年拉美"文学爆炸"的一员，他的影响却是巨大的。

让人乐道的首先是他对加西亚·马尔克斯的影响。马尔克斯从胡安·鲁尔福那里得知了"小说还可以这样写"，这个影响就像后来马尔克斯对莫言的影响一样。其实，如果我们熟悉上世纪80年代中国的先锋文学的话，我们便可以发现，中国先锋小说家或明或暗地都深受胡安的影响，尽管大家并不过多地提及他而是有意拉远一下距离，反复说的是马尔克斯。我是在二千年左右读到的胡安·鲁尔福，那部集子可能叫《烈火平原》，一读之下深受震撼，我从他的小说中突然发现了中国小说家们回避的、不曾言说的“秘密”——我觉得，不只是叙述风格和结构策略，就是其中的每一句话，都曾在中国先锋作家那里出现过，在所有的小说家中，胡安·鲁尔福才是中国先锋作家的隐秘师承，而不是当时反复被提及的马尔克斯、博尔赫斯、劳伦斯或米兰·昆德拉。这位处在“影子”中的作家，给了中国文学巨大的恩惠。这是我在没读到胡安之前没有意识到的。

胡安·鲁尔福写下的大约也是中国作家所惯常的题材。乡村，贫穷，暴力和革命，为人狡诈、残忍的地主，甚至阶层压迫等等。他所生活的墨西哥与我们的旧中国有着太多的相似，他所构建的小说世界也与我们所熟知的世界挨得很近。但这不是胡安·鲁尔福深刻影响中国作家的理由，至少绝不是唯一的、主要的理由。更为重要的是，他处理这些在我们习以为常的题材时所使用的技术方式。他让那些惯常有了陌生、新意和丰富。小说，现代意义上的小说起源于欧洲，而且在欧洲的发展最为丰沛，最具深度。毋庸讳言，我们谈及小说，普遍使用的艺术标准也基本是“欧洲标准”，米兰·昆德拉在谈论小说艺术的时候也多是把它放置在欧洲中心的位置上，尽管他一厢情愿地把美国也归入了这一中心版图。毋庸讳言，使用这一欧洲标准的时候欧洲或美国知识分子也存在着潜在的“欧洲傲慢”，他们更易接受能够纳入到他们的审美和价值谱系中的文艺作品——当然这并不意味着这一

“欧洲标准”就是完全固化的，我们从诺贝尔文学奖对东方的书写的纳入就能看到。处在东方的几位作家像泰戈尔、川端康成、大江健三郎、莫言，亚欧之间的帕慕克，在英国接受教育的印度裔作家奈保尔，都曾获得过诺贝尔文学奖。但如果分析，我们可以看到，川端康成和泰戈尔给予西方的更多是“东方想象”，他们并没有真正影响到欧洲文学和欧洲文学的走向；帕慕克、大江健三郎、奈保尔包括莫言在理念上、审美趣味上都是接近西方的，那种东方因素或者说小说的差异性是表象性的，是陌生感，它们同样构不成对欧洲文学的“反哺”——但我们必须承认他们拓展了旧有的艺术标准，给予它以新的补充，让它有了新质的东西。

近三四十年来，真正给欧洲文学“反哺”的、影响到欧洲文学的发展尤其是技艺发展的是拉美文学。这一影响也是深刻的。

谈及拉美文学爆炸，魔幻现实主义或结构现实主义，我们应当并不陌生，这属于上世纪80年代以来所有文学从业者的必备常识，在此我不准备多谈。资料随处可见，只要肯于查找就能找到。拉美文学爆炸中的诸多主将或多或少有过欧洲游学的经历或者熟悉欧洲文学，这一“爆炸”也是在充分吸纳之后的结果。但他们懂得，深深懂得，仅仅是跟随是不够的，仅仅是吸收拿来是不够的，他们必须建立自己，呈现差异，画下属于自己的面孔。如果在思想深度上、对人性的认知和社会学深度上，无论是拉美或东方都不具备特别的强势，特别是现代——那，还有一条可贵的也更属于文学的道路可走，即在保持某种深刻性的基础上，开创一种崭新的、陌生的、有惊艳感的叙述方式，从方式方法上找到更适合也更新颖的路径。拉美作家构成反哺的可贵经验主要是在这。他们，从他们那里，我们也更为懂得“说什么”和“怎么说”同样重要，“怎么说”，方式方法不容忽略和漠视。

所以，我们把更多的注意力放置在小说的“怎么说”上。我们先看伟大的胡安·鲁尔福是怎么说的。它和我们惯常的小说讲述有了怎样的不同。

《我们分到了土地》（一译《我们分得了土地》）是胡安·鲁尔福最多被提及的小说之一。它简洁，直接，大约只有五六千字，和《白象似的群山》差不多的篇幅。故事由一个场景开始，像一些电影里所做的那样，“经过这么多个小时的长途跋涉，既看不到任何树影，也见不到任何树的种子和树皮草根，终于听到了犬吠声。”——我们，从远处出现了，小说说，“我们从大清早起就上路了，眼下大概是下午四点的光景。”奇妙的是，胡安·鲁尔福在如此“介绍了”一下之后，马上补充一句，“有人抬头看了看天，目光注视着高悬空中的太阳，说，‘现在大约是下午四点钟。’”然后说，那个人是梅利顿，与他一起的还有谁谁谁，我们一行四人。这个重复之后还有一个重复，就是“我”对四个人的计算，自言自语。两个重复，在如此短的篇幅里，它们发挥着不尽相同的作用，并使时间凝滞下来，有了重叠的阴影，并充分地建立起情境感，把阅读者带入。

小说说，我们在上午的时候还有二十来个人（似乎暗示早晨出发时人更多），可那些人溜了，不再跟我们一起了。接下来小说写到了雨，只有一滴，“又肥又大的雨点在地上打了一个洞，出现了一团泥浆，像是吐了一口唾沫。”一滴雨，只有一滴，它的出现其实是对大平原干旱的渲染，也就是说，我们所分得的土地就是这块“沙漠般的不毛之地”。到这时，小说用插叙的方式巧妙介绍我们一大早动身来此的原因，是因为我们分得了土地，是政府给的，“是整个格朗德平原。”——“你们可别吓坏了，光你们这几个人就分得了这么大的一片土地。”代表说的不错，是一大片，可它们寸草不生，根本无法耕种。

小说不动声色，用不动声色的简洁笔墨叙述，我们一路走，本来有马有枪，但后来马没了，枪也被抢去了，“我一直认为有人夺走了我们的卡宾枪这件事做得对，因为这一带携带武器十分危险。人们要是见到你成天背着一支有皮带的‘30’型卡宾枪，可以连招呼也不打一下就把你干掉。”——在这里，我读到这里，感觉自己在看美国的西部片，荒蛮，粗野，拳头代表一切，暴力横行，根本没有治安，但小说在这些点上都做得极为不动声色。

接下来，小说在一次次渲染过平原的贫瘠干旱之后，又换到另一个场景，在那个场景里，一个叫埃斯特凡的人从大衣里掏出一只母鸡，这只鸡“是带来养的。家里只剩下空房子，没人喂它，我就带来了。我每次出远门总是带着它的。”——接下来，埃斯特凡对着这只鸡吹了一口热气，然后说，我们快到平原的边缘了。

到达平原的边缘——也就是说，他们走过了整个平原，用了十一个小时。也就是说，他们并没有在平原上耕种的意愿，而是一路上想着走出去。下面的地确实越来越好，村庄出现了，连接上上面第一段提到的犬吠——小说最后，“我们继续前进，向村子里走去。”“然而，当局分给我们的土地却在那上面。”

结束。小说至此结束。我们再来看另一篇小说，《教母坡》。叙述者是“我”。小说第一句就说，已经作古的多利戈兄弟俩生前一向是我的至交。也许在萨巴兰特人们并不喜欢他们，但是他们直到临终前一刻，一直是“我”的好朋友。

我们不要忽略小说第一句话。它包含着诸多。这，也是胡安·鲁尔福留给我们的重要启示。这一方式，在诸多作家那里，在胡安·鲁尔福之后得到了充分运用。这一点儿后面再讲。我们先谈故事。

随着叙述，我们发现了多利戈兄弟俩不受人喜欢的原因；小说通过“我”的诉说渐渐知道，多利戈兄弟俩在萨巴兰特的诸多恶行，包括斗殴，抢劫，杀人，欺凌他人，就连两兄弟中的大哥莱米希奥·多利戈自己都说，“奥迪龙和我是无耻之徒，随你怎么说都可以。”小说说，“我把莱米希奥·多利戈杀死了。”

“此事发生在十月份。我记得那晚的月亮又大又明亮，我坐在屋门外借着月色修补满是破洞的麻袋。这当儿多利戈来了。”——叙述由此进入到场景。如果我们熟悉上世纪80年代的一些先锋文学作品，你会从这句话是读到隐秘师承。这句话，这个类型的句子，情境渲染，在一些先锋文学作品和并不先锋的文学作品中我们应当能够读到。

大约喝醉了的莱米希奥·多利戈是来讨伐的，他以为，是“我”杀死了他弟弟，并不肯听“我”的解释——很明显，小说也没让“我”好好地解释，这个没有好好地解释也点出了人物的某种性格。“十月的满月高悬在畜栏的上空，使莱米希奥·多利戈长长的影子落在我家屋墙上。我见他朝一棵梅树走去，抓住我放在那里的总是上了子弹的枪。然后，他提着枪走回来。”

在他出手之前，“我”率先出手了。别忘了，“我”是在补麻袋，也就是说“我”手上有针，这时它成了致命的武器。我们略过那段精彩的、极富魅力的描述，它应当交给对小说的阅读——他可能死了，这时，到了这时，“我”才开口解释另一个多利戈的死亡，他的确不是“我”干的。

小说说，“我”提着盛玉米的空篮子回到教母坡的时候，月亮已退隐到橡树的另一边。“我”先将篮子在小河边洗荡了一下，洗去了上面的血迹，再将它收藏起来。“我不久就需要这只篮子，却不愿老是看到莱米西奥的血迹。”

小说说，我记得此事大约发生在十月份。小说说，“我”记得的就是这些。

（这篇小说有种回旋感，它的开头和结尾都是敞开的，当然这也是胡安·鲁尔福小说的一贯特点。它是一个极为新颖的“杀人故事”，小说中的“我”冷静地杀死了两个人，亲兄弟，却平静而艺术地忽略了杀人者的内心，仿佛这个人就缺乏内心，仅是不得不的顺势而为。它的每句话都貌似平静，但每句话都包含着精心，尤其是在对结构的作用上。）

《烈火平原》，写下的是战争，农民暴动。叙述者还是“我”，一个经历者。故事我不想再复述，它让我最为醉心的是最后一部分，“我”，因为抢夺姑娘的恶习而被抓进了牢房，获释出狱后和被“我”抢来的一个姑娘生活在一起。这个女人的出现让他以为她是来报仇的，也让他回忆起当时：“我仿佛又一次感到冷雨淋身的情景。那天夜里，我们冲进脱尔卡帕纳村，大雨滂沱，我们把村庄全夷平了。我几乎可以肯定，他父亲就是我们正要离开村庄时遇到的那个老头儿。我们的人在他的脑门上打了一枪，与此同时，我将他女儿抱上马，并在她的头上重重地拍了几下，好让她平静下来，不再咬我。那时，她是个年方十四岁左右的小姑娘，长有一对美丽的眼睛。她闹得很厉害，我费了好大的劲儿才让她变得服服帖帖的。”

小说用对话转换了场景，回到女人和“我”相见的那一刻：

“‘我给你生了个儿子，’她说，‘就在那儿。’她用手指了指有着一双惶惑不安的眼睛的高个子少年。

‘把帽子拿下来，让你爸爸好好看看。’

那个少年取下了帽子。他长得和我几乎一样，眼睛里闪着狡黠的目光。这一定是从他父亲那里遗传下来的。

‘大家也叫他比乔恩。’那女人又说话了。她现在是我妻子了，‘现在他既不是强盗，也不是杀人犯，他是好人。’

我垂下了头。”

（结尾是何等的意味深长。我们太多时候谈什么艺术真实，生活真实，往往是鞍子套在马头上，而在胡安的这篇小说中，两种真实是和谐而统一的：它用艺术的方式展示的是生活可能的样子和较为普遍的样子，尽管这个普遍未必都是鲜明如此。我们在艺术中的进退失据，更多时候是依据现象而不是依据背后的被掩盖着的真情，还有一点儿，我们可能习惯于按照他人可能的构想完成我们的写作，还以为它是生活真实或艺术真实，其实它从一开始就已经在作假。文学是虚构的艺术没错儿，但那种内在的真实在是太需要了。）

《清晨》，一个叫堂胡斯多·布拉姆的庄园主与外甥女乱伦，被放牧归来的老牧工无意发现。胡斯多·布拉姆难以容忍这一被发现，于是他毒打这位老牧工，结果自己失足，跌倒摔死了。迎接老牧工埃斯特凡的将是一场冤狱。《请告诉他们，不要杀我》则是一个外逃数十年的杀人者的哀求，他回溯了整个经过，意图唤起被杀的牧场主儿子和他手下的同情；那篇动人的《你没有听到狗叫吗？》，一个父亲背着受伤的儿子去一个叫托纳亚的地方治疗，一路上，父亲几乎是自说自话，透过他的话，我们了解到这个要压断他脊梁的儿子：等伤一治好，你就又会去干你的歪门邪道。你在拦路抢劫，你以盗窃为生，还杀了人……父亲说，不要再让我知道你的事就行了，“他不是我的儿子。”这个父亲，不愿让自己死去的妻子伤心的父亲，把儿子背到夜晚的村口的时候儿子已经死亡，他费劲地分开儿子一直抱着他脖子的手指，“你刚才没有听到狗叫吗？”他说，“你连这点希望也不想给我。”《安纳克莱托·蒙罗纳斯》，《你该记得吧》，《都是因为我们穷》……他的故事一向简短而动人，诗一样的语言，镜头感极强的场景，讲述的却是具有强烈残酷感的拉美现实。他，胡安·鲁尔福，赋予现实以诗性，它是诗的，却丝毫不改变其中的残酷质地，弥漫在其中的巨大荒蛮。我们知道，这样的现实曾在美洲有过发生，曾在欧洲有过发生，在亚洲和旧时代的中国，都曾有过发生。不过，在鲁尔福出现之前，我们大约还真没有意识到，小说可以这样写。生活，现实，日常，这样写，更具力量和魅力。

现在，我们该谈谈著名的《佩德罗·巴拉莫》了。这是一部极为简单又极为复杂的书，富有魅力又“阻碍重重”的书，是胡安·鲁尔福小说的大成，充分体现着他小说的力量和精湛技艺，用译者屠孟超的话就是，“这是一部完全用现代小说的手法写成的新小说，现代小说的各种表现形式在这部不足十万字的小说中几乎全都可以找到。”

佩德罗·巴拉莫。小说着力塑造的核心。故事基本也是围绕着他和他的存在展开的。然而在小说中，这个核心却是通过众多声音、众人之口建构起来的，他没有真正出现，一次也没有。在这部小说中，佩德罗·巴拉莫的形象相当鲜明，然而，这个“鲜明”是依靠一个个侧面、一个个局部缓缓拼贴起来的，各个局部并不紧密相连，可能在谈到“眼睛”之后下一段讲的却是“头发”，说着“头发”，另一个声音出现，它讲的又是“耳朵”……它依靠阅读者的积极参与，在自己的头脑中搭建和移动位置，从而使佩德罗·巴拉莫的形象变得清晰。而且，胡安·鲁尔福有时还有意忽略，某个卡片在叙述中并不拼贴上去，他略掉了，阅读者则必须靠想象、思考补上。

小说的复杂还在于，依靠拼贴，佩德罗·巴拉莫的形象是立体的，多重的，交织的，在他的身上并不是单一向度，他是个无赖、恶魔，善于心计，但同时又有着强烈的“爱”，这份爱显得那么真挚；小说的复杂还在于，这部小说大约出现过七十余个人物，其中许多人物只出现过一次，他们只参与其中一个侧面的构造，然而便在黑暗中销声匿迹。小说的复杂性还在于，文中的诸多叙述者多是死人，他们死于不同的时间，不同的地点，在小说中，新死者、活着的人和旧死者可能会在某一“点”上相遇，交流，对话，这也打破了我们惯常的时空界线，这种全新大概会造成某种的不适。它会让你的拼贴举棋不定。

说它简单，也是合适的，这点儿，是在小说的情节上。我觉得像福克纳的小说也有这种情节上的简单，包括他的那部《喧哗与骚动》。经过梳理，我们可以搭建起属于佩德罗·巴拉莫的基本“历史”：他幼年时家道中落做过小工，当过学徒。之后开始发迹。他为了发财可以说不择手段：先是和自己最大的女债主多罗莱斯结婚，目的是赖账，吞并她的财产。婚后不久佩德罗·巴拉莫便抛弃了这个女人，致使她含恨死去。为了抢夺土地，他巧取豪夺，不惜杀人，派手下将一个叫阿尔德莱德的人活活勒死。这样，他很快成为科马拉村的统治者，独霸一方的庄园主。这时，一支暴动的穷人队伍来到科马拉，毫无疑问佩德罗·巴拉莫将被“清算”——然而富有心计的佩德罗·巴拉莫却化险为夷，不止化险，而且他还借给他们提供支援的机会，把自己的心腹和数百人的“家丁”派进队伍，并最终夺得了领导权。有了军队的佩德罗当然更有能力左右地区局势和他人的生命财产了。

在人生的高点：土霸王的打击来了，和他一样善于残害无辜、奸淫女性的17岁儿子米盖尔·巴拉莫马失前蹄，是真的“马失前蹄”，从马上掉下来摔死了，这给佩德罗的身心重重一击。还有一击则是，他“唯一爱过的、青梅竹马的女人”苏萨娜·圣胡安的去世。这个苏萨娜本是他人妇，后来守寡，父亲和她发生了乱伦。佩德罗·巴拉莫费了一番心思，将这个女人弄到了手，可惜这时她已经疯了，不久便离开了人世。经历又一打击的佩德罗·巴拉莫万念俱灰，整天不吃不喝，遥望女人“去天堂的那天路”……结果是，“身子像一块石头一样慢慢地僵硬了。”

小说的开始，是以“我”，佩德罗·巴拉莫的一个私生子来科马拉“寻父”为起点，在路上，他遭遇着众人或者说众灵魂，那些灵魂说着佩德罗的故事也说着各自的故事，说着旧事也说着“现在”：“刚才说这一番话的人是你吗，多罗脱阿？”“你说是谁？是我？我刚才睡了一会儿。还有人在吓唬你吗？”“我听到有人在说话，是女人的声音，便以为是你。”“女人的声音？你以为是我？一定是那个自言自语的女人，是那座大坟里的，她叫苏萨尼塔太太，她就埋葬在我们旁边。大概是潮气侵袭到她了，这会儿大概在梦中翻身呢。”——这样的对话简直不胜枚举。看到后来，我们似乎恍然大悟：这个来寻父的儿子，其实也是一个死者。他在先前遇到的那个赶着驴子的少年也是死者。

这种方式当然是新颖的，别样的。说实话我并不认为“发现”这点儿有多么重要，让死者说话这一方式的重要性与卡夫卡格里高尔·萨姆沙的“变形”是不能同语的。这属于创造，毫无疑问，一个大作家终归是魔法师，他运用自己的魔法再造一个情境和现实，变形、让死者说话、让牛和驴说话等一系列溢出我们日常的变化在20世纪以来已被阅读者普遍接受，成为一种具有普遍性的言说方式——卡夫卡的“变形”是小说言说独特的、内在的、决定性需要，他借用变形来发现和指认被我们忽略的人性微点，而胡安·鲁尔福“让死者说话”这一方式则与君特·格拉斯《铁皮鼓》中奥斯卡唱碎玻璃的特异功能，与马尔克斯《百年孤独》中美少女雷梅苔丝身边层出不穷的蝴蝶，乘坐毛毯飞走是异曲同工的，它让小说有了新奇，连接了现实和梦境，同时也让写作者在写作时有更多的“创造”快感。它很有效果，但非本质的；相较而言，卡夫卡的“变形”更本质些，更重量些，它具有决定性。

我愿意大家更注意到胡安·鲁尔福“让死者说话”这一方法所达到的：它在这里，这种方式，突破了传统小说在叙述故事时的“时空限制”。屠孟超说，它“将不同时间、不同地点发生的事件列入同一‘画面’，就像超现实主义画家做的画作一样”。在一篇文章中我曾说过，小说首要处理的有两点：一是关系，一是时间。我们说文学是人学，是关于人类命运的，关于人在世界中的位置和位置感的，关于“我”和“我们”如何和这个世界相处的，关于人性和人性之谜的，那它当然要涉及关系，处理关系。文学，肯定要处理我和社会的关系，我和自然的关系，我和祖国、故乡的关系，我和朋友、父母、领导、上级与下级、陌生人、偶尔的闯入者的关系，包括敌人的关系。它也要处理我和“我”的关系，大我和小我的关系，我的言说和内心的关系，呈现的“我”和隐藏的“我”的关系。再一点，就是时间，小说或者扩展到所有的文学写作，都要努力处理好时间问题。有些小说的结构，其变化也是由小说中的时间来决定的。时间的转化影响到小说的结构，也影响着小说的整体布局，包括细节——胡安的处理给我们以新的启示。它让诸多的时间交汇，共时，这种交汇与共时让小说显得繁复丰厚，奇特而美妙，同时也为更多侧面、碎片的呈现筑实了基础。

马尔克斯极为推崇这部伟大的书，他说，“自从大学十年前的那个奇妙的夜晚，我在波哥大一间阴森的学生公寓读了卡夫卡的《变形记》之后，我再也没有这么激动过。”“他的作品不过三百多页，但是它几乎和我们所知的索福克勒斯的作品一样浩瀚，我相信也会一样经久不衰。”加·加西亚·马尔克斯还曾骄傲地宣称，“当有人对卡洛斯·维洛说我能够整段整段地背诵《佩德罗·巴拉莫》时，我依然沉醉在胡安·鲁尔福的作品中。其实，情况还远不止于此；我能够背诵全书，且能倒背，不出大错。并且我还能说出每个故事在我读的那本书的哪一页上，没有一个人物的任何特点我不熟悉。”

有时我在想，马尔克斯说这样的话是因为什么？这些话里，包含着的又是什么？他为什么这样强调自己的阅读，和对另一个作家作品的熟悉？这种熟悉中又包含了怎样的意味？他的这段话，让我想起纳博科夫引用过的福楼拜的一句话：“谁要能熟读五六本书，就可成为大学问家了。”熟读，是必要的前提，是我们学习和领会的必要前提，是在文学中建造自己的山峰时的必要前提。柯尔律治认为存在着四类阅读的方式，第一类是“海绵”式的阅读，轻而易举地将读到的吸入体内，同样也可以轻而易举地排出；第二类是“沙漏计时器”，他们一本接一本地阅读只是为了在计时器里漏一遍；第三类是“过滤器”类，广泛地阅读只是为了在记忆里留下一鳞半爪；第四类，是柯尔律治希望看到的阅读：他们本着一种爱慕的心情，细细把玩，反复品味，不仅是为了自己获益，而且也为了别人有可能来运用他们的知识。

能够如此阅读的当然是“优秀的读者”。然而这样的读者在柯尔律治眼中是“犹如绚丽的钻石一般既贵重又稀有的人”——我愿意反复强调着精读和细读，品啜包含在文字中的汁液，体味另一种人生和人生态度，和作家一起探究我们人的幽暗的“沉默区域”；我想每位阅读都会希望能够从阅读中更多获益，把自己变成那种“绚丽的钻石一般既贵重又稀有的人”。

回到胡安·鲁尔福和他的创作。如果我们肯耐心细读，会发现贮藏在胡安小说中的某些具有启示性的艺术特质：

一是他发现、发明了一种叙述结构。这个叙述结构让我们的文学叙事有了新的、也更为经济美妙的一套方法。我们讲述一个故事，如果把开始、发展、高潮和结束看做一条线段的话，那，胡安·鲁尔福的策略就是，从这条线段的三分之二处（甚至是一半处）开始讲起，从一个有魅力的场景、一个有张力的句子开始讲起，也就是，从叙事开始的部分就有了某种的高潮感、紧张感。《我们分到了土地》，是场景，四个人，先后从镜头外的黄沙和弥漫的黄褐色光晕中钻出来，已是下午四点左右。电影《双旗镇刀客》大约对它有某种的借鉴。这样，我们一下子就被带入了，跟随他的叙述走下去。《都是因为我们穷》，小说的第一句是“这里的一切每况愈下。上星期我婶婶哈辛塔去世了。这星期六我们将她安葬好，内心的哀伤开始减轻的时候，天又下起前所未见的大雨来，这使我爸爸焦急万分”——它没有关于我们穷和如何穷的介绍，而是从一个词“每况愈下”开始的，“我爸爸”的焦急万分也会在这里浸染到我们，让我们追问。《教母坡》，《安纳克莱托·蒙罗纳斯》，《塔尔巴》……胡安的作法让故事讲述变得更有魅力。当然，辅佐于这个“魅力”是一整套的办法，办法和办法之间是相互粘接的、渗透的。

从三分之二处开始讲述——前面的三分之一当然是有用的，它需要有所交待，否则，那三分之一就属于可舍的赘肉，它就不能算是必要存在，它需要交待。胡安·鲁尔福的做法是，将前三分之一打碎，把其中的关键点做成楔子，通过人物对话、回忆、独白、追叙、暗示和隐喻、意识流等手法将其用最恰当的方式塞入故事，尽可能做到天衣无缝。譬如《我们分到了土地》，它基本是一个在荒凉的平原上奔走的场景，无他，这时前面的三分之一慢慢地、碎片化地塞进来了：有人抬头看了看天，目光注视着高悬空中的太阳，说，“现在大约是下午四点钟。”然后说，那个人是梅利顿，与他一起的还有谁谁谁，我们一行四人。这时，原因还并不清晰，胡安·鲁尔福也并不急于一气把所有的前史都说完，而是一点点地渗，我们慢慢知道，哦，他们从一大早就出发了；中午的时候还有二十多人，现在人越来越少；他们原来是有马的，马被抢走了，枪也被抢走了；他们走着的这片荒凉的、寸草不生的土地，原来是政府分给他们的，这么大片的土地并没让他们高兴，而现在，他们试图尽快地走出去。

《请你告诉他们，不要杀我！》：故事是从晌午时分开始讲述的，随后我们知道，这个人是在清晨被带来的，被捆在一根树杈上等候发落。之后我们又知道，这个人，之所以被抓，是因为他杀了他的教父，一个庄园主。杀死庄园主的原因是因为他养的牲口进入了庄园主的牧场，庄园主杀死了他的一头小牛；为此，他典当了房产，把十头牛送给了法官，可是依然摆脱不了被通缉的命运，他已经躲了35年；现在，他和我们阅读者一起知道了，把他抓来的是庄园主的儿子，一个上校。不要杀我，我已经付出代价了——这个请求无效，结局是，这个人的儿子用驴背走了他的尸体，他的脸上，被打出了许多的洞。

……及至《佩德罗·巴拉莫》，胡安·鲁尔福打碎前史、制作楔子的本领更为纯熟，丰富，炉火纯青，得到了更为充分的展现。它，甚至有些炫目。

二是制造场景、情境的能力。在这点上，胡安·鲁尔福是一个极具才华的高手。他的小说，都有很强的带入感，那种文字的氛围异常强烈。像《我们分得了土地》中对干旱的描述，胡安·鲁尔福竟然只让落下了一滴雨，它在地上打了一个洞，出现了一团泥浆——如果不是旱，洞和泥浆都不会如此出现，这种渲染几可与中国古诗中那句“鸟鸣山更幽”所媲美。接下来，他说，“此时若再看看天空，便会看到那片载雨的云正在飞速地向远处飘去。从村庄里吹来的这阵风将乌云朝那些蓝色山峦的背阴处刮去。刚才这滴错下的雨早已被土地喝掉以解其渴了。”氛围，描述氛围的文字：“我极目四望，注视着这块平原。这么大的一块土地寸草不生，在我们目力所及的范围内竟没有任何物体阻挡我们的视线，使我们一览无遗。只有几条小蜥蜴在它们的洞口探出脑袋来，一遇到烈日的烘烤，便赶紧躲到石头底下纳凉去了。”

他的短篇篇幅都不长，用字用词非常经济，基本上，他处理的多是单一场景，把所有要说的事件都压缩在这个场景和因它营造的氛围里，前史、侧史、后史都楔入其中简略而有效地交待。和我们诸多按时间顺序讲述的线性结构不同，胡安·鲁尔福的小说是块状的，即使那部《佩德罗·巴拉莫》也是块状的，我们见到的是情境、场景的间移和衔接，其中的连线胡安多数并不建立，而是交给阅读者猜想。

在建造场景、营造氛围时，胡安·鲁尔福对细节的运用也值得一提。仍以《我们分到了土地》为例，我们大约可以注意到埃斯特凡怀里的那只母鸡：这只母鸡，是慢慢显现出来的，它原藏在埃斯特凡短大衣的下面，先露出的是一只鸡头。小说说，“这只鸡睡眼蒙眬，张着嘴好像是在打呵欠。”后来，出现了埃斯特凡对着他的母鸡吹口热气的一幕，“埃斯特凡还在说些什么，但我没有听见。我们排成一行，走下土坡。埃斯特凡远远地走在前面。只见他提着母鸡的两条腿，不时地往上提一提，免得让它的脑袋撞在石头上。”——多么有趣的描述。在日常中可以发生、容易被忽略的场景经胡安·鲁尔福略有夸张的描述便变得富有生机。睡眼蒙眬，脑袋可能会撞到石头上，它其实是在说明这只鸡的状态，由此也可见我们这些人的状态；睡眼蒙眬，脑袋可能会撞到石头上，这只鸡大约已经没有了多少活力，可胡安·鲁尔福装做没有往这方面想，他只是描述了当时的情境，像一台摄像机一样。《教母坡》，几次对月光的书写也颇含意味，我们看到，胡安·鲁尔福在做细节的时候也极为简洁，点到为止，但略略地重复会叠加起效果。

第三，出现在胡安·鲁尔福小说中的时间是奇妙的，它时常会对我们惯常的时空限制造成“突破”，生出一些共时感。这点儿前面已经提到不再赘述。但这点儿的意义极大！它，一向是古今诸多作家、伟大作家试图达到的，小说中叙述时间的改变不只是生出新意、变得奇妙那么简单，它甚至会影响到、深刻影响到写作手段，进而影响思考的向度。亨利·柏格森说，时间是形而上学的关键问题，如果这个问题解决了，那么一切问题都可以迎刃而解。是否如此？我不知道。但我知道，向时间限制挑战也是我努力的方向之一。是我在小说写作中思考的一个核心。

四是胡安·鲁尔福小说中充沛的诗性、句子的节奏感，包括赋予小说叙述以色调，都是值得我们学习和珍视的。它需要重读，再次重读，在重读中去体会。

第五点，是小说的整体诗性和现实、日常事件处理的关系。他的剪和裁当然需要重视，而像刚才我所提到的出现在《我们分到了土地》中，对埃斯特凡“提着母鸡的两条腿，不时地往上提一提，免得让它的脑袋撞在石头上”这一情境的描述也更应重视。日常，无论是曲折日常、平庸日常、残酷日常在进入小说的时候，都需要写作者进行一系列“复杂而深刻的变动”，让它既真实，有带入感，又具备魔法条件，注入丰沛的诗性，是每一个写作者都应思虑的。毕竟，小说不是生活生出来的；毕竟，小说是种创造，“一本书中，或人或物或环境的真实完全取决于该书自成一体的天地。”

第六点，是小说的第一句话。它定下了调子，节奏，言说方式，基本内容和它的走向——还有一点儿，大约是胡安·鲁尔福可以教给我们的：在第一句话，第一段中，后面涉及的人和事尽可能地在这里早早出场，至少是做好埋伏。它也许不是整篇文字中包含最多的，但，它可以包含的，必须要交给它。

玄思，
或博尔赫斯的可能

> 我们可以说，从我这一代人开始，过去二十年来从事创作的人都深受他的润泽……在他写的每一个文体中，博尔赫斯总要以他能够做到的方式，谈论无限，无穷，时间，永恒或毋宁说时间的永恒存在或循环本质。
>
> ——意塔洛·卡尔维诺《豪尔赫·路易斯·博尔赫斯》

“让写在虎皮上的神秘和我一起消亡吧。见过宇宙、见过宇宙鲜明意图的人，不会考虑到一个人和他微不足道的幸福和灾难，尽管那个人就是他自己。那个人曾经是他，但现在无关紧要了。他现在什么都不是，那另一个人的命运，那另一个人的国家对他又有什么意义呢？因此，我不念出那句口诀；因此，我躺在暗地里，让岁月把我忘记。”这段文字引自豪·路·博尔赫斯的小说《神的文字》，它属于随手抄录：在博尔赫斯的小说中，无论选择哪一段文字作为例证，它都会带出“博尔赫斯式的”强烈标识：那种浸润扩散着的梦幻气息，那种凸显的玄思意味。在博尔赫斯那里，每一个词都值得细细追问，而被追问的那个词却总会在追问中走得很远，似乎能够层层剖开。

我相信有许多人在抱着一种“先期热情”去阅读博尔赫斯的最初会有我一样的不适：他的小说不是我们惯常以为的样子，我们依据19世纪“现实主义”经典阅读所建立的审美和认知体系（假如确有这一体系的话），在面对他的写作的时候近乎全然失效，博尔赫斯溢出了我们旧有的审美，溢出了我们习惯认为的“小说的样子”。他的小说带有某种的“灾变性”——在他之前，我们很难想象玄思会成为“小说的”，并且是核心，持续的核心。是豪尔赫·路易斯·博尔赫斯为我们发现并展示了这种可能。

我认为，小说，真正意义上的小说，是一种偏见或偏执的艺术，它应当也必须从一种习见的、俗套的、平庸的旧路上叉开去，独自发展和寻求新的可能性，它是对未有的一种补充，是对小说疆域的个人拓展。哈罗德·布鲁姆在他《影响的焦虑》一书中曾发出这样的警示：“我和维柯一样坚信：具有预见性是每一个强者诗人不可或缺的条件。缺少了这一点，他就会沦为一个渺小的迟来者。”——我愿意谈论小说的可能性，愿意借助豪·路·博尔赫斯、君特·格拉斯或加·加西亚·马尔克斯来谈论小说和艺术，正是出于对“发现”和“独特”进行彰显的考虑，是对预见性进行指证的考虑——佩索阿曾谈到，“它太新了，它极端的新意折磨着我们对它的想象力，就像所有极端的事物都会折磨想象力一样”，没错儿，我愿意谈论那些能够折磨我们想象力的文本，在谈及小说的可能性的时候，我会紧紧抓住我所要言说的对象的拓展性的一点而不计其余，至于那种在我看来有些常规化的好也会从我的言说中剔除，故意视而不见。无论这种常规化的好有多么丰富动人，无论它出于托尔斯泰、辛格还是巴尔扎克或契诃夫。在这里，我要强调差异，强调乃至强化它的独一无二：我要用我的方式指证给大家看：墙上的门，是如何被具有非凡创造力的作家们打开的。林白有过一个漂亮的短语，“凡墙皆是门。”——确乎如此。对一个作家，一个写作者而言，假如你坚信“小说（或更广义的文学）一定不能如何如何”，那么，你从事这一行当的能力就值得怀疑。许多所谓的“不能”往往是你个人的不能而不是文学的不能，有些优秀的作家，就是在众人认定的“不能”的崖边上建立了支点，然后走出了路，拓开了可能。

在对可能性的言说中，我承认我会强化我的部分偏执以及偏见。（在对博尔赫斯进行言说的时候，我也准备将他早期的《恶棍列传》进行删除，排除在视野之外，虽然我对《玫瑰街角的汉子》等小说心存敬意。

博尔赫斯为小说引入了玄思，他为惯常描述日常波澜的“故事书”增添了另一翼，具有形而上智慧的一翼。要知道，在这里，我说的玄思不等于是世俗哲学，不等于是我们惯常说的小说的“深刻”，博尔赫斯醉心谈论的是抽象性的“无限，无穷，时间，永恒或毋宁说时间的永恒存在或循环本质”。于是，小说这种文体，在博尔赫斯那里呈现了近乎全然的与众不同的样子：

在《镜子与面具》中，博尔赫斯先创造了一个博学高贵的爱尔兰国王，他在克郎塔夫的战争使挪威人威风扫地，于是国王召来诗人铭记他的显赫功绩，期限一年。这一年瘟疫流行，叛乱频仍（博尔赫斯这句话很有复杂的意味。），限期到时诗人交上了颂歌。他根本没看手稿，而是不慌不忙地背诵起来。诗人的工作得到了深谙诗艺的国王的赞赏（如果不在博尔赫斯笔下，我相信谁也难以在人类历史中找到这个国王），但国王也表达了自己的更高期待，他再次给了诗人一年的时间，让他再写一首颂歌。一年后，诗人带来了手稿，这次的诗没有上次的长，他也没有背诵，而是期期艾艾地照念，略去了某些段落，仿佛他自己根本看不懂，或者不愿糟蹋它们。诗篇很怪，然而它再次获得了国王的赞许，“你的第一篇颂歌可以说是集爱尔兰古今诗歌之大成。这一篇胜过上篇，同时把上篇彻底推翻。它给人悬念、惊讶、使人目瞪口呆。愚昧无知的人看不出它的妙处，只配有学问的人欣赏。”

在获得更高奖赏之后，国王再次和诗人定下了契约。一年之后，诗人空手来到，没有手稿，而人也几乎变成了另一个人，某些东西（并不是时间——博尔赫斯特意注明。）在他的脸上刻画了皱纹。诗人请求同国王单独说几句话，最后，他在国王的反复要求下念出了那篇诗。只有一句。小说中说，“诗人和国王都没有大声念出那行诗的勇气，只在嘴里品味，仿佛它是秘密的祈祷或者诅咒。国王诧异和震惊的程度不下于诗人。两个人对瞅着，面色惨白。”这一句包含了一切的诗，天主禁止人们问津的诗，最终让国王和诗人付出了代价：诗人走出王宫之后拿着国王赏赐的匕首自杀了——国王第一次赏赐他的是一个银面具，第二次则是金面具，匕首是第三次的赏赐。小说题目中的镜子，却没有以“实物”的方式出现——而国王则成了乞丐，在他的王国爱尔兰四处流浪，再也没有读出过那句诗。

《沙之书》：它以几何学的概念开始，随即博尔赫斯声明，“这些几何学的概念绝对不是开始我的故事的最好方式。”紧接着，博尔赫斯奠起他惯用的标志动作，显得煞有介事：“如今人们讲虚构的故事时总是声明它千真万确，不过我的故事一点不假。”

故事是这样的：几个月前的一天傍晚（傍晚，是一个需要仔细打量的词，它意味丰富，但博尔赫斯却从不在这些很有意味的地点停一停，他似乎有意埋藏起可能的意味，装作自己也视而不见。），一个陌生人来向我推销《圣经》，然而我并不缺少《圣经》，几乎有它的各种版本。那个陌生人随后拿出了另一部书，说他得到了这样的一本圣书，我也许会有兴趣。我信手翻开看到里面有一张插画：一个钢笔绘制的铁锚，笔法拙笨，仿佛小孩画的。那个陌生人对我说，仔细瞧瞧，以后再也看不到了。于是我记下了地方，合上书。随即又打开：尽管是一页页地翻阅，铁锚图案却再也找不到了。我们又试验找寻书的第一页和最后一页，结果当然依然失败的，封面和手之间总是有好多页，仿佛是从书里冒出来的。这是，博尔赫斯借用那个神秘推销员之口，说出了关于时间与空间的玄思："不可能，但事实如此。这本书的页码是无穷尽的。没有首页，也没有末页。我不明白为什么要用这种荒诞的编码办法。也许是想说明一个无穷大的系列允许任何数项的出现。""如果空间是无限的，我们就处在空间的任何一点。如果时间是无限的，我们就处在时间的任何一点。"……我最终买下了或者说换取了这本书，那人离去的时候已是夜晚。然而随着占有这本书的幸福感而来的是两层忧虑：担心它被偷走的忧虑和担心它并不真正无限的忧虑。最终，我成了那本书的俘虏，晚上多半失眠，偶尔入睡就梦见那本书。那本书，最终成了一个可怕的怪物。"我想起有人写过这么一句话：隐藏一片树叶的最好地点是树林。我退休之前在藏书有几十万册的国立图书馆任职；我知道门厅右边有一道弧形的梯级通向地下室，地下室里存放报纸和地图。我趁工作人员不注意的时候，把那本沙之书偷偷地放在一个阴暗的搁架上。我竭力不去记住搁架的哪一层，离门口有多远。”

……

在一般阅读者那里包括众多的作家批评家那里，具有哲学意味的玄思是不能进入到小说中的，他们更愿意看到和现实有关、并透过故事可以轻易体味到的“深刻”，他们或许还迷恋这一“深刻”，但绝不认可玄思瞑想和“太哲学化”。它属于“越界”，将小说的触角伸入了哲学的领域，思辨的领域，是一种舍本求末……可伟大的博尔赫斯却自如而漂亮地完成了这一越界，同时，他还用自己的方式有效保证了小说的艺术质地。尽管博尔赫斯在自己的文本探索中有明显的越界行为，但本质上，他还是在做一件只有小说才能完成的活儿，他在小说中的哲思还是“小说的”，而不是严格意义上的“哲学的”。在一篇旧文中我曾比较过小说中的哲思和哲学中的哲思的不同，我承认这一观点受到了米兰·昆德拉的启发：哲学中的哲思是宏大的，体系性的，而小说中的哲思是随感的，偶发性的，分散的；哲学中的哲思针对于整体至少是群体，处在一种“不及物”状态，它要寻找群体共性，而文学中的哲思则是“及物”的，是对一个个的人的追踪，它有附着感，有强烈的个体针对性（我们在博尔赫斯那里看到，他的玄思虽然也贴着具体的人物走，却也具备某些不及物的性质。）；哲学中的哲思要力求绝对肯定，有较强的逻辑性，而小说中的哲思则可以相对，模糊，犹疑，不正确，具有歧义……在博尔赫斯著名的《交叉小径的花园》中，他借用一位汉学家斯蒂芬·艾伯特的口，转述了一个叫崔朋的中国人的时间理念："他相信时间的无限连续，相信正在扩展着，正在变化着的分散、集中、平行的时间的网。这张时间的网，它的网线相互接近，交叉，隔断，或者几个世纪各不相干，包含了一切的可能性……时间是永远交叉着的，直到无可数计的将来。"在他另一篇小说中，在《特隆、乌克巴尔、奥比斯·特蒂乌斯》中，博尔赫斯这样介绍他虚构的特隆："可以毫不夸张地说，特隆的古典文化中只包含了一个学科：心理学。其余学科都退居其次。我说过，那个星球上的人认为宇宙是一系列思维过程，不在空间展开，而在时间中延续……换句话说，他们不懂得空间能在时间中延续。"在《秘密的奇迹》中，博尔赫斯借用《古兰经》中的一段话引出了时间问题："故真主使他在死亡的状态下逗留了一百年，然后使他复活。他说：你逗留了多久？他说：我逗留了一日，或者不到一日。"《阿莱夫》，"我"从《阿莱夫》中看到的是过去、现在和将来以及所有空间的总和，它们博大到无法一一复述却又集中在一个微小的点上；就在那篇《特隆、乌克巴尔、奥比斯·特蒂乌斯》的小说中，豪·路·博尔赫斯在谈论“特隆人”的种种观念的时候曾自己站出来分析，他的分析中似乎包含了指责：“他们不懂得空间能在时间中延续。”“这种一元论或者彻底唯心论使科学无用武之地。”“特隆的玄学家们寻求的不是真实性，甚至不是逼真性；他们寻求的是惊异。”……加上前面《沙之书》中我引出的“时空观”，我们可以看出，博尔赫斯所列举和展示的“时空观”并不具有特别的统一性，它们甚至还构成着悖论、矛盾。在这里，博尔赫斯并不是借用小说的方式来兜售哲学理念，不是，那些可以在随笔或论文中得以完成。“一旦成为小说的组成部分，思考的本质就改变了。……在小说世界之内，没有谁可以断言肯定，这是游戏和假设的领域。”（米兰昆德拉《关于结构艺术的对话》）

有人曾经设想，在卡夫卡之前曾经有许多个卡夫卡存在过，他们有过和卡夫卡大致类似的努力，然而他们一是由于超越时代认知太多而不被理解，二是受限于个人艺术能力而最终使自己没有能留下。我同样相信，在博尔赫斯之前也曾有过众多的博尔赫斯，他们也曾想努力将玄思引入小说之中（部分地，我觉得狄德罗的《定命论者雅克》大约算是一部这样的书。我是在鲁迅文学院图书馆里见到它的，不过因为种种原因我没有将它最终读完。）——有时，有一个好的想法是一回事，而实现这一想法则是另一回事。这是艺术从事者的悲哀也是艺术的魅力所在。作为一名作家，博尔赫斯在小说中想法的实现方式较之他的想法本身更让我着迷。

他是如何实现自己想法的呢？或者说，他为自己想法的实现做了怎样的努力？

一、和他玄思的丰富、多义和延展性相适应，博尔赫斯为自己的小说精心设计了一套新的叙事策略，它就是我们常说的“迷宫叙事”或“博尔赫斯式的叙事圈套”。对这点，众多的作家、学者已有过言说，我不准备过多重复，吴晓东在他的《从卡夫卡到昆德拉》一书中有段很好的阐解：“在《交叉小径的花园》中，叙事的推动极快，读者很快就面对一个新的岔路，就像小说中崔朋建造的迷宫，里面的岔路可能是无穷的。这种分叉叙事隐含着一种生成性功能，而不是终结性功能，好像故事可以无穷地衍生下去，每一个岔路都孕育着新的叙事基因，表现出对无限可能性的追求。”——这种分叉的迷宫性的叙事方式在他的小说中随处可见，包括故事相对简单的《镜子和面具》《沙之书》等。这种叙事策略使得博尔赫斯的小说获得了格外的重量，文字结束之后，而意蕴和思考在继续延展。阅读博尔赫斯的小说，给我的印象是，随着年龄、知识、智慧的增加那些在很久前读过的小说又有了新的厚度和丰富，它经得起重读。

二、为了更好地、更加凸显地保留玄思的自身质地，博尔赫斯对其中的人物和事件做足了减法，甚至近乎于残忍。博尔赫斯的小说一直采用叙述而绝罕描述，他采用减笔画的方式勾勒着人物与事件的走向，将人物的面部表情、日常生活和心理活动剔除出去，他似乎还在众多的篇幅中剔除了我们一直津津乐道，将它看成是小说立身之本的“人性”——那种经由“现实主义”包括到19世纪前叶所建立起的观察，描写和叙事经验都被有意略掉了，博尔赫斯出于个人心性和叙事学的考虑，故意不再使用它们——所以在《镜子和面具》中，我们无从知晓那位爱尔兰国王的高矮胖瘦，个人嗜好，有无胃病；我们也无从知晓诗人之前的日常和诗歌成就，他有无家人，过着一种怎样的生活。从某种意义上来说，小说是在所有艺术门类中最接近世俗的艺术，是和日常和人的具体生活境遇粘结最紧的艺术，也是最有芜杂感的艺术，然而经由博尔赫斯的手，那些充斥于小说中的吃喝拉撒、爱恨情仇、男男女女、盆盆罐罐竟被滤掉了，他使用了极为严格与高秘的蒸馏术……在这里我要强调，博尔赫斯的简约、提纯不仅是出于技艺和摆脱影响焦虑的考虑，他采用这样的技艺是与他想要的言说有关，和他在写作中的目标有关；他不允许他的假定读者受他经营的情境或细节吸引而忽略他小说中玄思的放置，抽掉那些情境与细节是他这类小说必须付出而且是受损最小代价。是的，博尔赫斯是那种书斋型的作家，而且过早地双目失明——但由此判定他缺乏日常经验不谙世事则是可怕的谬误。在那篇不足四千字的《沙之书》中，我们可以看出博尔赫斯精心、精确的“经营”：欲向我推销那本名为沙之书的圣书，陌生人却有意欲擒故纵，先向我推销《圣经》进行着有意的视线转移；在对那本无限的书的翻阅中，两个人的问答进退也显示着各自的心理，颇有妙趣。随后，在我准备买下这本书来的时候也采取着那种欲擒故纵的游戏，假装兴趣不大，问他，你打算把这本怪书（他用出的词是，怪书，借以掩盖自己对这本书的喜爱）卖给不列颠博物馆吗？那个陌生人也掩盖着想要将书卖出的迫切，一边答应着将书卖给我，一边故意开出了高价。随后是讨价还价，我说我出不起那笔钱，然后提议用我的退休金和花体字的威克利夫版《圣经》与他交换。为了加重筹码，我强调，这部《圣经》是我家祖传。那个陌生人的伪装仍在继续，他显示了不情愿；而我，将书拿出来时也充分地作态，“像藏书家似的恋恋不舍地翻翻书页，欣赏封面。”……对于世俗，日常，或我们强调的“经验”，博尔赫斯非是不能，而是不为，他的心在高处，不愿意在它的上面沉湎。

三、小说的，首先是小说的；博尔赫斯在对小说的技艺进行改造以适应玄思放置的同时，也对自己的玄思进行着适应性的改造，使它与小说的艺术诉求有更粘连、更融合的“贴”。我们必须承认，强度过大的玄思往往会挤掉小说内在的汁液使它变得干萎，缺少水气和灵动，变得非小说化，面目可憎；另一则是，小说叙事部分和玄思的部分容易水油不溶，两层皮。博尔赫斯是如何解决这一难题的？他引入了侦探、悬疑类小说的叙事策略，制造悬念和引人入胜的情节（他并不讳言爱伦·坡、霍桑和《福尔摩斯探案集》的影响），或借用历史或杜撰的历史导入事件，使小说具有较强的吸引力，这也使玄思自身的枯燥感有所减淡（我想我也要承认，在一些小说中，博尔赫斯的解决也是不太恰当的。）；同时，博尔赫斯的玄思在小说中并不是以块状出现，而是贴着故事的前行和人物的行动“适时加入”，尽量让它们互融互彰。此外，博尔赫斯还将自己的玄思进行了形式化、装饰化和游戏性的改造，以增强它的趣味和叙述魅力……这一点，在小说《1983年8月25日》两个博尔赫斯的对话中（两个处在不同时间和年龄的博尔赫斯同时出现，也是博尔赫斯惯常处理的题材之一，他曾以此写过小说，散文和随笔。），在小说《阿莱夫》和《南方》中，似乎尤为明显。

《百年孤独》与文学可能

伟大的文学都是开创性的，它甚至带来某种危险的灾变，在让人惊异（包括不适）的同时又感觉豁然开朗，一片新的天地被打开了：原来文学还可以如此，原来小说还可以这样写！相对于某些“传统样式”，我个人的审美趣味会更倾向于强烈开创性的作品，那些在形式上、内容上、思考上都让人耳目一新的作品——它拓展了我们的审美，文学的荒野自它的存在而出现路径。

从这个意义上讲，我认同那句片面深刻的漂亮短语：所谓文学史，本质上应当是文学的可能史。

我愿意从文学可能性的角度来谈论马尔克斯的《百年孤独》。——需要承认，谈论加·加西亚·马尔克斯是种冒险，而谈论他的《百年孤独》则是更大的冒险，就像谈论鲁迅和《红楼梦》，它会让人觉得自己进入的是已有阐释的巨大丛林，任何言说都有落入窠臼、新意匮乏的危险。这部被智利诗人聂鲁达称为“继塞万提斯的《堂吉诃德》之后最伟大的西班牙语作品”的书，仅在1984年中国学者的有限统计中就已有四百多种研究专著，及至今日其数量应会翻倍，且不说单篇评论。我选择“文学的可能性”，一是出自个人对可能性的注重；二是它更是“作家角度”，有战场选择的有利。判定文学的有效首先是它对作家们的影响，而能对作家们产生影响的，就是它的新意，它提供的可能性。

在我看来，《百年孤独》最有独创性和魅力感的点主要有四个：对时间和时间关系的艺术运用，它成为小说庞大构架的重要支撑，而且没有特别的“叙事疲惫”的地方，尽管在奥雷良诺·布恩地亚上校死去之后叙事的节奏在变快；在历史、想象、神话和现实之间穿梭，极为精妙地处理了历史、想象、神话和现实之间的“家庭内讧”，让它们重新恢复到兄弟姐妹的关系中；日常的陌生化，惯常事物的陌生化使马尔克斯的小说具备了更为非凡的魅力，在他那里，太阳每天都是新的，他能让我们始终保持着对每一次日出和某双旧鞋子的惊讶感；诗性原则，小说的整体诗性和局部诗性勾联巧妙，有极为充沛的艺术感。

“多年之后，面对行刑队，奥雷良诺·布恩地亚上校就会回想起，父亲带他去见识冰块的那个遥远的下午。当时，马孔多还是一个只有二十余户人家的小村落，泥巴和芦苇盖成的房屋沿河岸排开，湍急的河水清澈见底，河床上的鹅卵石洁白光滑，宛若史前恐龙留下的巨蛋……”这是异常经典的、反复被人提及的一个开头。从这一句开始，就建立了一个相对庞大的时间体系，并使笔触可以在其中畅通游弋。吴晓东教授在他的北大讲稿《从卡夫卡到昆德拉》一书中曾谈及，“这一句话已不仅仅是展开小说的一个初始的情节，而且容纳了现在、过去、未来三个向度，展示了小说的时空性。”“可以说，任何的小说叙事，都虚拟了一个叙事者声音在说话的‘当下’时间，然后展开叙述。从这一角度看《百年孤独》，我们就可以体会到它的时间的复杂性。”

对小说而言，时间就是结构，至少是故事结构的重要架支点，小说的叙述逻辑、细节插置和人物关联都要落实于小说设定的时间走向中，即使像威廉·福克纳《喧哗与骚动》这样貌似打乱时间、所有时间都是“现在”的意识流小说，略加梳理，依然可看出时间的脉络延展，它甚至更有确定性。时间在故事架构中是显在的，而和时间一起完成小说架构的还有另一条线：主旨线，如果把时间看做小说架构中的骨骼，那主旨线就是血管，它对故事结构的辅助性同样不可小觑，但它是潜在的，不外显的。在我看来，加夫列尔·加西亚·马尔克斯和胡安·鲁尔福的故事架构能力都是超强的，而马尔克斯则更为值得称道。在他的《百年孤独》《一件事先张扬的谋杀案》《爱情和其他魔鬼》，以及《枯枝败叶》《没人给他写信的上校》等经典中短篇小说中，他对叙述时间的精妙把控都有一种令人惊奇的炫目感。他为自己的作品打上了强烈的个人印迹。让·伊夫·塔迪埃谈道，“在小说中重新创造时间，这是小说的特权，也是想象力的胜利。”

这是小说的特权，也是想象力的胜利。我个人有一个极为固执的观点，那就是谁在写作伊始安排好了叙事时间，对小说的叙事时间有相对精确的掌控，那小说的建构平衡就是值得信任的，它不会散掉也将不会出现某种难于自控的混乱。当然这并不是我个人的发现，早在很久之前作家萨特就曾说过，“小说家的技巧，在于他把哪一个时间选定为现在，由此开始叙述过去。”这句话精辟而中的，渗透着经验。我不否认马尔克斯在他的写作中创造了一种“既可以顾后，又能够瞻前的循环往返的叙述形式”，也不否认吴晓冬教授确认的“它容纳了现在、过去和未来三个向度”，不过，故事终结的终点绝对是马尔克斯在写作开始之前就已“预设”的，无论它是否像我以为的那么清晰。萨特所说的故事终点的“现在”——也即在作家头脑里预设的结束点——并不是小说文字中所使用的“现在”，小说文字中使用的现在是可以向后延伸的，它还可以继续地发展，而在作家写作之前预设的现在则不会再位移，不再存有未来。所有未来只会交给下一篇小说去做。

在马尔克斯的大脑里存在一架构成复杂、运行精准的时间机械。他可以天马行空地从A点谈到C点，然后又转向E，

F和D——他有意识让小说里的时空进行蛛网式缠绕，有意让这种缠绕生出让人叹服的炫目。从一开始，从经典的“多年之后，面对行刑队，奥雷良诺·布恩地亚上校就会回想起，父亲带他去见识冰块的那个遥远的下午”开始，时间就呈现了多重延伸，虽然随即它就在时间的起点处暂时固定下来。马尔克斯在《百年孤独》中建立了“时间飘逸”，但它的内在咬合却是极其精密的，没有一处不像钟表那样准确，也恰是因为它具备这样的准确，马尔克斯才能够得以天马行空，完成叙事过程的“时间飘逸”。它们互为表里，相互平衡。

有人指出《百年孤独》中还存在一个“大时间”，一个具有封闭循环感的、和《圣经》有所对应的大时间：“《百年孤独》的核心情节写的是马贡多小镇第一代创始人布恩地亚和妻子乌苏拉在一块空地上建立了伊甸园式的马贡多以及之后这个家族逐渐兴盛、衰败，最后又在一夜之间消失的百年故事。”（吴晓冬，《从卡夫卡到昆德拉》）也正是这一大时间的确立，马尔克斯的信手拈来的时间穿梭才得到了真切保证。在我有限的阅读中，我还从未发现有如《百年孤独》的结构一般精致、庞大、复杂、衔接紧密的小说，它应是蛛网的结构，或者是“恐龙”的结构——当然我更倾向是蛛网。它的每个细环，都有至少四至六条线衔接，永不孤单；而这些细节连接在一起，又构成循环的、往复的、交织的、相互作用、相互用力、相互勾连的大网，没有一个情节和细节会从这张大网中脱落下去。

在一篇题为《历史小说》的文字中，作家泰戈尔曾向我们抱怨，“人类社会的童年时代早已过去，那时自然和非自然，事实与想象，好像几个亲兄妹，在一个家庭里玩耍吃喝，长大成人。今天，它们发生着巨大的家庭内讧，这是连做梦也没想到的。”然而在马尔克斯的《百年孤独》中，我们确实看到了亲兄妹们重新联合起来的可能，马尔克斯为自然与非自然、事实和想象、历史与现实重新建立了血缘。马尔克斯当然不是第一位这样整合的现代作家，但却是技艺最为卓越的作家之一，最有创造性的作家之一。我也同样相信，在他之后的每一位作家都会或多或少受到他这技艺的惠泽，尽管他的惠泽不会仅限于技艺或这一技艺。

何塞·阿卡迪奥被人暗杀后，马尔克斯为他流出的血安排了这样的细节：“鲜血从门下边流出来，穿过客厅，流到街上，沿着高低不平的人行道直流过去，流下台阶爬上斜坡，流过土耳其人大街，向右一弯又向左一转，再绕个直角流到布恩迪亚家门前，从关闭着的大门下流进去，为了不弄脏地毯，贴着墙壁穿过客厅，再穿过起居室，在餐厅转个大弯避开餐桌，流经秋海棠长廊，再从正在教奥雷良诺·何塞学算术的阿玛兰塔座椅下悄悄地钻过去，流进谷仓，再流到了厨房里。当时，乌苏拉正准备打三十六个鸡蛋来做面包。”——

它延接了下面的故事，看到血迹的乌苏拉意料到不祥，她最终顺着血迹找到了尸体。在这里，这条蜿蜒着的血迹是有魔幻性的，它竟然克服重重的困难返家，向自己的家人报信。它当然不是现实发生，但别有一番魅力和异样。另一个令人叫绝的细节则是，美得不属于我们这个“充满了责任和鬼火的世界”的俏姑娘雷梅苔丝飞上天空。它是这样写的：

三月的一个下午，菲南达想在花园里折叠她的粗麻布床单，请家里的女人们帮忙。她们刚开始折叠，阿玛兰塔就发现俏姑娘雷梅苔丝面色白而透明。

“你不舒服吗？”阿玛兰塔问。

美人雷梅苔丝正攥着床单的另一侧，露出一个带有怜悯的笑容。

“正相反，”她说，“我从来没有像现在这么好过。”

她刚讲完，菲南达觉得有一阵发光的微风把床单从她手中吹起，并把它在风中完全展开。阿玛兰塔感到衬裙的花边也在神秘地飘动，她想抓住床单不致掉下去，就在这时，俏姑娘雷梅苔丝开始向上飞升。乌苏拉那时已经几近失明，但只有她还能镇静地辨别这阵无可挽回的、闪着光的微风是什么东西在动。她松开手，让床单随光远去，只见俏姑娘雷梅苔丝在朝她挥手告别。床单令人眩目地扑扇着和她一起飞升，同她一起渐渐离开了

布满金龟子和大丽花的天空，穿过了刚过下午四点钟的空间，同她一起永远消失在太空之中，连人们记忆所及的、飞得最高的鸟儿也赶不上。

这是魔法，这是现实中无而想象中有的情节。只有这样的飞升才配得上俏姑娘雷梅苔丝，其他一切人间的、现实的离开方法都不配。这一情节，让我联想，联想到卡尔维诺的《树上的男爵》，一生生活在树上——始终热爱着大地——升入天空的柯西莫男爵最后离开这个世界时的情境。他是拉住做飞行练习的气球驾驶员抛下的锚，跟着热气球的远离而离开的，那时他已经奄奄一息，但靠着最后的力气，这个非常规的智者，抓住了升上天空的机会。“热气球飞过海峡，终于在对岸的海滩上着陆了。绳子上只拴着那只锚。飞行员们一直忙于掌握航向，对别的事情毫无察觉。人们猜测垂死的老人可能在飞越海峡时坠落了。”它们之间有着某种的同工之妙。当然，两种飞升是不同的，雷梅苔丝是一种单纯的、洁净的、不谙世事的美，这种美，不属于人间；而柯西莫则是另一向度，他是思考的，智慧的，天真的，纯粹的，对人生一直俯视但也一直爱着。他，也不属于我们的人间。我们的人间是鬼火和责任，是美和污浊的混合体，是善良与罪恶、温雅与野蛮、天真与狡猾、给予和索取共生、共织的混合体，而且有时还一再下滑，陷入泥沼。对于魔幻化的现实，马尔克斯曾说过：“我发现小说写的现实不是生活中的现实，而是一种不同的现实……支配小说规律的是另外一些东西，就像梦幻一样。”

就像梦幻一样，马尔克斯这样看待小说中的现实和现实感，他不肯让自己的“现实”沉陷于泥沼，我想他会和巴尔加斯·略萨一样相信，小说的真实性取决于小说的说服力，取决于小说想象力的感染力，取决于小说的魔术能力：一切好小说都说真话，一切坏小说都说假话。因为“说真话”对于小说就意味着让读者享受一种梦想，“说假话”意味着没有能力弄虚作假。在一则访谈中马尔克斯曾这样宣称，“我的小说里，没有任何一行字不是建立在现实的基础上的。”——但小说从来都不是生活生出来的，它进入到小说的领地，会发生一系列复杂而深刻的变动。雷梅苔丝的飞走，其原型是，“她怎么也上不了天。我当时实在想不出办法打发她飞上天空，心里很着急。有一天，我一面苦苦思索，一面走进我们家的院子里去。当时风很大，一个来我们家洗衣服的高大而漂亮的黑女人在绳子上晾床单，她怎么也晾不成，床单让风给刮跑了。当时，我茅塞顿开，受到了启发：有了！我想到。俏姑娘雷梅苔丝有了床单就可以飞上天空去了……当我坐在打字机前的时候，俏姑娘就一个劲儿地飞呀飞呀，连上帝都拦她不住了。”同样，在《百年孤独》中曾出现大量的蝴蝶，它在梅梅（奥雷良诺第二的次女，家族第五代。）

的头上盘旋，而每当蝴蝶出现，那她的爱人巴比洛尼亚也一定会跟着出现。它也有原型。马尔克斯说，他四五岁和他的外祖母住在一起，有几次家里来了一个换电表的电工，每次他来，外祖母都一面用一块破布驱赶一只黄蝴蝶一面唠叨，“这个人一到咱家，黄蝴蝶就跟着来。”在这里，我们可以看到现实的原型在小说中发展和演变成了什么样子，“生活中”和“小说中”的存在并不是移植和统一的，它要经历一系列复杂而深刻的变动，虽然它可能有意携带在生活中的壳和那条旧影子。在这里，我愿意把马尔克斯的《百年孤独》和卡夫卡的《变形记》相比较，和布尔加科夫的《大师和玛格丽特》相比较，和拉什迪《午夜的孩子》相比较——比较并不是为了区别单一技术的先后高下，而是试图从同与不同中找到真正能裨益我们的，可以继续延展的，或者必须要将其显要标识从我们的文本中擦去的。

日常的陌生化，惯常事物的陌生化使马尔克斯的小说具备了更为非凡的魅力，使它化腐朽为神奇，从而新意丛生。让我们先返回到“父亲领着孩子们去见识冰块的那个遥远的下午”。

这块冰块，被放在一个大箱子里面，由一个遍体生毛的光头巨人看守。“巨人刚打开箱子，立刻冒出一股寒气。箱子里只有一块巨大的透明物体，里面有无数白色的细针，傍晚的霞光照到这些细针，细针上面就现出了五颜六色的星星。何塞·阿·布恩地亚感到茫然无措，但他知道孩子们等着他立即给出解释，只好鼓起勇气嘟囔了一句：‘这是世上最大的钻石。’‘不，’吉卜赛人纠正他，‘这是冰块。’……何塞·阿·布恩地亚付了五个里亚尔，把手掌放在冰块上呆了几分钟，心里充满了体验神秘的恐惧和喜悦。他不知道如何向儿子们解释这种不寻常的感觉，于是又付了十个里亚尔，让孩子们也体验一下。小何塞·阿卡蒂奥不肯去摸，而奥雷良诺却上前一步，把手放在冰块上，可是立即又缩回手来，‘它在烧！’”……

我仿佛是第一次遇到冰，是的，马尔克斯竟然给了我这样的感觉，而这感觉是那样美妙、陌生而让人惊讶。他使“司空见惯”“习焉不察”忽然变得新奇起来，而这一新奇和陌生一直都应是文学的，只是被我们忽略久矣。让司空见惯变成新奇陌生，是马尔克斯在《百年孤独》中做得最为普遍的，除了见识冰块这一经典细节，我还可以枚举吉卜赛人带来磁石的细节：“他（指梅尔基亚德斯）拖着两块金属锭走家串户，引发的景象使所有人目瞪口呆：铁锅、铁盆、铁钳、小铁炉纷纷跌落，木板因钉子绝望挣扎、螺丝奋力挣脱而吱嘎作响，甚至连那些丢失多日的物件也在久寻不见的地方出现，一窝蜂似的追随在梅尔基亚德斯的魔铁后面。‘万物皆有灵，’吉卜赛人用沙哑的嗓音宣告，‘只需要唤起它们的灵性。’”……假如说，这两个细节的例证均是以马贡多人确然的“陌生”为基础的，他们确实是在小说叙述的过程中“第一次见到”

并不具有普遍代表性的话，那，我们再看何塞·阿卡蒂奥向弟弟讲述情爱的微妙时用出的那个词，他是脱口说出的，准确而精妙：“好像地震。”情爱绝不会是舶来品，它不需要吉卜赛人从外面的世界里携带进入，但在马尔克斯的描述中，它依然具备新颖，陌生和惊讶。问题是，这些新颖、陌生和惊讶在细想之下又是那样地贴切，那样地准确。在书中，马尔克斯甚至让失眠症来到镇子，伴随着失眠症到来的是失忆，他们不得不对事物进行命名与注解：“失眠者开始生活在由纸牌萌生的模棱两可的世界中。在模糊的追忆中，父亲是四月初到来的肤色黝黑的男人，母亲是戴金戒指呈麦色的女人——”在马尔克斯笔下的世界，我们确像患上了某种间歇性的“失眠症”，连人和物都仿佛是初见，我们像有着健全思维却是初次来到这个世界的怪异“婴儿”，一切都仿佛是新的，陌生的，包括“父亲和母亲”。

这，当然是马尔克斯的伟大创举，是文学由此延伸出去的又一可能。平凡的事物，见惯的，在文字中骤然变得陌生而新奇，但它又是那么精确，深入，言说是你能够感觉却难以更好表达的。什克洛夫斯基说过，“艺术之所以存在，就是为使人恢复对生活的感觉，就是为使人感受事物，使石头显出石头的质感。艺术的目的是要人感觉到事物，而不是仅仅知道事物。艺术的技巧就是使对象陌生，使形式变得困难，增加感觉的难度和时间的长度，因为感觉过程本身就是审美目的，必须设法延长。”《百年孤独》中见识冰块的那个下午，磁石吸引的那个日子，在何塞·阿卡蒂奥嘴里说出的“爱的初体验”，都让我们感觉到新奇，陌生。使冰块和磁石凸显它们质地的就是“陌生化”体验。我们仿佛跟着上校生活在热带的拉美，“我们仿佛也重新回到像奥雷良诺上校一样的童年，重新恢复了对冰块的陌生感。”——“它在烧！”在我看来，没有什么语词能更准确而精妙地说出第一次摸到冰时的那种瞬间感觉的了，那种直沁骨髓的冷，在接触到手指的刹那，只有“它在烧”应是最恰当的，它确有一种火焰般的烧灼感，它唤起我的儿时记忆，在冬日里和篮球架用皮肤、舌尖接触的记忆。马尔克斯在帮助我们恢复被命名、见惯和教育钝化了的知觉，他让我们有理由相信，只要你有足够的艺术才能，那些貌似的平常、麻木着的腐朽都会变得神奇而陌生。光，是你给予的。是你可以给予的。

纳博科夫说，小说本质上是神话，好的小说就是好神话——在许多人眼里，马尔克斯是那种现代神话的创造者，《百年孤独》即是一部“创世纪”。有研究者认为，“《百年孤独》以预言和‘世界历史’事件的形式，模仿《圣经》中从‘创世纪’到‘伊甸园’直至‘启示录’的情节。”小说中的第一代何塞·阿卡蒂奥·布恩地亚和乌苏拉离开故乡带着几家人去寻找新的乐园，很像摩西的“出埃及记”。

而马贡多的原始建立和发展，则完全是“创世纪”神话，它从无到有，从荒蛮到初创的过程被描述得趣味横生，生机盎然。原创的马贡多没有警察没有军队，它的一切几乎都与何塞·阿卡蒂奥·布恩地亚的兴趣好恶相联，有某种的田园牧歌的意味，是最初的那座伊甸园。在这里，最初到来的吉卜赛人充当了新知的传播者也充当了诱使夏娃吃下苹果的蛇——和《圣经》的原初意味不同，外来者带来的可能是潘多拉魔盒，它有种种恶行和惩罚也埋伏着希望和知识的尾巴。而最终马贡多的堕落和毁灭则是末日神话，也是一种启示录——马尔克斯给我们当下写作提供了神话的可能，家族史的可能，史诗的可能。

充溢的诗性也是马尔克斯《百年孤独》提供的可能，把小说当诗来写是诸多小说写作者的文字诉求，然而真正做到做好的却是微乎其微。它不需要引文佐证，我们可以翻到书的任何一页任何一段，就从那里开始，它的诗性充溢于整篇小说的全部文字里，几乎可以把文字涨破。《百年孤独》体现了马尔克斯的卓越才华以及和这份才华所匹配的艺术耐心。

此外，马尔克斯的小说写作还代表着小说的一种可贵向度，就是讲述故事，讲究讲述故事的技巧，讲究故事的搭架和结构衔接，在他那里，小说重拾“讲故事的人”的角色——然而，这个讲故事已经不是旧时的讲故事，我们可以看到，在马尔克斯那里，小说重视的不单单是故事的生动起伏，波澜丛生，他还始终注意着言外之意和故事的深度。我们看马尔克斯给年老的奥雷良诺·布恩迪亚上校安排的那个细节：让他熔化黄金，制作成小金鱼。而当这些金鱼做好之后，他会将它们重新熔化成黄金，然后当然是，收集起这些黄金，再次制作小金鱼。周而复始。奥雷良诺·布恩迪亚且造且毁、且毁且造的这一细节有着丰富的寓意，它暗示生活，暗示《百年孤独》中人物命运和故事策略，暗示生存的循环，暗示存在的某种无意义，暗示上校的孤独……我们再看战争结束之后乌苏拉命人将房子刷白，工人们无意间打碎了别人寄存在她家的圣约瑟石膏雕像：里面满是金币。小说在这里如此描述："最近一段时间，乌苏拉一直在雕像前点上蜡烛，跪地膜拜，从未想过她所敬拜的不是一尊圣徒像，而是将近两百公斤的黄金。"——这句话里含意丰富，悖论、歧意交织，意味深长。乌苏拉的膜拜源自信仰，可在信仰的内部却是——黄金。无须更多说明，黄金寄存在她家，其本质应是在需要的时候交给奥雷良诺上校，由他招兵买马，发动新的战争。这，恰是乌苏拉所最为恐惧和痛恨的：她的痛恨，悄悄改头换面又一次埋伏在她的家里，如果不是打碎，她很可能会更长久地膜拜下去，膜拜她的痛恨……那信，信的是什么？它经不经得起轻轻一击，将外面的壳敲碎，或至少敲开一道缝隙来？……小说中，上校的死亡也是极为重要的一笔，"奥雷良诺·布恩地亚上校跟着走出门外，混在好奇的人群中间观看马戏团的游行。他看见一个女人穿得金光闪闪骑在大象的脖子上，他看见哀伤的单峰驼，他看见打扮成荷兰姑娘的熊用炒勺和菜锅敲出音乐节奏，他看见小丑在流行队尾表演杂耍。最后，当队伍全部走过，街道上只剩下空荡荡一片，而空气中满是飞蚁，有几个人还在茫然地张望，这时，他又一次看见了自己那可悲的、孤独的脸。他朝着栗树走去，解开裤子，冲着栗树撒尿的同时心里还想着马戏团，他努力要记起些什么可记忆却变得模糊起来。他像一只小鸡那样把头缩在双肩里，额头抵在树干上便一动不动了。家人对此毫无察觉，直到第二天上午十一点钟桑塔索菲亚·德拉·彼达到后院倒垃圾时，发现一只只秃鹫正在栗树的上方盘旋，准备下降。"从某种意味上来说，奥雷良诺·布恩地亚上校是《百年孤独》中着墨最多的人物之一，它取自马尔克斯的肋骨，与作家有着某种更为强烈的休戚，所以写到上校死去的时候马尔克斯泪流满面，以至前来送饭并拿走稿子抄誊的作家妻子也跟着哭起来：上校死了？说不出话来的加西亚·马尔克斯只得用力地点头。一生经历几十次战争、几十次失败的奥雷良诺上校在与赫里内勒多·马尔克斯上校对话时曾提到，他打仗更是为了自尊，为了尊严，而他死亡的这段作家狠心剥夺的恰是他的自尊和尊严，甚至坚持不肯让他把裤子提上去。在这里作家显现了他残酷的一面，魔鬼的一面，当然这一面也是成为作家的必备品质，写到关键的时候你的手不能抖，无论你内心里有多大的疼痛与不甘，你也必须残忍地写下去，将它勾勒出来，甚至需要毫发毕现。

再次回到“父亲领着孩子们去见识冰块的那个遥远的下午”。我们把目光集中于何塞·阿卡蒂奥·布恩地亚这个父亲的身上。我们看他对“冰”的两次定义，第一次，他要在孩子们面前显示作为“父亲”的博学和广闻，但却缺乏笃定的勇气：“这是世上最大的钻石。”在经过吉卜赛人的纠正之后他再次将手放在冰块上，然后庄严宣告，再一次定义：“这是我们这个时代最伟大的发明。”

——依据常识，我们当然知道何塞·阿卡蒂奥·布恩地亚的宣告是极为谬误的，荒唐的，可笑的，然而他竟然先后谬误、荒唐、可笑了两次，后面的那次几乎不可置疑。马尔克斯通过何塞·阿卡蒂奥·布恩地亚写下的是那种“先于理解之前做出判断”的人类共性，这种愚蠢在福楼拜看来将伴随人类历史的全部进程。马尔克斯敏锐地洞见而且抓住并呈现了它，但用的是点到为止的方式，没有做出一个字的判断和阐释。他貌似写下的是生活发生的本来样貌，这样的话就是何塞·阿卡蒂奥·布恩地亚在“那个现场”说的，而且就是他自己说的，作家只是一个客观的记录者而已。他并不强调这是自己的敏锐洞察，他甚至在这时都隐去了自己的在场……越是那种在写作中的“水到渠成”，越是作家精心设计的结果，我一向深以为然。

海明威，
《白象似的群山》

海明威，《白象似的群山》。这个故事真的可以用一句话来概括：一个美国男人同一个姑娘在一个西班牙的小站等火车，男人设法说服姑娘去做一个小手术。简单，极为简单。它几乎只有一个场景。它几乎只是一个非常小非常小的片段。然而它又是那么的具有魅力。在这里，我们一起见识“简洁”是如何形成的，海明威的简洁和我们惯常的简洁又有怎样的同与不同，他，又是如何达到这种简洁而魅力同样丰盈的。同时，我也愿意我们去想，同样的故事，我们该如何去写，能否达到这样的效果？我们会不会添加人物和故事，那，它又会变成什么样子？

我们也可以从他那里学到，如何讲述一个“道德故事”。

写作一个故事，动人的故事，就一般的套路而言，一般的方法而言，它时常要制造波澜，一层一层，一波一波；它要先对主人公进行某种的压低，让他不能，却在不能中渴望。它会曲折，努力曲折起来，而且在层层波澜之间有个递进的关系，它会越来越大，直到——但在海明威的这篇小说中没有。这篇小说有的，似乎只是单一的场景和对话。对于写作来说，这当然是种巨大的难度。当然对于写作来说，向难度挑战，是文学的本质要义之一，我们评判一篇小说是否优秀的首要标准，应当是它有没有新的提供，是不是让我们感觉耳目一新。所以在这点上，我非常认同米兰·昆德拉的一个说法，就是“发现是小说唯一的道德”。在这里，他说的道德不是我们惯常以为的那个道德，而是写作者要坚持的艺术伦理，只有努力“创建”与“创见”，你才是一个合格的写作者，才能算是有对艺术的、职业的尊重。跟在后面是安全的，也可能会获得些小名声，但，它对文学的增长是无效的，对丰富我们的认知和理解是无效的。在我们的文学批评中，在我们的写作中，我们应当时刻注意、时刻强调它的独创性，它向难度的、向人的幽暗的区域的探寻努力。

文似看山不喜平。单一场景最大的问题是沉闷，它难以生出曲折和波澜。它就像，我们对一杯茶的注视。《白象似的群山》就是那杯茶，吴晓东说，海明威就像一个摄影师，碰巧路过西班牙小站，偷拍下来一个男人和姑娘的对话，然后两个人上火车走了，故事也就结束了，他们从哪里来，他们是谁，又到哪里去，为何来到这个小站，海明威可能并不知道，当然我们也就无从知晓。整部小说运用的是典型的纯粹的限制性客观叙述视角，叙事者既不干涉也不进入，就像一架机位固定的摄影机，它拍到了什么，读者就看到了什么——这当然是就效果而言。这个“纯粹的限制性客观叙述视角”是出自作家的精心安排，毫无疑问，海明威是伟大的魔法师，他选取，提炼，压缩，有意客观零度，有意经营好空白，巨大的空白。事实上，在这个平静的、无奇的故事里是有波澜的，它的波澜一是在场景之外，有一个可供想象的“前史”和“后史”：男人和姑娘是如何认识的，如何相恋的，这个男人为何如此，他们为“小手术”而进行的抗争和妥协，包括人物的身份：男人是情人、男友还是老公，是偶尔的偷腥者还是什么什么，姑娘是情人还是老婆，是不谙世事的“受害者”还是另一个包法利夫人……小说都没有交待，把它们放在想象中，前史之中。而后史的波澜则可能是：这个男人和姑娘以后会怎样，是不是做了手术？姑娘会不会在最后一刻反悔，会不会让已经显现端倪的那根刺壮大起来直至分手？他们还会不会有之前曾有过的幸福美好？等等。这是波澜，可在我们所见的叙述中不见痕迹，它留在想象中，这个想象是我们肯定会想的，是作家“经营”出来的。另一层波澜是“白象似的群山”，两个人貌似争论着它，故事也似乎围绕着它展开，然而本质上却是另外，是那个“小手术”。如果没有远处的山，他们可能会争论云朵或者树影，这个表面只是表面，波澜着的是另一层暗流，它和表面言说的物象是平行的，又有着“言此及彼”的隐喻性交织。这是我们应当学习的一个策略，值得重视的一个策略。李敬泽谈及《红楼梦》，谈及里面那些女性的对话，说，那些貌似平常甚至有些奉承的话里时常暗藏着“小刀片”，她们善于如此——好的作家也应当善于如此。

我想我们应当还要注意到另一层的波澜。它包含在对话里，包含在对话的褶皱里。有一个不太恰当的比喻，在海明威这篇极为简洁的小说中，在他设计的、有意截裁的对话中，语言仿佛是千层饼——它有一个表面，如果我们耐心将它一层层揭开，发现它还有另外一层，两层，三层，它自身就构成了波澜和涡流。好的，我们就试着将它一层层揭开吧，这篇小说的魅力也在此。

吴晓东先生在他《从卡夫卡到昆德拉》的讲稿中，有一篇专门对这篇小说的解读，在对待文本解析时，他采取的是“眉批”的方式。我们先按照他的路径一起进入。

一、开头的第一部分，是介绍性的文字。它很是“传统”，在现代的小说中很少使用了。我在想，如果这篇小说交给我写，交给胡安·鲁尔福或者马尔克斯，会如何进入？很可能，是从对话开始，然后把这些介绍打碎后放在里面，让它渗出来。我想，如果让我写，我会这样开头：

“咱们喝点什么呢？”姑娘问。她脱掉了帽子，把它放在桌子上，那里还有一点儿的阴凉。巴塞罗那来的快车还有四十分钟才到。

“天热得很。” 美国男人说。他坐在姑娘对面，远处，埃布罗河河谷那一边，白色的山冈起伏连绵，而这边则是白地一片，没有树木。

“咱们喝啤酒吧。”

“dos cervezas。”男人对着门帘里面说。

“大杯的？”一个女人在门口问。

——在这两种开始的方式中，哪一个更好些，或者说，更恰当些？

二、比喻的出现：它们看上去像一群白象。吴晓东刻意点明，它不是属于小说叙述者的，而是属于姑娘的。这点儿我们需要注意。是的，它多少提示了姑娘的诗化倾向，她的心里有幻美，就像，巴法利夫人略有夸张和矫饰的帽子也暗示了人物性格和内在喜好一样。它喻示了可能，人物命运的可能。别轻视它，我们不能错过这样的风景。在这里，我更想提示的还不仅是这一点，而是吴晓东的话，“它不是属于小说叙述者的，而是属于姑娘的。”——贴着人物走，贴着他的血肉和呼吸，在小说中，在文字中，你有时要按捺自己的好恶和偏见，而让人物自己说话，并且努力说服自己：他是如此，他必须也只能说这样的话，尽管我很不认同，甚至有些小小厌恶，甚至和其中的人物对抗。这是我们所要的“真实”，我们所要的“现实主义”。

三、妥协，敷衍。以及后面他们对“那以后”的设想。（表面上，男人在妥协，而本质上，姑娘才是真正的妥协者。她的妥协更大，也不得不。）在这里，我们认识着那个男人，美国男人。他可能也是西班牙男人，德国男人，甚至中国男人。小说袒露出的，是人性，是在人性中的普遍暗藏。在两个人的对话中，我们慢慢地发现着什么，海明威一点儿一点儿把这个人和这些人勾勒了出来。在这里，我们注意到，小说从未使用过任何一个带有定语性质的形容词，它不设定，不向我们说明，这个男人是“自私”“善良”“狡猾”还是“肮脏”或者“温柔”的，是“说谎的人”、是“有信有义的”或者……不，它只让文字自己说明。而在我们的写作中，太多的习惯是先做出判断：他是一个什么什么样的男人或者她是一个什么什么样的女人。小说不需要在文字中先做出判断，也不能，如果非要如此，只能说明我们自己还没有理解小说，还有些某种的无能。

四、在一个简单化的单一场景中，叙述也有起伏和高潮，尽管那个“小手术”的具体内容依然没有出现。从连用的七个求求你，到“你再说我可要尖声叫了”——姑娘的激烈情绪达到顶点，这个尖叫很是种利器。那，她，在平时，尤其是在得知自己的处境和需要做“小手术”的时候，在她妥协答应要做这个手术的时候，她是否尖叫过？她的尖叫效果是怎么样的？我很想知道。

五、我多少不太认同吴晓东对这段文字的理解。我觉得不是。姑娘经过了宣泄，情绪显然好转——不是的，我不相信她的情绪好转，因为那个“小手术”始终是块石头，她挪不走它，挪不动它。至于对男人的某种歉意——是有的，毫无疑问，但为什么？事实上，应当有歉意的大约是那个美国男人，怨怼依然在姑娘的心里，但她不得不收起来。因为，她对“那以后”还有期许，她不想也不敢让自己情绪的暴发而影响到“那以后”，给予男人以借口和理由。所以我说，她的妥协是大的，巨大的，她情绪的好转也许是种掩饰，那时候，她还沉在水底，却努力显现一副飞出水面的表情。在这里，这个姑娘有意一叶障目，有意让自己不识不察，而这份不识不察更让人感叹。同情。小说中，愉快那个词也可能另有含意，它是伪装，露着小小的尾巴。

六、她说了两遍，好极了。我们注意到，她说的不是好些了，而是好极了，程度上有着很大的不同。我以为这句话也可看做是我对刚才那段解读的一种佐证。她露出了某种的口是心非，她并不，没有好些，却非要说是“好极了”。这个好极了其中也有怨怼是不是？她其实还在提醒那个男人，我不好，我需要安慰，我不得不装出愉快你得注意到并且怜惜我——结果会如何？小说在恰到好处的时候停止，埋着让人猜测的伏笔。

谈及海明威，我想我们不得不谈及他的“冰山理论”，而这篇著名的《白象似的群山》也恰为他的冰山理论做了合适的注脚。昆德拉说它，“除了对话之外，这一短篇小说只包含一些必要的描写，甚至戏剧的舞台提示也没有比它更加简白。”海明威把自己的写作比喻成在海上漂浮的冰山，用文字表达出来的东西只是海面上的八分之一，而八分之七都在海面以下，它属于省略，有意的掩藏。它必须是有意的掩藏，也就是说，海面上的八分之一，作家知道，懂得，对它的省略是种故意，而不是非要依借阐释甚至是过度阐释来完成的。

冰山理论是一个很具现代性的理论，它和传统的、古典的行文方式多少有些不同，在某些点上，甚至是一种反动。而且，它还可以不断地外延。

中国画有一个类似的理论，叫“计白当黑”，它要求画家经营好空白，有故意的留白，让未着墨色的地方似乎有着丰富的笔墨。贝茨认为，海明威的小说的简约首先表现为语词上的简洁，它删除了所有的解释、探讨，甚至议论；砍掉了一切花花绿绿的比喻（《白象似的群山》中出现的那个比喻，是女主人公的而不是海明威的。），剥落了古典现实主义时期句子冗长、形容词多得要命的华丽外衣，“他以谁也不曾有过的勇气把英语中附着于文学的乱毛剪了个干净。”当然，仅有剥落剥除是不够的，它无法掩藏起八分之一，更为重要的省略是“经验省略”。这是作家马原率先使用的一个词，他认为，传统的活力方法很类似于删节号的作用，它省略的往往是情味和韵致；而海明威省略的则是完全不同质的东西——实体经验。吴晓东的看法不尽相同，是对马原看法的一个继续和延展，我们可以把它一起并入。

为了便于理解，我将吴晓东和马原的解释摘录了下来。它出现在吴晓东《从卡夫卡到昆德拉》的讲稿中。

马原是以海明威长篇《永别了武器》中曾被海明威改写了39遍（在另一处海明威说他写了40遍）的结尾为例：

我往房门走去。

“你现在不可以进来。”一个护士说。

“不，我可以的。”我说。

“目前你还不可以进来。”

“你出去。”我说，“那位也出去。”

“在此之前作者没有告诉我们房间里有几位护士，这段文字也没交代，可我们马上知道了这间停着‘我’情人（卡萨玲）尸体的房子里有两位护士。‘我’的对话没有丝毫失态之处，可是我们从这段文字里知道了‘我’的失常变态。”“这些语调上的变化其实在上边文本中全无提示，作者也没有用叙述的方式告诉我们关于主人公‘我’的情绪变化，然而我们都知道了。作者利用了人所共有的感知方式及其规律，他知道大家都知道的东西你不说大家也会知道这个道理，他就不说大家知道的东西，结果大家还是都知道了。这样做除了因省略掉一些东西而缩短了篇幅外，由这种省略还产生了完全出人意料的新的审美方法，以作用于（阅读）对象心理为根本目标的方法。”

在吴晓东看来，所谓经验省略并不是把实体经验省略掉了，海明威省略的其实是我们凭经验可以填充、想象的部分，因此这种省略技巧就最大限度地调动了读者的经验参与，使读者觉得作家很信任自己的理解力和经验能力。在这个意义上，海明威等于是把冰山的八分之七空在那里让读者自己凭经验去填充——我较为认同吴晓东的理解。

《白象似的群山》中，那种经验省略也较为类似，譬如在开始处，“‘来两杯啤酒。’男人对着门帘里面说。‘大杯的？’一个女人在门口问。”在男人对着门帘里面说话的时候，我们不知道服务人员是男是女，有多少个服务员，海明威也无意多做交待，他用的是省略，后面的交待貌似随意自然，却颇有意味。还有，“‘我说我们本来可以舒舒服服享受生活中的一切。’‘我们能够做到这一点的。’‘不，我们不能。’‘我们可以拥有整个世界。’‘不，我们不能。’”——这里只有对话，没有对话者的表情，动作，就是对话也掐头去尾，舍掉了一些相关性，但它可以调动我们的想象，充分调动，让我们动用自己的想象、经验和设计来完成它，丰富它。记得在我最初阅读朦胧诗的时候，借助的是南开大学李丽中教授的《朦胧诗、新生代诗百首点评》，他提到一个观念叫做“不完成美学”或“未完成美学”——在这一美学范畴中，作家和诗人有意省略，故意不把通途完整地建立起来，而是在湍急水流中安放一些石块，砖头，让你可以落脚，顺着这些支点跳跃到对岸去。阅读者需要有强烈的参与感，你得参与补充，你得用自己的经验、想象和智慧与写作者一起搭建——在未完成美学中，它强调参与，这对阅读既是考验也是魅力。让读者积极参与，而不是单纯地讲述一个故事，我讲你听，在我看来是现代文学的一个前行，当然它对阅读者也提出了更高的要求。优秀的读者肯定是不满足于全然的被动接受的，他希望写作者和他建立一种适当的平等关系，甚至在阅读中完成某种“智力博弈”，他希望自己的智力、经验和理解力得到尊重——现代的诸多小说都做到了这一点，海明威的“经验省略”当然也做到了这一点儿。

作坊式的经典小说研究，在与大家一起解析文本的丰富和魅力之外，还需要指认可能被大家忽略的风景，同时研究文本的丰富和魅力是如何做到的，它有哪些方式方法值得学习和借鉴，最终补充到我们的写作中，我认为。我认为，我们需要努力把他人的、经典的化到自我的写作中去。否则，仅是知识，仅是知识是苍白的，或者灰色的。

在这里，我们还要学习的一点是，如何讲述一个“道德”

故事。

无疑，《白象似的群山》是一个道德故事，那个“小手术”其实是堕胎。小说自始至终没有提到这两个字，这也是小说高妙的地方。一个男人，美国男人，用种种的手段说服了姑娘，并“陪同”她去堕胎。它表面平静，之间的争吵和姑娘的威胁（我要尖叫了）都保持在一个可控的限度之内，仿佛是水杯中的微澜，然而内在却有着波涛汹涌。所以，在贝茨看来，“这个短篇是海明威或者其他任何人曾经写出的最可怕的故事之一。”在诸多的解读中，都或明或暗地隐含了某种的道德判断，人们普遍同情遭受痛苦的姑娘，而暗暗谴责那个美国男人——

在《被背叛的遗嘱》中，米兰·昆德拉向我们指出另外解读的可能，他说，“人们可以从对话出发想象无数的故事：男人已婚并强迫他的情人堕胎好对付自己的妻子；他是单身汉，希望堕胎因为他害怕把自己的生活复杂化；但是也可能这是一种无私的作法，预见一个孩子会给姑娘带来的困难；也许，人们可以想象一切，他病得很重并害怕留下姑娘单独一人和孩子；人们甚至可以想象孩子是一个已经离开姑娘的男人的，她为何和美国人一起去，是因为后者向她建议堕胎同时完全准备好在拒绝的情况下自己承担父亲的角色。那姑娘呢？她可以为了情人同意堕胎；但也可能是她自己采取这个主动，随着时限临近，她失去勇气，自己感到罪过并仍表露出最后口头上的抵抗，与其说朝着她的伙伴更不如说朝着她自己的意识。”“其实，我们可以没完没了地发明可能隐藏在对话后面的种种脸形。”

“至于人物的性格，选择的为难之处并不少：男人可以是敏感的，正在爱，温柔；他可以是自私，狡猾，虚伪的。年轻的姑娘可以是极度敏感，细腻，并有很深的道德感；她也完全可以是任性，矫揉造作，喜欢歇斯底里地发脾气。”（在即将去“小手术”等车的短暂时间里，她对山峰“白象似的”比喻，也许可看做某种的没心没肺，或者是对抒情式卖弄的喜好？）

我承认昆德拉说得有道理，极有道理，但也有其牵强之处。没错儿，这个姑娘可能有任性和矫揉造作之处，但这不妨碍在这一事件中我们对她的理解和同情；至于那个男人，无论是已婚男人还是单身男人，从他的话语里已经渗透着自私和虚伪的性质，这是无法抹去的。尽管，我一向认为小说写作不是以做出道德判断为宗旨的；尽管，我一向认可“小说的智慧产生于‘道德审判悬置’的地方”；尽管，我一向遵从于米兰·昆德拉，他对小说的理解严重地影响了我对小说的理解和判断；但，在这里，我还是倾向于，《白象似的群山》写下的是道德故事。它的里面，有隐隐的价值判断。那好，下面的问题就是，我们应如何写作具有价值判断的“道德”小说？怎样做，才是好的方式？

我想，《白象似的群山》或可提供某种启发。

一是，越是具有价值判断（其实每篇小说或多或少或明或暗都有着价值判断。）的道德小说，越应当采取客观、零度的方式来书写。你需要把你的价值判断稀释，努力让它不显现，不溢出文字表面。在《白象似的群山》中，我们看不到任何一句具有价值判断的话，也没有标明情感和好恶的形容词，没有，它有的只是貌似的客观，有的，只是一个摄影机的固定机位。

没有，似乎没有，才能更让阅读者进入。判断的权力归他，由他做出，由他选择。也许，这个阅读者就是那个美国男人。他会在这个故事中重新发现他自己，他可以为自己辩护，小说给予了他这个权利；但，没有做出价值判断的文字一定会让他重新认识自己，让他认识自己故意不识不察的。小说，在这里伸向了人的沉默的区域。

（昆德拉向我们提议，“请你也试图再造出你生活中的一场对话，一场争吵的对话或者爱情的对话。”我建议大家真的试一试。）

二是，越是具有价值判断的小说，越要贴近人物，进入到他的内部去书写。即使你对这个人有着厌恶，有着鄙视和仇恨。这是经验，那些伟大的经典小说给予我们的经验，是这篇《白象似的群山》给予我们的经验。你写一个无赖，甚至恶魔，那好，你就要把自己的心连接起那个无赖的、恶魔的心，让他的血，让他的所思所想流进你的文字里。全世界的人都不肯为这个无赖或恶魔辩解，可你不行，在写作的时候你不行，你必须要全心全意地为他辩护，全心全意地理解他，并认可他。而有时，你的辩护和理解恰恰最能达到你所想要的价值判断，它，远胜于“脸谱化”的方式。那些阅读者会自动启动他的判断机制来抵抗你的辩护，你的辩解越是真切越是合适，那阅读者对此的理解和认知也就越深入，所要的效果也就越是明显。《白象似的群山》中，海明威完全的“现实主义”，他让这个男人说他该说的话，想说的话，能说的话，必须说的话；让这个姑娘说她该说的话，想说的话，能说的话，然而隐匿于这些平静而真实的话语中，冰山下面的八分之七缓缓显现。我们在这个美国男人身上发现着某些男人身上的共性，当然在姑娘的身上也有同样的发现，“任何一个男人都可以说和那个美国男人所说的一样的话，任何一个女人也都可以说和那个姑娘一样的话。一个男人爱一个女人或者不爱她，他撒谎或是诚实，他都可以说同样的话。”——在这里，由这篇小说，我们可以更为清晰地认识着人，至少是某一类人，至少是，在我们身体里的某一部分，虽然我们可能未必经历。如果在这篇小说中，海明威事先做出判断，给了男人或者姑娘以定语，它的叙述魅力肯定会遭受减损，它的真实和深刻也会遭受减损。

人们，往往有种“先于理解之前做出判断”的热情，这部分热情，在你我的身上也同样存在。而写作，必须要抵抗这份热情，文学的功用是帮助我们从细微的角度认识我们人和我们所处的世界，以及人与人之间的关系，它要伸向一般社会学所够不到的区域中去。

我们还应注意到小说的题目：《白象似的群山》。它在小说中三次出现，然而我们看到它并不是核心，故事的核心一直被掩藏着。这，显然是有意的偏题，就像劳伦斯的《菊花的幽香》或莫言的《养兔手册》。然而它又是那么地恰当，这个“白象似的群山”一直在叙述中浮现，丰富着故事，推进着叙述。它，也是一处不应忽略的风景。

附吴晓东先生《小说的情景化：〈白象似的群山〉与海明威》

整部小说运用的是很纯粹的限制性的客观叙事视角，就像一架机位固定的摄影机，它拍到什么读者就看到什么，没有叙事者主观的评论和解释，叙事者是非全知的，小说是限制性叙事。

白象似的群山

埃布罗河[①]河谷的那一边，白色的山冈起伏连绵。这一边，白地一片，没有树木，车站在阳光下两条铁路线中间。紧靠着车站的一边，是一幢笼罩在闷热的阴影中的房屋，一串串竹珠子编成的门帘挂在酒吧间敞开着的门口挡苍蝇。那个美国人和那个跟他一道的姑娘坐在那幢房屋外面阴凉处的一张桌子旁边。[②]天气非常热，巴塞罗那来的快车还有四十分钟才能到站。列车在这个中转站停靠两分钟，然后继续行驶，开往马德里。[③]

“咱们喝点什么呢？”姑娘问。她已经脱掉帽子，把

① 埃布罗河（the Ebro）流经西班牙北部，注入地中海，全长约756公里。

② 整部小说运用的是很纯粹的限制性的客观叙事视角。比方说，就像一架机位固定的摄影机，它拍到什么读者就看到什么，没有叙事者主观的评论和解释，叙事者是非全知的，小说是限制性叙事。叙事者知道的几乎与读者一样多。只有“那个美国人”一句突破了纯粹的限制性视角，说明叙事者事先就知道他的国籍，此外我们对他的身份来历就一无所知，因为叙事者没有告诉我们任何别的信息。

③ 这一句是小说中很少运用的说明性的句子，告诉读者美国人和姑娘可能在等车，但是否在等车，叙事者没有直接说明，只是在暗示读者。

海明威的小说大都是运用人物的视角来观察，尤其是以人物的眼光引出风景描写。

它放在桌子上。④

“天热得很，”男人说。

“咱们喝啤酒吧。”

“Dos cervezas，”⑤男人对着门帘里面说。

“大杯的？”一个女人在门口问。

“对。两大杯。”

那女人端来两大杯啤酒和两只软杯垫。她把杯垫和啤酒杯一一放在桌子上。看看那男的，又看看那姑娘。姑娘正在眺望远处群山的轮廓。山在阳光下是白色的，而乡野则是灰褐色的干巴巴的一片。⑥

（这种环境和风景描写中看似不经意的变化其实意味

④ 第一句话是姑娘主动说出的。姑娘在小说中一直是采取主动姿态的人，而且可能是比较有情趣和想象力的人。下文中的喝啤酒也是她建议的。

⑤ 西班牙语，意为“来两杯啤酒”。

⑥ 这一段的文字风格是典型的海明威风格。首先是海明威的小说大都是运用人物的视角来观察，尤其是以人物的眼光引出风景描写。在这一段中，男人和姑娘是借卖酒的女人来观察的，而风景又是怎样引出的呢？是姑娘在眺望风景：“姑娘正在眺望远处群山的轮廓。”于是作者就顺理成章地描写起风景来。这一段风景描写与传统小说有明显区别。马原认为，作为现代派小说家，海明威很清楚巴尔扎克时代的描写手法已经过时了。海明威知道巴尔扎克喋喋不休地描写伯爵夫人礼服的花边和样式以及历史沿革是多么令读者厌倦，环境和风景描写也同样连篇累牍，很少有人耐心读完。但巴尔扎克细致的环境和风景描写是否必要？这一点海明威就缺乏判断了。他有点拿不准，因为写一个事件的环境对小说有时是相当关键的。那么该怎样描写环境和风景呢？这个时候海明威

着一场深刻的小说美学的变革。）

自己的描写就相当聪明。马原举了《永别了武器》开头第一段的例子：“那年夏天，我们住在村庄上的一幢房子里，望得见隔着河流和平原的那些高山。河床里有圆石子和漂砾，在阳光下又干又白，清蓝明净的河水在河道里流得好快。”马原评论说：“他要写一下那个环境，他怕会使他的读者厌倦，就说——在某一个位置‘望得见’什么什么，真是一个巧妙的主意。如果他说那里有些什么他就犯了强加于人的错误，他说在那个位置上‘望得见’什么时就温和得多了。这是一场心理战。我是读者我读到这样的部分时，我想我通常有兴趣知道。作者的委婉使他取得了预想的效果。”马原是小说家，他有创作体验，因此他凭感受出发有时更能看出某些学者和评论家看不到的问题。作家写的创作谈方面的文字，往往比学者更能揭示文学本体性内在性的问题。

《白象似的群山》这一段就是这样：“姑娘正在眺望远处群山的轮廓……”风景是由人物眼光引出的，读者就与姑娘一起观看，同时也间接洞见了姑娘的内心和姿态，是一种双重的效果。这是一种风景描写技巧上的短篇小说尤其是需要技巧的，是必须训练的。我们中国作家动不动就鸿篇巨制，直追普鲁斯特，但经过短篇小说的严格训练的小说家却寥寥。与短篇小说相比，写长篇往往更容易藏拙。

“它们看上去像一群白象，”她说。⑦

“我从来没有见过一头象，”男人把啤酒一饮而尽。

“你是不会见过。”

“我也许见到过的，”男人说。“光凭你说我不会见过，并不说明什么问题。”⑧

姑娘看着珠帘子。“他们在上面画了东西的，”她说。“那上面写的什么？”

“Anis del Toro。是一种饮料。”⑨

“咱们能尝尝吗？”

男人朝着珠帘子喊了一声“喂”。那女人从酒吧间走

变化。这种变化往往是不知不觉的。读者不一定能一下子发现技巧已经改变了。但在海明威却是极端自觉。在这个意义上，短篇小说尤其是需要技巧的，是必须训练的。我们中国作家动不动就鸿篇巨制，直追普鲁斯特，但经过短篇小说的严格训练的小说家却寥寥。与短篇小说相比，写长篇往往更容易藏拙。

⑦ 比喻第一次出现。不是属于小说的叙事者的，而是属于姑娘的。它多少提示了姑娘是有诗化倾向的人物。这个比喻后面一再复现，它肯定有提示性作用，提示了小说人物的情调，近似于主导动机，也是冲突的一个焦点。

⑧ 男人的反应是现实主义式的反应，没什么浪漫的诗意，因此姑娘似乎有些不满，“你是不会见过”，语调里有点怨气，但男人也针锋相对和她抬杠。这里开始暗示两个人之间有一点不愉快的气氛，有某种紧张。

⑨ 这里面也有所谓的“经验省略”，海明威并没有直接交待帘子上画了什么，写了什么，但姑娘和男人的对话却告诉了我们上面写有东西。另外，我们还能知道，上面写的是西班牙文，姑娘并不认识。“Anis del

了出来。

“一共是4里亚尔。”⑩

“给我们再来两杯Anis del Toro。”

“掺水吗？”

“你要掺水吗？”

“我不知道，”姑娘说，“掺了水好喝吗？”

“好喝。”

“你们要掺水吗？”女人问。

“好，掺水。”

“这酒甜丝丝的就像甘草。”⑪姑娘说，一边放下酒杯。

“样样东西都是如此。”

“是的，”姑娘说，“样样东西都甜丝丝的像甘草。特别是一个人盼望了好久的那些

Toro”正是西班牙语，指一种茴香酒。

⑩ 里亚尔（real）：旧时西班牙和拉丁美洲国家通用的一种银币。

⑪ 又是姑娘的比喻。

⑫ 读到这里已开始进入关键话题，但歧义也就来了。姑娘说这酒像甘草甜丝丝的，男人说的是“样样东西都是如此”，把话题引向了所有的事情，其实是想说一件现实的事情，就是把话题引向下面谈判的流产。所以“样样东西都是如此”这句话是想安慰姑娘一切都会好起来的，包括流产这件事情也没什么了不起。但下面的对话开始费解：“‘是的，’姑娘说。‘样样东西都甜丝丝的像甘草。特别是一个人盼望了好久的那些东西，简直就像艾酒一样。’”这些话是在赞同男人，但为什么男人不满：“喔，别说了。”而姑娘也同样不满：“是你先说起来的。”我们读小说译文不太容易搞清为什么两个人的语气都有些不满，可能是中译没有传达出原文的语境。“样样东西都甜丝丝的像甘草。特别是一个人盼望了好久的那些东西，简直就像艾酒一样”，这一句的原文是这样的：

“Everything tastes of licorice.Especially all the

东西，简直就像艾酒一样。”

“喔，别说了。”

“是你先说起来的，”姑娘说，“我刚才倒觉得挺有趣。我刚才挺开心。”⑫

（这个例子说明了我们这些靠中文去读外国文学作品的外国文学爱好者的悲哀。如果我们碰上的是一个错误百出的中译本，连读都读不懂，遑论研究？）

“好吧，咱们就想法开心开心吧。”⑬

“行啊。我刚才就在想

things you've waited so long for, like absinthe."
这里的“艾酒”（absinthe）是一种苦酒，以苦艾为原料，又叫苦艾酒。那么为什么译文中却说甜丝丝的东西“简直就像艾酒一样”？这不是自相矛盾么？其实原文的语境中姑娘的话有讽刺的意味，意思是“你说每样东西都像甘草是甜的，难道苦艾酒也能说成像甘草”？“like absinthe”一句应该译成“比如艾酒”，like 译成 such as，就清楚多了。因此，姑娘这段话的准确语义应是：“你连苦艾酒也能像甘草一样，尝出甜味来。”这就有了讽刺意味。姑娘其实也在暗指流产的事情，是想对男人说你是不是连堕胎也要说成是件好事儿？所以男人听出了讽刺意思，才有点恼羞成怒，说“别说了。”姑娘则反戈一击：是你先说起来的，我刚才本来挺开心，你又扯到这件事儿上来了。接下去读我们就会明白原来两个人即使不说出来，心里其实也都在想着同一件事，小说其实一直被一种内在气氛笼罩着，两个人即使不谈核心的焦点话题，但对话中都有机锋暗暗指向它。

⑬ 结果是男人妥协。

小说其实一直被一种内在气氛笼罩着，两个人即使不谈核心的焦点话题，但对话中都有机锋暗暗指向它。

法。我说这些山看上去像一群白象。这比喻难道不妙？”

“妙。”⑭

“我还提出尝尝这种没喝过的饮料。咱们不就做了这么点儿事吗——看看风景，尝尝没喝过的饮料？”

“我想是的。”

姑娘又眺望远处的群山。

“这些山美极了，”她说，“看上去并不真像一群白象。我刚才只是说，透过树木看去，山表面的颜色是白的。”⑮

“咱们要不要再喝一杯？”

“行。”

热风把珠帘吹得拂到了桌子。

“这啤酒凉丝丝的，味

⑭ 听起来有点敷衍。

⑮ 这一段中姑娘两次涉及白象的比喻，第二次却是否定性的，说山看上去并不真像一群白象，姑娘的感受变了。其实这也许并不是一个特别关键的比喻，但它说明了姑娘一直试图找到开心的办法，尝试摆脱沉闷的心境，并想引起男人注意。但男人显然无法把注意力集中到群山上，他只忧虑一件事。

儿挺不错。”男人说。

“味道好极了。”姑娘说。

“那实在是一种非常简便的手术，吉格，”男人说。“甚至算不上一个手术。”⑯

姑娘注视着桌腿下的地面。⑰

“我知道你不会在乎的，吉格。真的没有什么大不了。只要用空气一吸就行了。”⑱

姑娘没有作声。

“我陪你去，而且一直呆在你身边。他们只要注入空气，然后就一切都正常了。”

“那以后咱们怎么办？”⑲

“以后咱们就好了，就像从前那样。”

“你怎么会这么想呢？”

⑯ 核心事件终于出现了，而且我们也知道了姑娘的名字。

⑰ 姑娘第一次沉默。

⑱ 这句话可能在暗示这是什么样的一次手术，但只有有经验的人才能猜出来。

⑲ 困扰姑娘的可能是更长久的考虑，与男人只关心眼下堕胎一事形成了对比。

“因为使我们烦心的就只有眼下这一件事儿，使我们一直不开心的就只有这一件事儿。”

姑娘看着珠帘子，伸手抓起两串珠子。

“那你以为咱们今后就可以开开心心地再没有什么烦恼事了。”⑳

“我知道咱们会幸福的。你不必害怕。我认识许多人，都做过这种手术。”

“我也认识许多人做过这种手术，”姑娘说，“手术以后他们都照样过得很开心。”

“好吧，”男人说，“如果你不想做，你不必勉强。如果你不想做的话，我不会勉强你。不过我知道这种手术是很

⑳ 从这一段话中可以感受到两个人的冲突和分歧到底在哪里。男人烦心的是眼前这件具体的事情，认为使两个人不开心的只有这一件事。而姑娘更关心手术以后两个人是否就能开开心心再没有什么烦恼。

便当的。”

“你真的希望我做吗？”

“我以为这是最妥善的办法。但如果你本人不是真心想做，我也绝不勉强。”㉑

“如果我去做了，你会高兴、事情又会像从前那样、你会爱我——是吗？”

“我现在就爱着你。你也知道我爱你。”

“我知道。但是如果我去做了，那么倘使我说某某东西像一群白象，就又会和和顺顺的，你又会喜欢了？”

（白象［white elephant］在英语中指无用而累赘的东西。海明威对“白象似的群

㉑ 男人的态度至少从字面上看是不想勉强姑娘。但他觉得手术是妥善的办法。我读到这里至少觉得男人不是一个态度绝对强硬的人，他一再强调“绝不勉强”，而且态度上很难说是虚伪的，不真诚的。

山”这一比喻的运用肯定隐含着某种隐喻意思。但像美国文学教授杰弗雷·梅耶所解释的那样——把白象喻为不受欢迎的婴儿——则是一种太过落实的解释。昆德拉认为“把象和不受欢迎的婴儿相比较颇为牵强，这不是海明威的而是教授的；它大概是为了准备对小说作情感化解释”。参见昆德拉：《被背叛的遗嘱》，131 页。）

“我会非常喜欢的。其实我现在就喜欢听你这么说，只是心思集中不到那上面去。心烦的时候，我会变成什么样子，你是知道的。”[22]

“如果我去做手术，你

[22] 白象的比喻再次出现，证明了姑娘极为敏感，她前两次运用这个比喻都没有得到男人的反应，就敏感地觉得男人是不是不喜欢她了。而男人的解释也是合理的，他的心思无法集中到诗化的比喻上，这是一个可以令人接受的理由。昆德拉也说，“男人说的话都是寻常的安慰的话，在这类情景下惟一可能说的话。”

就再不会心烦了？”

“我不会为这事儿烦心的，因为手术非常便当。”

“那我就决定去做。因为我对自己毫不在乎。”

“你这话什么意思？”

“我对自己毫不在乎。”

“不过，我可在乎。”

“啊，是的。但我对自己却毫不在乎。我要去做手术，完了以后就会万事如意了。”㉓

“如果你是这么想的，我可不愿让你去做手术。”

姑娘站起身来，走到车站的尽头。铁路对面，在那一边，埃布罗河两岸是农田和树木。远处，在河的那一边，便是起伏的山峦。一片云影掠过粮田；

㉓ 姑娘在意的其实仍是两个人能否找回过去的开心的日子，她关心的并不是自己。

透过树木，她看到了大河。

“我们本来可以尽情欣赏这一切，”她说，“我们本来可以舒舒服服享受生活中的一切，但一天又一天过去，我们越来越不可能过上舒心的日子了。”

“你说什么？”

“我说我们本来可以舒舒服服享受生活中的一切。”

“我们能够做到这一点的。”

“不，我们不能。”

“我们可以拥有整个世界。”

“不，我们不能。”

“我们可以到处去逛逛。”

“不，我们不能。这世

界已经不再是我们的了。”

“是我们的。”

“不，不是。一旦他们把它拿走，你便永远失去它了。”㉔

“但他们还没有把它拿走呵。”

“咱们等着瞧吧。”

“回到阴凉处来吧，”他说，“你不应该有那种想法。”

“我什么想法也没有，”姑娘说，“我只知道事实。”

“我不希望你去做任何你不想做的事——”

“或者对我不利的事，”她说，“我知道。咱们再来杯啤酒好吗？”

“好的。但你必须明白——”

㉔ 这是小说中比较费解的一句话。这里“他们”指的是谁？对于姑娘和男人的过去没有了解的局外人是无法知道的，读者显然也无法知道。但是这句话透露出堕胎事件的症结似乎不在两个人内部，还有个“他们”对两个人的生活构成着潜在的影响。

“我明白，”姑娘说，“咱们别再谈了好不好？”

他们在桌边坐下。姑娘望着对面干涸的河谷和群山，男人则看着姑娘和桌子。

“你必须明白，”他说，“如果你不想做手术，我并不硬要你去做。我甘心情愿承受到底，如果这对你很重要的话。”

“难道这对你不重要吗？咱们总可以对付着过下去吧。”

“对我当然也重要。但我什么人都不要，只要你一个。随便什么别的人我都不要。再说，我知道手术是非常便当的。”㉕

“你当然知道它是非常便当的。”

“随你怎么说好了，但我

㉕ 也许这里多少透露了两个人冲突的症结。男人说“我什么人都不要，只要你一个”，似乎是在表达海誓山盟般的誓言，但是隐藏着的潜台词却是仍有别的什么人存在，这可能构成了对姑娘的真正威胁，而这别的人，可能就是上面所说的“他们”——当然，由于我们缺少对事件的前因后果的掌握，这一切仅止于猜测。

的的确确知道就是这么回事。”

“你现在能为我做点事儿么？”

“我可以为你做任何事情。”

“那就请你，请你，求你，求你，求求你，求求你，千万求求你，不要再讲了，好吗？”㉖

他没吭声，只是望着车站那边靠墙堆着的旅行包。包上贴着他们曾过夜的所有旅馆的标签。

“但我并不希望你去做手术，”他说，“做不做对我完全一样。”

“你再说我可要尖声叫了。”㉗

那女人端着两杯啤酒撩

㉖ 姑娘厌烦了，情绪开始爆发，原文中海明威连续用了七个please请求男人“不要再讲了”（stop talking）。

㉗ 这时姑娘激烈的情绪达到了顶点，小说的一种内在的紧张也达到了高潮。接下去如何收场呢？海明威这时不失时机地把开酒吧的女人请了出来。

这时姑娘激烈的情绪达到了顶点，小说的一种内在的紧张也达到了高潮。接下去如何收场呢？

开珠帘走了出来，把酒放在湿漉漉的杯垫上。“火车五分钟之内到站。”她说。

“她说什么？”姑娘问。

“她说火车五分钟之内到站。”

姑娘对那女人愉快地一笑，表示感谢。

“我还是去把旅行包放到车站那边去吧。”男人说。姑娘对他笑笑。

“行。放好了马上回来，咱们一起把啤酒喝光。”㉘

他拎起两只沉重的旅行包，绕过车站把它们送到另一条路轨处。他顺着铁轨朝火车开来的方向望去，但是看不见火车。他走回来的时

㉘ 这里出现了小说叙事者一般很少用到的形容词“愉快”，同时写姑娘对男人笑笑。这都是对姑娘心理变化的如实写照。姑娘经过了宣泄，情绪显然好转。其中也许有对男人的某种歉意。

候，穿过酒吧间，看见候车的人们都在喝酒。他在柜台上喝了一杯茴香酒，同时打量着周围的人。他们都在宁安毋躁地等候着列车到来。他撩开珠帘子走了出来。她正坐在桌子旁边，对他投来一个微笑。

“你觉得好些了吗？”他问。

“我觉得好极了，”她说。“我又没有什么毛病啰。我觉得好极了。”

（翟象俊译）

（海明威小说中的诸多省略、空白以及人物对话中丰富的潜台词，必须经过这种细读方式才能逐渐显示出来。）

被放大的挣扎：在两难中的选择

记得很久之前，看过一个哈佛公开课的视频，其中有一个让人挣扎的“假如”：假如你是一个火车司机，正驾驶一辆飞快的机车行驶在规定的路上。突然，你发现，在前面的路上，有几个养路工人正在对铁轨进行养护，完全没有感觉到危险——这时急刹根本无效，结果是必然的。然而，柳暗花明，另一个可能出现了：铁轨还有另一条岔路，你可以走向另外一个方向避开这些工人；可那里，也有一个养路工在工作，你走向另一条道路，他将必然成为受害者。

问题是，你得选择。

你不能“装作”自己不在车上，或者处于假寐之中。

没有唯一的、正确的答案。你总得让一个或多个人的生命受损，你必然让自己处在一种“被告”的位置上：按规定方向，你会杀死许多的人，他们鲜活，是母亲的儿子和妻子的丈夫，他们之所以出现在这个不当的位置可能是未被告知，而且，在杀死一个人、造成一个家庭的痛苦和杀死许多人之间你竟然选择了伤害多数，于心何忍？伤害多数，做出这样的选择你显得多么无情，多么呆板，多么不知计算——如果决策权交在你的手上，你会不会只按规则行事而罔顾他人？如果你选择岔路，好，问题还在：一个或少数就是值得牺牲的？他们的生命就不应得到珍视？而且，他，根本不在你正常行驶的路线上，你为什么要照顾那些有过错的多人而选择转向，冲向无辜？难道只有成为多数的时候才应得到重视？……

它，让我挣扎了许多时日。我需要承认自己不断地犹疑，难以说服自己。我需要选择，但我的选择一定有不正确的成份，我甚至无法确定，在两难之间，哪一种的"不正确"更少。

多数时候，这种挣扎是不存在的，生活并不总在迫使我们如此选择，它出现的几率完全可以"忽略不计"；我们似乎能够判断，轻易判断，白与黑，善与恶，真和假，我们似乎可以轻易选择站在正义的一边，巩固住自己对真善美的向往喜爱，保持着对邪恶的义愤填膺。多数时候，我们人类"渴望一个善恶能够被清楚地区分的世界，因为他有一个天生的、不可扼制的愿望，就是要在他理解之前做出判断（米兰·昆德拉《贬值了的塞万提斯的遗产》）"——多数时候，这种愿望是被满足的，在日常，生活，人群和新闻纸中。我们用自己的假定正义使自己站在不受审判的良知一边，而不必去仔细考虑我的所有所做。

可是，作为“人类神经末梢”的文学（和它的延伸：电影，戏剧）却总是一次次把我们拉入到两难的挣扎中，它，一次次地逼迫我们正视，选择，面对我们有意无意的忽略和盲目。文学，放大了那些微点，可能会被我们轻易放弃思忖的微点，将它放置于文学的显微镜下——它，成为我们不得不面对的庞然大物。在我这样的人看来，发现那些存在于我们“沉默着的幽暗区域”的微点并将它放大呈现，是文学得以存在的理由之一，甚至是，首要的理由。

在博尔赫斯的《德意志安魂曲》中，面对选择的是一个德军军官，他叫奥托·迪特里希·林德。他本是一个平常的德国人，爱好音乐和玄学，对尼采和施本格勒的阅读也是他日常的部分，正如他自己承认的那样，“虽然我不乏勇气，但我缺少暴力的天赋。”可他，这个缺少暴力天赋的人最终成为了塔尔诺维茨集中营的副主任，这意味着……这意味着选择。略过挣扎的痛，我们还是看看奥托·迪特里希·林德自己的辩解吧，他说，“我并不喜欢这一职务，但是我恪尽厥职，从不懈怠。”恪尽职守、从不懈怠！它意味着美德，没错儿，似乎我们无法从这点上指责他，然而，奥托·迪特里希·林德的尽责就是对他的指控中所说的，“严刑拷打和残杀无辜。”

如果说，这位副主任要面对的仅是报表上的数字，譬如今天送多少犹太人去毒气室，他所负责的就是在其他办公人员填写好数字之后签上自己的名字，那，他的“罪恶”是否会有所减轻？因为他听不见人的呼喊，看不到具体的肉体——且慢。他知道那些数字的多少意味了什么，清楚得很，但他遵从了……我觉得是遵从了内在恐惧，包括被人群抛出的恐惧。何况，不止于此，这位副主任直接面对过具体，他下令处死了一名叫“耶路撒冷”的犹太人。我们接着让他辩解，像小说中所做的那样：“我不知道耶路撒冷是否理解，如果是我毁灭了他，我的出发点也是为了毁灭自己的恻隐之心。他在我的眼里并不是一个人，甚至不是一个犹太人；他已经成为我灵魂中那个可憎的区域的象征。我同他一起受苦，一起死去，在某种意义上同他一起消失；因此我心如铁石，毫不容情。”——我极其珍视他的辩解，虽然，这辩解是由作家博尔赫斯提供的。在我看来，他的辩解并非是仅仅的强词夺理，并非仅仅的狡辩，而是具有某种真实性的，恰正因这些，这些大约禁不起细细追问的理由，使一个或一些平常、平庸的人会恪尽职守、从不懈怠地完成他们平庸的恶。如小说所说，他们有过挣扎，有过对自己行为的质问，但某种的随波逐流和自我麻木最终会使他们硬起心肠，成为恶的帮凶和实施者。

小说，在这里，通过它的方式，对我们在日常中的忽略、对我们的不审不查提出了警告。我当然不是那个火车司机，我当然不是奥托·迪特里希·林德，但实质，我是。假设在另一种的情境中，我处在他们的位置，该如何呢？能如何呢？而我们人类，又如何避免，让我们处在这一极为为难的位置上？

匈牙利导演伊万·萨博拍摄过一部以真人真事为原型、纳粹时期艺术家的故事，《指挥家的选择》。我感兴趣的，是“反纳粹文化委员会”对指挥家富特温格勒的审查指证。无疑，“反纳粹文化委员会”具有强烈的道德合法性或说道德正义性，它的成员组成就明显带有天然正义的成分：主持人，美国阿诺德上校，一名战士，他以卓越和无畏帮助了欧洲；秘书斯特劳斯，她的父亲因为参与对希特勒的暗杀计划而被处决；监督员威尔斯，出生于德国后被迫移民美国的犹太人，他的参与是一次返回。现在，他们要审问的，是一个纳粹时期的特别文化顾问、声名显赫的指挥家，电影中，直接用了他的原名：富特温格勒。

这位“为纳粹服务的艺术家”，需要回答怎样的提问？

“你是党员吗？为什么你要在希特勒的生日宴会上演奏？”“1933年你为什么不流亡？”“你为什么留下？你为何演出？为什么你对统治阶层那么有用？”“你没有闻过烧死人的味道吧？我4英里外都能闻得到。你见过毒气室么？火葬场？你看到过堆积成山的尸体吗！你还跟我说文化、艺术和音乐？”进而，是，“你拿文化、艺术和音乐来掩盖上百万受害者的死尸？”进而，是，“看看你的祖国，看看你为之卖命的国家，看看那些有勇气的人们举起反抗的拳头……”

站在被审判的角度，富特温格勒的辩解是无力的，苍白的，高超的指挥技巧对他并没有半点儿的帮助。他处在低处，就像当年那些处在低处的犹太人一样。他不是党员；不是在希特勒生日宴会的指挥，而是前一天；他甚至有过出格的勇敢举动，虽然“不向元首敬礼”的这一举动让他的手和腿都有些颤抖……“在希特勒自杀前一小时，无线广播里播放的是由你指挥的布洛克的第七交响曲。为什么他选择你而不是别人？”

富特温格勒喃喃自语，他的声音实在弱小，乏力，几乎小到自己都听不见：“我爱我的祖国，爱音乐。你要我怎么样？”

我们如何看待对这位音乐家的指责，包括种种指责的有效性？难道，用“爱祖国爱音乐”的苍白理由就能掩饰他的顺从、怯懦和选择性盲目？如果这位指挥家处在奥托·迪特里希·林德的位置上，他是不是也同样恪尽职守、从不懈怠，任由灵魂抵押给魔鬼，让那种平庸的恶来控制自己？出于大致相同的理由，他应当也会在死亡证书上签字，把那些犹太人的生命交给火焰和毒气——这种猜度并非全无道理，正如社会学家鲍曼所指出的那样，当某个人被吸纳到一个系统中，接受它的游戏规则，那他会自觉地启动心理和行为中的服从机制，成为“无思无虑”的参与者，“同谋”。是的，服从与支持是有区别的，至少有着积极和消极的区别，但在效果上却并不显现多么大的不同。不合作，能是一种可能选择么？如果可能，他为何不做？不能，那，为何不流亡，为何留下，为何要演出？……事实上，公民的不服从需要一个相对宽松的条件，不是每种社会都给个人留出不服从的余地；这个人，音乐家，对于反抗的牺牲，确实没有准备。“你要我怎么样？”

故而，对他来说，合适而没有愧疚感的回答是不存在的，事实上，他也难以说服自己，何况，他面对的是“正义的审判”，面对的是上校反复播放的纪录片：影片中，一辆辆高高大大、钢铁的推土机正在掩埋集中营里众多瘦小的尸体，他们早被饥饿、痛苦折磨得失掉了人的样子。音乐家的生活里没有这些，他，不直接面对。问题是，他是否知道这种存在？他的“不知道”会成为灵魂宽恕的理由么？现在，他知道了；现在，他必须一次次面对。

在一批批生命被剥夺、被埋葬的时候，他，在音乐中，在华丽的音乐厅里，在得意洋洋。音乐，尤其是那些对事件没有丝毫记叙的音乐，在这里，是否变成了某种罪证？政治和音乐能够截然地分开么？是否可以因为音乐而对他审判么？或者，因为，别人在受苦受难的时候他没有？……

让我们把目光略略地移开一些，把关注的重点放在这场事先认定有罪的审判上，我们会发现，“反纳粹文化委员会”主持人所采取的问讯方式有着某种的“似曾相识”：他先让富特温格勒“在外面等着”，“不要给他倒咖啡，不要对他打招呼。”然后，“我没叫你坐下。”——站在“正义”一边，上校获得了粗暴的、横眉的权力，他显得咄咄逼人——这份咄咄逼人当然是他的故意。甚至，他也故意培养着自己的敌意与仇恨。他的词典里没有音乐家有的只是罪人、帮凶。在没有获得确切的、音乐家死心塌地为纳粹服务的证据时，上校采取了诸多非常手段，譬如利用纳粹秘密文件中的记述，譬如把审讯重点转向个人问题上面，譬如反复播放有关集中营的纪录片，譬如……在伊万·萨博的电影中，秘书斯特劳斯和那个犹太青年都开始反对起美国上校的审问，她和他不满上校的有罪推定，不满上校用羞辱的方式剥夺被审判者的权利……这位上校所使用的，是人类时常共有的一种“审讯”方式，法西斯也同样如此运用。我猜度，用一种相对的恶意猜度，阿诺德上校期待自己的工作能够“卓有成效”，富特温格勒是落在手里的大鱼，他希望能在这个人的身上有所突破……在这点上，“我”和“敌人”很是类似。

斯坦莱·米格兰姆曾有一个相当著名的实验：将学生分成两个部分，一类指定为“学生”，另一类则是掌握权力的“老师”——为了了解“惩罚对学习所得到的效果”，“学生”们被要求双手被绑坐在椅子上，手腕上连上电极。如果“学生”在学习的过程中出错，“老师”就负责对他施以电击，并且，电击的强度应逐步升级。

结果是让人惊讶和沮丧的：没有任何一个人在最初的时候提出拒绝实验；而且，他们一致地“越来越残忍”，40名成年实验者中有30人把电压调到了最高，他们，甚至欲罢不能。如果允许，我想把阿诺德上校看成是斯坦莱·米格兰姆实验中负责施以电击的“老师”，当他获得这一角色时，“惩罚机制”便得以开启，他同样选择了服从，甚至更接近于“支持”。随着时间，他越来越进入到自我的角色中，从对他者的惩罚中得到了更多快感，尽管这份快感隐秘于“沉默的幽暗区域”。不，你可能说，阿诺德上校不是纳粹，他是出于正义和良知，二者有着巨大的不同——阿伦特在《极权主义起源》中曾向我们指认，作为20世纪专制形式的极权主义现象，其特殊性就在于，它会通过意识形态的蛊惑，赋予自己“假定正义”，全能地控制至少在一定时间内得到几乎是全社会的支持：那些纳粹分子中，有太多类似阿诺德上校这样的人，他们坚信自己站在并始终站在正义的一方，那些有违正常的手段只是为了更为美好的明天。他们，有权力对自己鄙视的“敌人”保持鄙视和义愤填膺。强势，高压，在纳粹和邪恶集团那里是丑陋的，在另一方同样也是；对人进行侮辱、制造恐惧在纳粹和邪恶集团那里是丑陋的，在另一方同样也是。阿伦特说，在黑压压的人群中，同时潜伏着刽子手和被害者，他们之间只有一步之遥。他们身上的制服是可以互换的。在纳粹时代，某些纳粹党人很可能用这样的方式审讯阿诺德上校和"反纳粹文化委员会"的所有人，如果有机会的话。阿诺德上校所做的重复，与纳粹之间的区别，一是时间上，二是地点上，三是位置上。

"你想要怎样的世界？你想要把世界改造成什么样？你以为现实世界只有物质吗？……"这是指挥家富特温格勒的低声反驳。他无力把它大声地说出来，也不敢大声说出。而它，在我的耳朵听来——

我当然不是指挥家富特温格勒，我当然不是阿诺德上校，但有时，我也是。假设在另一种的情境中，我处在他们的位置，该如何呢？能如何呢？站在富特温格勒的角度，我会不会选择不服从，放弃音乐和音乐的场域，习惯的祖国，并置女儿的安危不顾？我会不会流亡？流亡到陌生中对我来说意味了什么？我会不会一边小小"冒犯"一边顺从，用大家都如此、人在江湖之类的话来安慰自己？它，又能真地让自己不挣扎么？站在阿诺德的角度，我又该如何处理这个"纳粹的合作者"，我又如何控制携带在身体里的仇恨和愤怒？不启动惩罚，受审者能够痛快地认识和承认自己的罪责？那，又是谁，赋予了我充当审判者的权力，我在权力行使的过程中如何警惕和控制那种隐秘快感？还有，音乐和艺术，和科学，是否允许在纳粹的、敌人的土壤里存活，我们应以一种怎样的态度来面对？那些和敌对方有些关联的从艺者呢？

无论我是富特温格勒还是阿诺德上校，都会面临选择上的两难，都会有必须的挣扎。在这里，文学和电影向我们展示的是极端境遇，并非我们的日常遇见，然而我们会在日常中寻找到问题的类似性。透过这种极端化的“放大”，那种需要的内心挣扎也跟着被放大了，它，让我们意识到它的存在，并不得不加以省视。文学一贯如此，至少是，优秀的文学一贯如此。在君特·格拉斯那里，《铁皮鼓》中，他扩大了挣扎的裂痕，让小小奥斯卡有了两个“父亲”：马策拉特属于德国，最终被儿子递到手上的纳粹党徽断送了性命；扬·布朗斯基为了波兰，在邮局保卫战中被捕，成为牺牲品。小说中，让两个不同的父亲携带着不同性格，但两个人，在母亲身边也曾有过一段和平的、友善的时光——我将它，看成是寓言，寓言的形象化和具体化，现代作家时常如此。那我，奥斯卡，如何看待“父亲”的分裂，在两个父亲之间我是不是需要选择，特别是，他们都有各自的可爱、可恶和可怜？在陀思妥耶夫斯基那里，挣扎被进一步放大而成为喧哗的争吵，它们各自坚持绝不相让。萨特，《死无葬身之地》中，“我们”应如何处理那个和“我们”一起被捕的游击队少年？他能不能熬过刑罚，会不会成为告密者？该不该假定他“一定会招供”，把未发生的罪责推给他，而一起把“可能的背叛”

消灭于萌芽，“我们对他的杀死”能不能自我说服，把自己变成正义的化身？假如，他不招供，我们对自己人的谋杀应是怎样的残酷，它对我们的目标一定是种背离；但，假如他经受不了刑罚，巨大的损失应由谁来承担？……及至门罗，卡拉在她的日常中挣扎，如此的生活是不是应当逃离，如何逃离，她要承担怎样的后果，而返回的路上，她和我们又经历着怎样的挣扎？（《逃离》）对于生于伊斯坦布尔的奥尔罕·帕慕克来说，东方和西方是个问题，宗教和世俗是个问题，进而，用怎样的方式去画一匹马都成为了问题，需要经历挣扎——没错儿，对于那些细密画家来说，这匹马是世界观，是你对世界的理解方式。像摄影那样还是按传统的样式，画它的形还是抽象出它的灵魂，要真实性还是要装饰性……奥尔罕·帕慕克《我的名字叫红》一度让我陷入挣扎，我将画马换成写作：我应当用怎样的方式完成自己的理想创作？是刻意补自己的短板还是片面深刻，让长板更长？有无可能，用最简单的方式言说最为复杂的内容，而不丝毫地减损我想要的繁复多意？我，如何区别杜拉斯的样式，卡尔维诺的样式，福克纳的样式，以及所有已有的样式，而完成我自己的？我，一个受西方文学影响至深的东方人，如何书写和构建我的东方？……

像所有的真问题一样，标准答案是缺乏的，做出选择因而尤其艰难。如同昆德拉说得那样，“在上帝死后”，绝对真理已被分裂成无数个具有相对性的真理——事实上，这种相对性一直在着，一直伴随着人类的进程，只是我们没有意识到而已。往往选择了A，就发现B的合理性似乎更强；选择B，则发现，A的损害和忽略似乎要少一些……崔卫平在她的文章中也表达过类似的忐忑：“我们几乎在说任何一句话时，都不能不是腹背受敌的。在刚刚表达完思想的第一秒钟内，就会产生一个念头：需要另外一篇文章，来表达与其相反的意思”。

海森伯：踏着秋日的暮色，我现在来到了卡尔斯贝格的玻尔家的门前，自然是被看不见的影子尾随着。我感觉怎样？畏惧？当然，那种对教师、雇主、父亲的畏惧感。我更畏惧的是我必须说什么，怎么说，如何开头，更恐惧的是一旦我失败了会发生什么。

玛格丽特：不会是与战争有关吧？

玻尔：海森伯是理论物理学家。迄今为止尚无人发现理论物理杀人。

玛格丽特：不会是裂变吧？

玻尔：裂变？他为什么要跟我谈裂变？

……

迈克·弗雷恩，《哥本哈根》，话剧。它是我有限的阅读中，让我的挣扎感最为强烈的一部。它同样具有一个真实的起点：1941 年，第二次世界大战期间，德国物理学家海森伯突然来到丹麦，拜访自己当年的导师和挚友、物理学家玻尔。遭受着严密监视的两个人，此时，正在为不同阵营研究核武器。话剧的幕布拉开，他们处在了这一交汇点上——在天堂里，玻尔和他的妻子又一次接待了海森伯，他们努力复原当日的发生，然而随着各自的努力我们发现某些裂痕并没有获得弥补而是进一步加深，在这些加深着的鸿沟里，人性深处的巨大黑洞出现了，不仅让当事人难以正视，就是我，一个阅读者，也在百感交集，苦苦挣扎。我是有着犹太血统的海森伯，我是参与制造了核武并获得成功的玻尔，我是，他们二人。

对海森伯来说，哥本哈根之行是一次临渊之旅；而迈克·弗雷恩则将他的阅读者一起投入深渊。"关于我，世人只会记住两件事：一是测不准原理，另一件事便是我在 1941 年去哥本哈根与尼尔斯·玻尔的神秘会面。大家都知道测不准原理，或自以为知道；但无人理解我的哥本哈根之行。"—— 海森伯，在话剧中说。

他为什么，在那样的时期还要来哥本哈根？他，和玻尔之间又谈了什么？他们，在祖国和民族，科学的道德和人性的道德，情谊和敌意，自我的谴责和原谅之间……《哥本哈根》让他们各自做着单向选择，他们，被单向的选择撕裂开了——之间的对话让我们看得见他们灵魂的挣扎，掩饰，回避和不得不的面对。在追问中。

海森伯：玻尔，我必须知道！我必须作出决定！如果同盟国正在制造原子弹，我该为我们国家作什么选择呢？你说过，人们容易错误地以为弱小国家的国民们的爱国心会少些。是的，然而人们更容易错误地认为刚巧处在非正义一方的国家的百姓们会不那么热爱他们的国家。我出生在德国，德国养育了我。德国是我孩提时代的一张张脸，是我摔倒时扶起我的一双双手，是……德国是我寡居的母亲和难处的兄弟，德国是我的妻子，德国是我的孩子。我必须知道我该为他们选择什么！再战败一次吗？再让伴我长大的噩梦重现吗？……

玻尔：但是，亲爱的海森伯，我没什么可告诉你的，我不知道同盟国是否有核计划。

海森伯：它在进行，甚至就在你我谈话之时。或许那时我选择了比战败更糟的事情。因为他们制造的原子弹将用来对付我们。广岛的那个夜晚，奥本海默说他的一大遗憾便是未能及时研制出原子弹来轰炸德国。

玻尔：事后他痛苦不堪。

海森伯：事后！是的，我们至少在事前就多少感到痛苦。而他们中有没有人，哪怕是一个人，停下来想过，哪怕是短短的一刻，他们在做什么？奥本海默想过吗？

费米想过吗？希特勒？齐拉特？当爱因斯坦在1939年写信敦促罗斯福拨款研究原子弹时，他想过吗？两年后当你逃出哥本哈根，去了洛斯阿拉莫斯时，你想过吗？

玻尔：亲爱的，亲爱的海森伯，我们没有给希特勒提供原子弹啊！

海森伯：你们也没把它投向希特勒。你们把它投向了能投到的任何人。街上的老人和妇女，母亲和孩子。如果你们来得及的话，受难的会是我的同胞，我的妻子，我的孩子。那是目标，对吗？

玻尔：那是目标。

……海森伯的自我辩解并非全无道理，包括由他发出的指责。他并非对那些针对犹太人的暴行一无所知，他并非对纳粹的所做全无保留，可是，他该如何选择？如果，原子弹最终投向德国，他的同胞、妻子和孩子，他又该如何？他的科学是无法按他的意愿只针对某个人或某些人的，就像后来的发生，就像玻尔他们同盟国完成的那样。那，保护那些你爱的弱小，或者出于“某种恐惧”，你就能够心安理得，让你的发明去摧毁另一些同样的弱小？“事先”和“事后”，这当然是个问题，甚至是本质性的，我相信奥托·迪特里希·林德也有那种事后的痛苦，富特温格勒和阿诺德上校也有。可我们，更珍视和看中“事前”的痛苦，哪怕——“哪怕是一个人，停下来想过，哪怕是短短的一刻，他们在做什么？”

就我个人的偏好而言，我喜欢思虑，喜欢思虑的文学，我时常，把我当成是文学中的他人，和那些他人一起面对，思考，挣扎。再强调一遍，我认为，发现那些存在于我们“沉默着的幽暗区域”的微点并将它放大呈现，是文学得以存在的理由之一，甚至是，首要的理由。

当然，如果事前，想过，玻尔他们会不会拒绝？要知道，那时的希特勒势如破竹，整个欧洲都在燃烧；如果事前想过，科学家们会不会慢下来，消极些，放弃掉自己殚精竭虑想要的成功和成就？如果事前想过，他们会不会这样劝慰：我们帮助一些人消灭了另一些人，其中，有一部分人是无辜的，我们有罪；但，如果我们不提供可能的帮助，受难的会是我的同胞，我的妻子，我的孩子……所以，我依然选择。

我不知道。如果事前想过，玻尔和他们也许依然会如此，尽管他们经历了痛苦和挣扎，而且这份痛苦和挣扎将一直伴随下去，直到生命结束。然而，事前想过依然是重要的。文学存在的价值之一，就是提供了“事前”的可能。它，让我们在事前思忖。它，让我们可以部分地避免无思无虑的麻木状态，让我们，部分地，脱离奥托·迪特里希·林德的位置。无思无虑地盲目服从是人类灾难的渊薮，它，很可能是集体暴力和平庸的恶的温床。

恰恰是，无思无虑者是人类的绝对多数。在《被背叛的遗嘱》一书中，米兰·昆德拉从那些无思无虑者中找出其中一个，一个在 1971 年无限崇敬列宁的女人，到了 1991 年列宁格勒更名时表现得欢欣鼓舞——他承认，她应当有这个权利。从拥护到反对，其间的变化应是惊人的——不，挣扎没有在她身上出现过，这种随波顺时在她那里显现出的是一种“非个性本质”。“这改变既不是他们的创造，也不是发明，不是心血来潮，不是出其不意，不是认真思索，不是疯狂之举；它没有诗意；它只是靠向历史多变精神的一种十分乏味的调整。因此连他们自己都没有感觉出来，反正，他们总是保持着老样子；总是站在对的一边，总是想着——在他们的圈子里——应该想的；他们改变不是为了靠向他们自我的某种本质，而是为了和他人混成一团；变化使他们始终保持着不变。”“我可以换一种方式来表达：他们是按照看不见的，自身也在不断地改变着的想法的法庭在改变自己的，是否他们的改变只不过是一个赌注，押在明天将自喻为真理的法庭上。”汉娜·阿伦特在考察纳粹战犯艾克曼的罪行时也如此指出，他所犯下的罪行并不是出于什么深刻的邪恶动机，而在于他是一个根本不过脑子，也不是那种可以站在他者角度去思虑问题的人。纳粹在时他们服从于纳粹，而纳粹一旦垮台，这些人也会不假思索地接受加诸其身的任何新规矩。在我和我们的生活中，这样的人依然是多数，绝对的多数。前和后，左和右，他们随时可以，他们不挣扎，他们会永远顺从于生活的波与流。至于他者，则更不是他们的目光所及了。

而在此处，文学用它的方式向我们提出了警告。让我们在“事前”先经历内心挣扎。这，也是我一向看中在文学中被放大的挣扎的原因之一。它，教给我们更多的审慎，让我们过上那种经过思虑之后的生活。

在文字中建立的城市

巴黎，巴尔扎克

巴黎是座具体的城市，是人口有些过多的城市，是有着卢浮宫、艾菲尔铁塔和辉煌圣母院的巴黎，是本雅明命名的“第二帝国”。是包法利夫人的城市，是诗人波德莱尔的城市，当然，也是巴尔扎克的城市。

它，也是一座建立在纸上的城市。在文字中，旧有的城市还在，但新城却早从成功破土，高耸的新城甚至不用拆掉任何一块旧砖瓦。在这座由文字构成的建筑体上，它的人口变得更多，更有个性和发现的魅力。文学的书写，赋予城市的是精和灵，是内在隐秘，是时代性格——我愿意从这个意义上来观察和体认，我愿意，观察这座和旧城多处重叠的虚构区域。

巴尔扎克的巴黎：恰如茨威格在《三大师》中所言及的那样，“巴尔扎克的主人公都有同一个愿望：这女人，这车，这奴仆，这财富以及全巴黎、全世界都将属于我！”“他们都是把梦想付诸于实践的人，正如巴尔扎克所说，是在物质生活里异想天开之人。”巴尔扎克建立的巴黎绝对是一个冒险家的乐园，是物质之梦，是野性和角力的场域。他们，有些人，并不都在巴黎这座城市里土生土长，而是在雨后冒出，从生活过于平静的外地赶来，肌肉强健、生龙活虎地赶来……巴尔扎克的巴黎是物质的、欲望的、财富的、权势的城市，骚动和不甘的城市，当然，也是一座充满机会和可能的城市，冒险的、“有杀机”的城市。和诗人波德莱尔在《恶之花》中建构的巴黎全然不同，巴尔扎克的目光滤掉了“波希米亚人”的隐匿角落而专注于他认定的物质核心，他专注于甚至陶醉于处在巴黎的财富争斗，在他那里，城市，巴黎这座城市，就是“一种可怕的强酸，将一部分人溶解、流散、剔除，使其销声匿迹；而另外一部分人则变为结晶体，硬化为石头。演变、着色和组合的各种效应在他们身上完成，从组合的元素里又生成新的中和物”（茨威格《三大师》）……

事实上，巴尔扎克的巴黎是一座生机之城，资本之城，它有着充盈的、香艳的活力，其中贮含着明晰的贪婪。巴尔扎克的巴黎是一座新城，没错，确实如此，这座新城建筑在一个十字路口的中央，在选择的时候可能彷徨，挣扎，痛苦，自惭，但经历过后，诸多的人硬化成结晶体，变得更为残忍和麻木；巴尔扎克的巴黎是一座新城，在他之前没有谁会如此命名，本来，在他之后也应当不会——可是，巴尔扎克的命名，他为城市树立的那些独特标志的“核心词”，渐成诸多作家写作城市时的集体标识。过多地重复甚至让他的新城也渐失新意，它让我感到悲哀。故尔，有时候，我会更倾向于另一座巴黎，被波德莱尔“创建”的巴黎——他们使用的不是一种建筑材料，但他们的各自创建，让这座“城市”变得丰富而多意。

城市，从来都是多面体。而写作，除了对它的多面进行观察之外，可能还要察看它隐藏的面，卷曲的面，暗处的面。

伊斯坦布尔，奥尔罕·帕慕克

奥尔罕·帕慕克不止一次地写下这座城市，在亚欧交界点上的城市，东方和西方、基督教文明和伊斯兰文明、现代和传统、世俗和宗教交汇的城市，其中一部书的名字，就直接是《伊斯坦布尔：一座城市的记忆》——我要说的不是它。不止一个人向我提及，奥尔罕·帕慕克有个特殊的习惯，就是把他要书写的街区用摄像机拍下来，他愿意像乔伊斯那样“严格”，即使在一种全然的虚构之中——我想要说的，是帕慕克的另一建筑，不那么写实的，交给思考和追问领地的：

《白色城堡》。我要察看帕慕克对“城市”的发现和赋予。

《白色城堡》中，奥尔罕·帕慕克探讨身份互换和这种互换的可能。他用想象的、“故事”的方式建筑了它：一位年轻的威尼斯学者被俘虏到伊斯坦布尔，经历种种曲折后成为土耳其人霍加的奴隶。二人的外貌极为神似，他们俩都感觉对方的存在如同是自己存在的镜像。他们俩相互了解，相互学习，也有意相互模仿，时间久了，他们甚至比对方更熟悉对方的生命历程和生活习惯。结果当然是，在大雾弥漫的时刻，霍加选择逃离奔向他想象的城市威尼斯，而威尼斯学者则留了下来，成为了“霍加”——他们互换了身份，当然也互换了之后的生活。我说过，我愿将它看作是一则关于文明、文化的寓言，关于所谓东西方理解和交流的寓言：奥尔罕·帕慕克让他的伊斯坦布尔承担了重任。在两种文化之间，两种方式和方向之间，在共融、互渗和抵抗之间，在接受和排异之间会发生什么，能发生什么，一向是奥尔罕·帕慕克“问题的核心”，譬如《我的名字叫红》，那些细密画家对理想的“马”的差异描绘也是如此。我们是谁，我们如何选择自己的身份，我们的身份是唯一而固定的么？那，我们可选择的是什么，会有怎样的后果？

落在纸上，这座伊斯坦布尔同样是新的，尽管它有着独特而“古老”的负重。奥尔罕·帕慕克用重彩的方式加重了“交汇”，让它生出巨大的吸力来。《白色城堡》中所书写的故事，只有在伊斯坦布尔这座城市才能发生，只有在奥尔罕·帕慕克的文字中才能发生。我们必须注意到威尼斯学者与霍加在外貌上的形似：这是作家的魔法，奥尔罕·帕慕克用这一相对过度的“巧合”向我们提示：某些差异也许并不像我们以为的那么明显与不可调和，人类经验的、文明的某些普世性其实更应当值得尊重。

奥尔罕·帕慕克抽取了属于伊斯坦布尔的一道独特折光。他在纸上，用这道折光，创建了新城。我们东方，在跨过这座城市之后得以进入到西方；无论用哪种方式，在进入到西方之前，我们似乎都需要在这座城市里停顿一下，略略驻足才是。

西安，贾平凹

西安是古老的，它天然地带有某种——使用贾平凹自己的命名，它是，一座《废都》。我们从巴尔扎克的巴黎一路来到了这里，介入到这座纸上城市的人情世相与生存欲求中。

贾平凹的纸上城市满载着沉积，这份沉积，犹如墨点落在宣纸上的浸洇，犹如，陈年草垛刨开时散出的气息。这当然是贾平凹的有意为之，其实即使他不使用《金瓶梅》式的语感，那种旧气息也在，它是弥漫于这座城市上空的空气，它是，这座城市不自觉的骨血和遗传。在这满载的沉积中，帷幕拉开，庄之蝶们一一登场。

“颓废”“空虚”“迷茫”“堕落”，“狂士的纵欲精神和酒色人格”“世纪末文人的腐败相”——我要说的不是这些，它不在我的言说之列。我要指认的是纸上的城市和作家对这座城市的个人赋予。

这是一座人情世相的城，它和生活具体有着近乎无距离的贴，但它没有像巴尔扎克的巴黎那样承诺冒险和权势、财富，当然也不提供翅膀：这世相是平的，所有起伏都有某种的限度和命定感，当然在顺流中也有它可津津乐道的趣味。在这座安于大于改变的旧城中，庄之蝶、龚靖元、汪希眠、阮知非“四大名士”摆好碗筷，端起酒壶——《废都》，在我看来描述的是一场人生的宴席。食是其中的菜品，性也是，曲折复杂的人际也是；闲也是，忙也是，包括庄之蝶遭遇的官司也是，时时出现的悲欣，喜乐和牢骚也是……

在一则对福克纳《喧哗与骚动》的评论中，萨特敏锐地指出，这个故事里没有未来时间，它有的是现在，过去的现在和到来的现在，可能叠加在一起的现在——对《废都》来说，它也同样如此：它没有未来感，它不许诺未来和发生，只提供现在，今时和今世，此刻的境和遇。这个“现在”有着巨大的虹吸力，它吸走了……“世界的朽坏与人的命运之朽坏互为表里，笼罩于人物之上的是盛极而衰的天地节律，凋零的秋天和白茫茫的冬天终会来，万丈高楼会塌，不散的筵席会散，这是红火的俗世生活自然的和命定的边界，这是人生之哀，我们知道限度何在，知道好的必了。但在《废都》，城墙上如泣如诉的埙声、庄之蝶家中的哀乐所表达的‘哀’更具内在性：这不仅仅是浮世之哀……”（李敬泽《庄之蝶论》）在这座现代之城里，所有的过多多少少都有些且过的意味；所有的过，都有及时性和现实性，它们获得着自我宽恕。

《废都》是熟人社会中的关系之城，种种关系勾心斗角，枝叉蔓延，各有松紧梳密……我想我们也会察觉这座纸上城市的“关系自足”与“关系限度”，它不涉及和鹰和鸟的关系，当然更不涉及和“上帝”的关系；它不涉及和外延政治的关系，不涉及和历史的关系，尽管这座号称废都的城市有着那样丰厚的历史之源。纸上的废都：尽管他们不断网织，介入和获取，但都是将自我悬置于日常语境中，貌似路途多广，但本质上进退均难以自如。

废都，这是贾平凹创建的西安，这座古老的东方之城，它带有个人“缪斯的独特面部表情”。

纽约？休斯顿？唐纳德·巴塞尔姆

“片断是我依赖的唯一方式。”

“藤壶在沉船的残骸或岩石上面生长。我宁要沉船的残骸而不要一艘航行的船。事物自动地附着在残骸之上。”

唐纳德·巴塞尔姆书写的城市是不确定的，模糊的，甚至怪诞，甚至变形——确如他所宣称的那样，他只要残骸。他使用收集的残骸，在“城市”中搭建了一座《玻璃山》。

1. 我正努力攀登这座玻璃山。

2. 这座玻璃山矗立在十三道街与第八大街的交叉口。

3. 我快到半山腰了。

4. 人们抬头望着我。

5. 这一地段我新来乍到。

6. 不过我有些相识。

7. 我的脚上捆着爬钉，一手抓住一只牢实的橡皮吸盘。

8. 我已爬到 200 英尺的地方。

9. 风刺骨地冷。

10. 我的相识在山脚下聚成一堆给我鼓劲儿。

11. “蠢驴。”

12. “笨蛋。”

……接下来他会说什么？许许多多年轻人在街上胡乱开枪；年纪大一点儿的人在遛狗，人行道上到处是狗屎；有人在砍树时被捕，一个棕色瓶子在刚才冲我喊蠢驴、笨蛋的相识中间传递等等；那些爬山未成的骑士，正在尸体堆里呻吟；

我的相识在撬还没断气的骑士口中的金牙。接下来他会说什么？我想着进城的方法，我感到害怕，我忘了带邦迪牌创可贴，我要回去拿邦迪创可贴么？那，接下来他又会说什么？鹰把它尖利的爪子勾进我的嫩肉里，而我抓住了它的两只脚，并用小刀砍断了它。这时，一扇门打开，我看见了中了魔法的美丽象征；而当我触碰到它，它竟然变成了一位美丽公主。

接下来，我的做法是，“把美丽的公主头朝下扔向我的那些相识。”“可以放心地让他们去处理她。”

这是唐纳德·巴塞尔姆城市建造。它混乱，芜杂，平面，消解，反讽，游戏——并充满了强烈的不信任感。这不是巴尔扎克的城市，不是帕慕克的城市，乔伊斯的城市，罗伯格里叶的马里安巴，也不是波德莱尔的巴黎：它和任何具体的城市都不像，包括不像唐纳德·巴塞尔姆生活过的休斯敦和纽约。这是另一座城，但它在着。在一个人、一群人的“时代性格”里。这座城，其实与那些真实的城、其他作家纸上的城都挨得很近。我想你懂得我的意思。

碎片。是唐纳德·巴塞尔姆城市的核心词。生活的连贯性被打碎了，包括之前建立的种种逻辑关系。即使在个人生活里。他选择碎片，随机的、不确定的碎片完成他的城市拼贴，他拒绝中心主义，拒绝总体的可理解性，拒绝绝对的“意思”。在唐纳德·巴塞尔姆的城市里，还装有一座反方向的钟，它和我们的惯常有意逆向，就像在《玻璃山》中所做的那样：这原是一个穷苦小伙解救公主获得财富和爱情的故事，励志的、趋向美好的故事，而在巴塞尔姆那里，我们再也看不到意义，看不到行为驱动和内在逻辑。他舍弃了它们，只留下行为——本质上，他把行为也撕裂了。唐纳德·巴塞尔姆不给人物行为注入动机，不给定如此行为的合理解释，我相信，他是嘲笑答案的，一切的，固有的，逻辑的。于是，消解成为唐纳德·巴塞尔姆城市的另一核心词，为了达成消解，让消解来得更猛烈一些，他不惜反复互文，改写玻璃山上的公主（《玻璃山》），白雪公主和矮人们（《白雪公主》），歌德谈话录（《歌德谈话录》），俄罗斯的底层小说（《我父亲哭泣的情景》）。游戏，应是唐纳德·巴塞尔姆城市的第三个核心词——没错儿，在其他的文学中游戏性也显见存在，像博尔赫斯、米兰·昆德拉反复宣称地那样，游戏性是文学所不可或缺的，文学本质上是种严肃的游戏——但在巴塞尔姆那里，游戏的位置得以上升，成为了本质，它把加在前面的定语“严肃”也挤入了角落。《玻璃山》让我们见识了他文本的游戏性，而《解释》《白雪公主》《印地安人反叛》也无一不是如此。

无疑，唐纳德·巴塞尔姆建构的是灾变的、破坏的、实验的城市，他一边建造一边摧毁。最后，仅剩下语词，堆积着，闪着烁亮的光。“我没有提供足够多的情感。这是人们想从小说中得到的一种东西，他们没什么错。”巴塞尔姆说。但，他坚持不供给。

纽约，科伦·麦凯恩

1974年8月7日，菲得普·珀蒂在世贸双塔间的钢丝上走过。这根钢丝成为科伦·麦凯恩为他的城市建立的支点。由这个支点，我们得以窥见属于纽约的种种喧哗。

《转吧，这伟大的世界》由几个故事搭建而成，它们是基本独立的建筑，而菲得普·珀蒂的钢丝成为其中最为重要的联线，那些人，从不同角度、不同房间里看见了它。

属于纽约的种种喧哗：小说中的那些人物都是诉说者，“圣徒”科里根的哥哥，克莱尔（她是死亡战士的母亲），莱拉（艺术家布莱恩的妻子，他们的车撞死了科里根和一个叫爵士琳的妓女。），科伦·麦凯恩，费尔南多（涂鸦艺术家），山姆·彼得斯（年轻黑客），蒂莉·亨德森（妓女，爵士琳的母亲。），索德伯格（法官，克莱尔的丈夫。），艾德丽塔（妓女，科里根的情人。）……他们分别讲述自己的生活和内心，默默敞开一向沉默着的区域，将我们带入这座城市里幽深的暗处——如果说，在巴尔扎克的城市里，所有的人，医学院学生，商人，政客，野心家，哲学家，画家，新闻记者，无政府主义者和文艺青年，他们本质上都是“铸青春为坚毅，变智慧为阴谋，化美丽为邪恶，改信任为虚伪，更胆识为狡诈”（茨威格《三大师》）的一类人的话，那在科伦·麦凯恩的城市里，则要复杂、繁歧得多，每一个个人，都携带着巨大的问题和可能。科伦·麦凯恩笔下的每个人都是多向度的，而他的城市，则远远大于每个人所有的总合。

圣徒科里根：借用书里的话，这个世界上有三十六个圣人，“他们几乎都能和上帝单线联系，只有一个人例外，这个人被上帝忘了。”——我们该怎样面对科里根的神圣？面对他的内心契约和不断“给予他们”的行动，面对他的酗酒，吸毒，面对他对上帝的反驳、咒骂，面对他的简朴贫困和痛苦？我们该从怎样的角度，理解他在和上帝之间进行的拳击比赛？我们又如何进入克莱尔的世界，和她一起面对儿子的死亡，面对战争的荒谬和吊诡，去参加和接受“越战死亡老兵母亲的聚会”？她周旋在虚假的周到之中，审视并有距离地打量着那些本来陌生的、虚伪的甚至有些讨厌的母亲们，这时，我们能想什么，做什么？她儿子生前是电脑程序员，黑客，他的任务是统计、计算战争中的死亡人数。“你可以数到死者数量，但是你数不到这样的成本。妈妈，对于天堂，我们的数学是无计可施的，其他一切都可以去衡量。”最终，她的儿子，“约书亚成为了代码。写进了自己的代码里。”

蒂莉·亨德森是妓女；她有着自己的世界。她嘲弄、咒骂或以无所谓的方式面对，其中也不乏某种的享受。蒂莉·亨德森的世界有待于认识，《转吧，这伟大的世界》为我们揭开了帷幕——揭开帷幕的不只是她一个人的世界，还有，还有科伦·麦凯恩、费尔南多的，还有……它建立又抽空，抽空又补满，让人沉陷又不断脱离。科伦·麦凯恩为任何人说话；同时，他又那样冷静。

事实上，诸多的作家会透过自己的眼“观察”“体认”城市，通常而言，他们会择取一到两点，选择片面的深刻，强化它，固定它，让它呈现“缪斯独特的面部表情”，为自己的作品建立个人标识——像巴尔扎克、波德莱尔、乔伊斯、贾平凹、唐纳德·巴塞尔姆们所做的那样。在他们的建筑与建筑群中，获得极大强化的是一个侧面，而在科伦·麦凯恩那里，他的纽约具备了真正的“城市”的样子，有了多维的建筑群落。他顾及了那么多的繁复。

我们不能忽略帮助他完成建筑、把诸多多面体聚合一起的那根钢丝——这种维系当然有它的冒险，如果弱化，如果抽出这根钢丝，那科伦·麦凯恩的纸上城市……当然，本质上，所谓文学史应当是文学的可能史，如果缺少了必要的冒险，跟在后面的文学终是平庸而可疑的。

看不见的城市，卡尔维诺

“忽必烈汗发现马可·波罗的城市几乎都是一个模样的，

仿佛完成那些城市之间的过渡并不需要旅行，而只需要改变一下她们的组合元素。现在，当马可描绘了一座城市，可汗就会自行从脑海出发，把城市一块一块拆开，再将碎块调换、移动、倒置，以另一种方式重新组合。

马可继续汇报他的旅行，但是皇帝已经不再听他讲话，打断他说：

‘从现在开始，由我来描述城市，而你则说明是否真的存在我想象的城市，她们是否跟我想象的一样。首先，我要讲的是……’”

诗与叙事：片面的随想

凡墙皆是门。这漂亮的短语大约出自林白，我觉得说出这样的话的人深谙文学之道：任何一种创作都不应给自己划出“不可以”的禁忌，它需要不断地冒险，突围，以及整合，从其他中汲取。凡墙皆是门，那些伟大的作家，往往是在小作家们或者时代习惯以为“此路不通”的地方破墙而出，走成了门，直至走成了大道。“此路不通”，往往是我们被规循得太久了，是我们在不自知中画地为牢，是那种前行意识的潜在匮乏——我以为。

让叙事进入到诗歌，增加诗歌中的叙事成分，是诸多诗人们已有的成功尝试，属于它的“开拓性”其实已变得微薄，但对它的言说和梳理似乎还有相当的必要性，毕竟，对它的抵御还是普遍自觉，毕竟，给诗歌加进“新的负载”并不是通识，尤其是在“叙事诗歌”一直遭受漠视、一直未充分展开的中国背景之下。

“人类社会的童年时代早已过去，那时自然和非自然，事实与想象，好像几个亲兄妹，在一个家庭里玩耍吃喝，长大成人。今天，它们发生着巨大的家庭内讧，这是连做梦也没想到的。”——这是泰戈尔在谈及历史小说的时候所说的一段话，我觉得它也可应用于我们的诗歌和诗歌中的叙事：在人类社会的童年时代，叙事和抒情，和想象，和思考，好像是几个亲兄妹。但随着时代变迁，随着各文体间的慢慢长大，这个家庭里的内讧也是明显的，对立的，分歧的，甚至变得格格不入——在我看来，它们当然依然具有重新整合的可能。

……………………

整合，从其他中汲取，是我一向所看重的。诗歌，也应当有一个庞大的、吸收良好的胃。它不仅要从叙事的文体中汲取，也应向哲学的，社会学的，历史的，政治的，心理学的……在一切人类的智慧中汲取，成为它的有机部分。

随着人类智识的不断增加，情感的不断丰富，审美的不断变化，我想，诗歌在不失自我特性的前提下应会随之不断丰富复杂，变得更有意韵也更有言外的巨大空间。这时，简抒情很可能会变得乏力，苍白。叙事性的介入应是解决简抒情问题的通道之一。叙事和叙事性，更多的是小说的——没错儿，但文学间的互通有无本来就是常态，文学的价值至少部分的价值就在于它的“拓展性”，是故，才会有人用片面深刻的方式强调：所谓文学史，本质上应是文学的可能史。任何跟在已有的习规之后的写作都是可疑的，会让自己在不自觉中成为“渺小的后来者”。我相信诸多有野心的写作者都不甘心如此，即使这种“渺小”会带来更多的名声和利益。

小说家们早早就开始了向诗歌的拓展，这种拓展是一贯的、持续的，而数量众多的小说家会把“诗性”看做是对小说的至高称颂，甚至如此宣称：小说，本质上就是诗的。在杜拉斯、胡安·鲁尔福、福克纳、马尔克斯那里，我们能够明显感受着来自于诗的影响，而像帕斯捷尔纳克的《日瓦戈医生》，他甚至把大量的诗加入到小说中；而像君特·格拉斯的《铁皮鼓》，在把诗性注入到文字的同时，他还把属于话剧的、诗剧的、舞剧的言说方式融解于他的小说中，让他的小说变得丰厚有趣。耶利内克，尤瑟纳尔，赫塔·米勒……如果列举名字，我也许能把几乎所有的伟大小说家列入。他们在努力地整合。

而诗人们——为什么小说家们可以如此拓展，向诗歌“攻城掠地”，而我们诗人们就只能退守，或者偏安于抒情的一隅？

当然，让叙事进入到诗歌、增加诗歌中的叙事成分并不是诗歌“一时兴起”的诉求，它也具有某种持续性，经历着诗人们的不断调试。

……………………

叙事的介质融入诗歌之中，就像是——它让诗歌发生着反应，物理的甚至是化学的，让它变得——它将增加诗歌的丰厚感，浑浊感和歧义，生出更多的向度，自然其“外延”也随之拓展。这其实是一种现代性的“相称”，是艺术发展的内在动能，是诗歌自我生长和繁殖的趋向之一。我不会轻易否认艺术的生长性或“进化论”，任何一种具有伟大感的创造都应具有前人艺术经验的综合，同时，又是“对未有的补充”，诗歌当然也是如此，更应如此。

在这里，我所强调的是“叙事的介质”而非“叙事诗”，它并非惯常的“叙事诗”的完成，它也并非再次让叙事性成为核心而忽略抒情性——我看中的是前人经验之后的变化，拓展，丰富，以及重新的注入。

你为什么要旅行?

因为房子太寒冷。

你为什么要旅行?

因为旅行是我在日落和日出之间常做的事。

你穿着什么?

我穿着蓝西服，白衬衫，黄领带和黄袜子。

你穿着什么?

我什么也没穿，痛苦的围巾使我温暖。

你和谁睡觉?

每夜我和一个不同的女人睡觉。

你和谁睡觉?

我一个人睡觉，我总是一个人睡觉。

你为什么向我撒谎?

我想我说的是实话。

你为什么向我撒谎?

因为实话像别的不存在的事物一样撒谎，而我热爱实话。

你为什么要走?

因为对我来说什么都没更多意义。

你为什么要走?

我不知道，我从来都不知道。

我要等你多久?

别等我，我累了，我要躺下。

你累了吗？你想躺下吗？

是啊，我累了，我要躺下。

马克·斯特兰德，《献给父亲的挽歌》（节选），这一章节的题目是《回答》，他为进入到死亡的父亲虚拟了声音。巧妙的是，对同一问题的回答往往指向相悖，而它，也完全可以由同一个人做出。马克·斯特兰德在叙事性中注入了撕扯的力量，从而使它更耐回味。它是对具体的“这一个”的追问，但同时又是针对于所有人的，而那种貌似的不经意又能让我们进一步“感同身受”。在《献给父亲的挽歌》中，马克·斯特兰德按捺住情绪，他平静描述，却在具有叙事意味的描述中建立了层层的、旋转着的涡流。我们可以折解诗中的每个语词并加以阐释，解析它的丰富性和复杂性，解析它的言外之意，解析它内在的哲学思考……而在另外的诗人那里，叙事所带来歧义和丰富可那样不同，譬如在西尔维娅·普拉斯那里，譬如《珀耳塞福涅两姐妹》，譬如《锅匠杰克与整洁的少妇》（它完全由引语来完成，仿佛在诗的一侧站着一个不停诉说的人。），譬如那首《与挖蛤的人一起做梦》：

这梦发芽了，边缘长出明亮叶子

它的空气被天使筛得洁净；

她回到海滨小镇上先前的家，
枯燥的朝圣之旅损伤、玷污了她。

她光脚站着，因那回归而颤动，
邻居家房子旁，
屋顶板被擦亮如玻璃
那炎热的早晨，百叶窗被拉下。

什么也没变：整个夏季
熔化的沥青散发刺鼻气味，花园的露台
向大海倾斜，深入蔚蓝；整个场景
被白色火焰喂饱，闪烁着迎接这漂泊者……

由情境开始，在这里，更属于“故事”的部分被普拉斯安置于“前史”之中，而这前史则交给了隐喻：“枯燥的朝圣之旅。”是的，这首诗充满着梦幻般的气息，它的芽茎一直在生长，即使具体化的、叙事化的情境描述也不能让梦幻的感觉有丝毫消弭。叙事性，在这首诗中建立起的是延伸通道，它延伸至语词的外面很远很远，需要阅读者调用经验和想象补充，诗中，只说她回到了小镇，“什么也没变。”——谁能言说她的离开，究竟经历了什么？她返回到“什么也没变”的时间和这座称为家乡的小镇上，谁又知道她身上的变化，和她对变化的可能隐藏？隐喻化的前史有着极其模糊的指向，其中巨大的歧义性让我们无法准确确认，即使在诗歌最后突然渗透：“他们阴森如石像鬼，常年蹲在海的边界，/在缠绕的野草与海草之间等待，以便/在她首次爱的行动中诱捕这任性女孩……”情境是具体而稳固的，但她的前史和对前史的猜想则是跳跃的，“未完成”的。

马克·斯特兰德诗中的叙事介质使他的诗获得了丰厚，这丰厚多少来自于“思”的成分，它容纳阅读者不断向里面注入自我的生命认知，并让你审视；普拉斯诗中的叙事介质同样使她的诗获得了丰厚，不过这丰厚来自于我们对“事件”和发生的想象，它吸纳的是“体验”、感受和猜度。

……………………

叙事的介质融入诗歌之中，它另一显在的用意应是粘接“现实感”和“经历感”，让对它的阅读都更有身临其境的在场。它会将你吸入，让你成为参与者，甚至会调用你的相似经验以完成诗歌在言说中点到却有意不曾充分表述的“未尽之意”。谈及现实感，我首先想到的是爱尔兰诗人希尼。希尼善用叙事的辅助完成他对生活的理解和思考，他承认，他尝试“要使那种生活的真谛具有一种具体的真实性”，“最为欣慰的时刻是诗作显得最直接，成为其所参与、所辩护和所反对的世界的一种最前沿的再现的时刻。”（《归功于诗：诺贝尔文学奖获奖演说》）——是的，他的诗，因由叙事的介入而生出了“日常生活的神奇”，他致力于“再现”，致力于运用把“具体的真实性”和“生活的真谛”粘合于一起的神秘药方……譬如他反复被人阐释的《挖掘》。诗中，“我父亲正在挖掘”的情境完全是现实性的，是描述，仿佛将我们的目光也吸引至窗口，和西默斯·希尼一起向窗下看去——它在把我们拉入场景的同时也把我们的情感拉入进来，让我们成为诗歌的参与者，情感的参与者。诗歌的叙事往往会把我们看成是具有参与感的“观众”，或者是经历者，它要用叙事的手段建起“戏剧”的帷布，让我们跟着戏剧的上演而不断调整自己的投入，直到阅读者和写作者悄悄地融为一体。

譬如，雷平阳的《杀狗的过程》：

这应该是杀狗的
唯一方式。今天早上 10 点 25 分
在金鼎山农贸市场 3 单元
靠南的最后一个铺面前的空地上
一条狗依偎在主人的脚边，它抬着头
望着繁忙的交易区。偶尔，伸出

长长的舌头，舔一下主人的裤管
主人也用手抚摸着它的头
仿佛为远行的孩子整顺衣领
可是，这温暖的场景并没有持续多久
主人将它的头揽进怀里
一张长长的刀叶就送进了
它的脖子。它叫着，脖子上
像系了一条红领巾，迅速地
蹿到了店铺旁的柴堆里……
主人向它招了招手，它又爬了回来
继续依偎在主人的脚边，身体
有些抖。主人又摸了摸它的头
仿佛为受伤的孩子，清洗疤痕
主人的刀，再一次戳进它的脖子
刀道的位置，与前次毫无区别
它叫着，脖子上像插上了
一杆红颜色的小旗子，力不从心地
蹿到了店铺旁的柴堆里
主人向它招了招手，它又爬回来
——如此重复了5次，它才死在
爬向主人的路上。它的血迹

让它体味到了消亡的魔力
11点20分，主人开始叫卖
因为等待，许多围观的人
还在谈论着它一次比一次减少
的抖，和它那痉挛的脊背
说它像一个回家奔丧的游子

它几乎全然地交给了叙事，为了强化其真实性，雷平阳甚至不得不牺牲部分的“诗意”而将时间（今天早上10点25分）、地点（金鼎山农贸市场3单元，靠南的最后一个铺面前的空地上）落实，努力让我们“信以为真”，仿佛这一过程就在眼前发生，仿佛我们是其中的旁观者，是想要抽身都有些困难的经历者——那种弥漫着的血的腥气被我们嗅到了，那种痛感也因此作用于我们的神经末梢，仿佛，我们始终“看见”。这种看见的、仿佛在场的力量与一般抒情相比较，我以为它或许更震撼一些，也更为直接、浓厚。

叙事的介质融入诗歌之中，另外的用意也不应忽略：它，会强化诗歌的陌生感，强化“意外”，强化具体差别——从而使写下的诗歌与旧有完成区别，生出更重的新颖感，甚至

"灾变感"。求新求奇，是训练有素的阅读者普遍的心理，没有谁愿意只阅读那些已经被惯常言说过一千遍的旧识，没有谁愿意咀嚼被别人咀嚼过一小时之后的口香糖，在诗歌抒情性意味被惯常不断消耗的当下，叙事性的注入大约是让诗歌言说生出新意的有效方式。

似乎是米兰·昆德拉说过，自然主义的乡土诗其诗意已经被反复的咏唱所耗尽，而蒸汽时代的坚硬开启挤尽了含在自然中的最后汁液，"你无法想象自己还能像约翰·济慈或者勒内·夏尔那样写诗。"——这一含有偏见和武断的论调自有其深刻性，事实上它也可应用于我们对于乡土诗歌的某种理解：新意已被耗尽，工业化改变了人与土地、夜莺和田间生物的关系，那种对自然的歌咏已无魅力可言。然而，西默斯·希尼借助"叙事性"撬开了乡土的板结。他为乡土的事物建立和他的境遇相联的故事，并填入具有深意的感吁，于是，诗歌有了陌生，诗性作为种子被重新埋入并开始新的生长，枝繁叶茂起来。譬如我随手翻到的这首《铁轨上的孩子们》：

当我们爬上铁路边的陡山坡
我们的眼睛与电线杆上的
白磁轴、发热的电线平行。

像随手画的可爱的线，它们
向东边弯出几英里又转而向西，在
燕子们的重负下垂着。

我们都很小，自认无知
毫无价值。我们以为话是装在发光的雨滴小邮袋里，
在电线上旅行

每滴都饱含着
天空的光亮和电线的闪耀，而我们自己
在天平上是如此微不足道。

我们甚至能穿过一个针眼。

我们都很小，自认无知，毫无价值——孩子们的这种想法是谁给予的？此刻，我们如何看待他们的这一“自认”？……它是有波澜的，它让人可以百感交集，然而如若没有那种“叙事的具体”，如若不提供“铁轨上的孩子们”立于电线杆下的情境，它的波澜会遭受巨大的削弱，我们的感慨也许会轻若在风里飞起的羽毛。我们再一次假设，假设希尼只提供乡间的自然场景：爬上陡坡的孩子，铁轨，电线杆和落在电线上面的燕子，细细的雨滴——那种唯美也许同

样不具备感吁的波澜。

是叙事让它克服得可能的轻。是叙事，让它具体的同时又生出了陌生感，才让我们付出更多的注意，才让我们细细品啜其中含有的滋味，让我们，回望自己的童年和生活。

叙事的介质融入诗歌之中，可以增加诗歌的丰厚感、浑浊感和歧义，生出更多的向度；可以使阅读者更具“亲历”的现实性，让阅读者有更多的身心投入；可以使诗歌样式从惯常的抒情样式中挣脱出来，从而更具新意和陌生。除此，叙事的介质融入到诗歌，还能较好地打通时间的困囿，打通历史、现实和未来的困囿，增强其自由度；它还会部分地强化诗人的个人标识。

认识叙事性对诗歌的有用并无太大困难。而巨大的难度在于，在自我的写作中完成调合。对诗歌而言，任何一首优秀的诗歌其诗性和诗意都是充盈的，必须获得充分保留，而增加叙事性则必然会对诗性构成减损，我认为它们之间的“危险平衡”需要得到反复调适。叙事成分的增加，它会增加诗歌的粘稠度，会下沉，那就要求诗人们必须在诗句中经营好凿空和留白，让它重新获得轻逸和飞翔。再一点就是，诗歌重情绪，往往截取时间片段，着力于一隅一点，而叙事性的融入则会不经意地拉伸它的时间性，至少是数个片段的串联——其中的得失利弊也需要权衡。

福克纳谈到，写作，就是一个不断试错的过程，我也深以为然。不惮试错，不惮冒险，本是写作的应有之意，无论是诗歌、小说还是言论。我的这篇拉杂的文字就含有试错的意味，它的片面性让我竟有种随时出现的崩塌感。

被塑造的父亲

至今还记得初次读到布鲁诺·舒尔茨那三篇小说时的情景，至今还记得那种不适和震动，那种疼痛与寒冷。当时，给我如此强烈感觉的还有杜拉斯《抵挡太平洋的大坝》。1999年，在余华《温暖的旅程——影响我的10部短篇小说》中，布鲁诺·舒尔茨的短篇极短，我记得我一气读了其中的两篇，《鸟》与《蟑螂》，不得不停下来——一是要回味，感觉，二是多少有些舍不得读下去。还有一篇，4000余字的《父亲的最后一次逃走》。我在小说的营造中陷入，难以呼吸。我记得那时正是正午，我却感觉不到窗外阳光的厚度，我却在犹豫：仅剩下的这篇，读还是不读？读完之后我还能读什么？没错儿，面对它，就像一个孩子面对自己喜欢的、但所剩无几的美食……

三篇小说，写下的均是“父亲”。这个父亲在小说中三次“变身”，分别变成了“鸟”“蟑螂”和“螃蟹”，甚至在后两次，他都面对着可能的死亡。不过，变身三次的“父亲”依然是同一个人，你会在其中寻找到在他身上身边弥散的强烈气息，你会凭借其中的气息将他认出来，从鸟群中，从蟑螂和螃蟹中。这个父亲：他遭遇了挫败，这个挫败大约是致命的，足以让他一蹶不振，当然更重要的一点是，挫败让他“越来越同实际的事务隔得远了”。作为“魔法师”和创造者的布鲁诺·舒尔茨，紧紧抓住挫败和“越来越同实际的事务隔得远了”的真实，让父亲隐藏在鸟群中，“一开头，这是一种猎人和艺术家浑为一体的爱好。”不过后来，随着鸟蛋的孵出，情况发生了“离奇、复杂、完全邪恶和反自然的变化，这种变化还是不公开的”——他成为了鸟群中的一只，尤其像那只一动不动、“在庄严的孤独中沉思”的秃鹰，甚至，父亲会偶尔地发出鸟叫声……进入到灰色时期的父亲用他的夸张抵抗着蟑螂的入侵，然而他那种有些神经质的抵挡却作用相反，蟑螂的某些因素进入到他的体内，“白天他还能用身内剩下的一些力量来抵制，同他的着迷作斗争；但是夜晚，他完全被控制住了。”随后就是，《父亲的最后一次逃走》，这一次，它完全不顾我们家境的日渐窘迫，距离实际的事务走得更远。父亲在“最后一次”中变身螃蟹，至少是类似的生物，它在逃，一次次——它躲避的可不单单是脚踩到它身上去的危险，不单单是。对这个“父亲”来讲，“实际的事务”竟然那么可怕，他料理不来，他经受了挫败，于是只得逃避，用一叶障目的方式。

当然“父亲”的逃走不可能彻底，成为喜剧：《鸟》，父亲的幻觉被粗暴的女佣打破，她用自己的力量驱赶了所有的鸟儿，使这个父亲成为“一个绝望的人，一个失去了王位和王国的流亡的国王”；变身为蟑螂的父亲也许死去了，还是那个女佣，她把一些死虫扫进畚箕然后烧掉，布鲁诺·舒尔茨心境复杂地猜测，“他会不会可能是其中的一只呢？”最后一次逃走，有了螃蟹模样的父亲最终遭遇了“谋杀”，它被母亲煮熟后端上了餐桌，“显得又大又肿，变成淡灰色，而且像胶冻似的。”余华说，布鲁诺·舒尔茨并没有书写父亲由于经营不善而破产的过程和境遇，也没有指出什么历史必然和人物命运的因果关系，而是抓住……“布鲁诺·舒尔茨似乎建立了一个恐怖博物馆，使阅读者在走入这个变形的展览时异常地小心翼翼。”的确如此，作为“魔法师”和创造者的布鲁诺·舒尔茨，让自己书写的这个“父亲”一次次变身，他的存在丰富了我们对生活的理解，对挫败的理解，对那些“父亲们”的理解。

“父亲变形记”，犹太人布鲁诺·舒尔茨用他的夸张和变形写下了父亲，让父亲的某一侧面获得扩大，充分展示。提及“变形记”，我想我们自然会想起卡夫卡，想起格丽高尔·萨姆沙“从不安的睡梦中醒来发现自己变成了一只体型巨大的甲虫”的另一变形——那里也有个父亲，那里的父亲也颇含意味。那里的父亲，格丽高尔·萨姆沙的父亲，他高大（相对于变成甲虫后的萨姆沙。），勇敢（在驱赶变成甲虫后的萨姆沙时，在把苹果当成子弹射向儿子萨姆沙时。），有责任心（譬如对萨姆沙母亲的“保护”，对萨姆沙妹妹的“保护”：这“保护”，针对的当然是自己变成甲虫后的儿子。），有权威（萨姆沙的母亲和萨姆沙本人都参与着这一权威的塑造。）……当然，我们也从中读出了相反，被隐藏着的、遮盖着的另外：他自私（这份自私弥漫于整个文本中，卡夫卡故意让它细碎，不强烈地凸显。），怯懦（面对前来探视的公司代理人，面对租赁房间的房客。），虚假，躲避责任，口是心非……我们看到，这个父亲的不能工作是因为有一个兢兢业业、勤奋工作的儿子，他愿意趴在这个儿子的身上吸吮；这个父亲的失败也远没有想象的悲惨，他偷偷藏了些积蓄，只是隐瞒着儿子。面对“剩余价值”被榨取尽的甲虫儿子，这个父亲渐渐冷漠凶狠，他也给出了辩解，我们是爱他的，可是，“不这样还能怎样呢？”不这样还能怎样？每次重读《变形记》，我都会把这个问题给自己提出一次两次。它让我心酸，心寒，也有着某种的自我警醒。我想我们还应当注意到，这个父亲的制服。小说中说，格里高尔的父亲“以一种顽固的态度坚持穿着制服，即使在家里也不肯脱”。制服，它当然是一种象征，或者是几种象征，在《梦游者》中，一个叫巴塞诺夫的人把“不肯脱制服”这一有寓意的行为发挥到极致：那是他的新婚之夜。他躺下来，却不肯将制服脱掉，而当衣服的一角皱起露出里面的黑裤子时，他急忙把衣服整理好，把露出的裤子盖上。在《变形记》里，卡夫卡对那件制服的闲笔也耐人寻味：“格里高尔常常整整一个晚上盯着制服上的斑斑油渍看。”“制服上擦得锃亮的金扣子闪着微光，老头子穿着这身衣服坐着睡觉极不舒服，但他却睡得十分平和。”卡夫卡当然知道，他写下了什么。制服，让“老头子”得以在极不舒服中得到平和的安睡。“父亲”这一称谓或许是另一件制服，在我看来。

父亲，我关注“父亲”是因为在他身上有着巨大的、复杂的背负，他不仅仅是在我们生活中最先出现的那个男人，还因为他具有象征性，象征历史、政治、权威、力量、责任，象征经验，面对生活的态度，象征我们生活中需要正视无法回避的坚固存在。我关注“父亲”，还因为个人的阅读和写作趣味，在我20余年的写作生涯中，父亲一次次出现，并且可能还会继续出现。我曾写下《那支长枪》《蹲在鸡舍里的父亲》《英雄的挽歌》《如归旅店》《父亲，猫和老鼠》《乡村诗人札记》《父亲树》……去年，2012年，我完成了关于“父亲”的总领性建筑《镜子里的父亲》。我愿意对父亲言说，我愿意让父亲承载——当然，有这一意愿的不只是我一个人，数目众多。

在《铁皮鼓》中，君特·格拉斯写下“父亲”，小小奥斯卡的父亲，这一次，父亲不是一个，而是复数：一个是拥有“父亲”之名的父亲，马策拉特，一个粗犷、平庸、日常的商人；另一个则是奥斯卡“假想”的父亲，扬·布朗斯基，这个男人则柔弱、文艺、温雅而多愁善感，是一家邮局职员。这两个父亲，从国籍上讲分别属于德国和波兰——没错儿，马策拉特是德国人，纳粹党员，爱好集邮的扬·布朗斯基则被纳入到波兰，并且在“邮局保卫战”中被捕，这将导致扬的最终死亡。父亲马策拉特，他是我们所常见的那类人，略显木讷，努力跟随流行思想，努力“适应社会和生活”，他加入纳粹并非是出于对信仰的坚持而是出于盲从的趋动，对种种纳粹时期“社会活动”的认真参与也是如此。小说第二篇，“蚂蚁大道”，君特·格拉斯饶有兴味地书写着这个父亲的劫难：苏联士兵进入我们藏身的地窖，马策拉特手里的纳粹党徽却无处可藏。于是 ，他在情急之下，只得把这枚象征的党徽塞进嘴里，“马策拉特想摆脱它，作为厨师和殖民地商品店的装饰师，他的想象力经常证明是切实可行的，可此刻，除了他的口腔之外，他再也找不出第二个藏匿处来了。”后果是，他“被这块难咽的水果梗住了，脸涨红了，两眼圆睁，咳嗽，又是哭又是笑”，“这一点伊凡们可不能容忍。”——其中一个，抱着“我”在旁边冷静观察的士兵对着他，“在马策拉特被梗死之前开了枪。”另一个父亲，扬·布朗斯基，同样也是我们生活中所常见的那类人，多少有些文艺，软弱怯懦，喜欢知识，对生活之外的事物小有幻想。在“邮局保卫战”中，他始终缺乏参与，甚至缺乏参与感，但还是为此最终丢掉了性命。《某处之后》中，米兰·昆德拉在总结“卡夫卡式”这一话题时强调，处于荒诞剧中的人物“知道他的故事是喜剧性的却没什么安慰”。他陷入了他自己生活的玩笑之中，就像一条鱼落进鱼缸里一样，他并不觉得这有什么好玩。的确，玩笑只有当你是外在于鱼缸时才成其为玩笑。知道自己荒谬处境的马策拉特和扬·布朗斯基都笑不出来，他们甚至会由此进入到“喜剧的恐惧”中。两个父亲，复数的父亲，有着不同的侧面和特点……正是君特·格拉斯的启示，让我找到了《镜子里的父亲》的写作通道：他将被数量众多的镜子一一展现，每面镜子可以是不同的时期，不同的侧面，不同的色调，并且最终汇成交响的合声。“要知道，有那么多的故事要讲，太多了，这么多的生命、事件、奇迹、地方、谣言交织在一起，一些稀奇古怪的事件和尘世间常见的东西紧密地混杂在一起，要知道，记忆从来都是混乱的、繁杂的、多重的，它们相互纠缠，时有粘接时有断开，有时沉在水底有时又浮出水面。即使浮出水面，它们也和另外的一些事、物相混杂——现实的、过去的、虚构的、想象的、误解的、不经意修改过的或者故意修改过的，表面的、不溶于水的、比水要轻的，有吸附性的、染有颜色的……真的是剪不断，理还乱。所以需要一个支点，就像找到一团毛线藏在里面的线头儿，以便我开始叙述——他，我的父亲。”

“米歇尔孤独一人。说真的，他一直是孤独的。”伟大的玛格丽特·尤瑟纳尔这样开篇，写下父亲，并将这部书写父亲和孤独的书定名为《何谓永恒》。小说写下米歇尔的一生：童年和少年，那时“他父亲好像被一个既不爱丈夫也不爱丈夫的儿子的母亲藏在了什么地方”，接下来是他的成年，先后的两位夫人，和英国情妇的爱情，包括他经历的情欲和荒唐，努力和奋争，经济衰败，战争，直到……21 万字，尤瑟纳尔始终保持着平静凝滞的语速，那样娓娓，回旋，经得起回味和追问。尽管遭遇了二战，米歇尔的经历并无特别的起伏，他经历的也就是多数法国人经历的，尤瑟纳尔无意在“故事”上着力，她醉心于探寻，探寻“何谓永恒”，在人的生存中哪些值得而哪些又显得荒谬，轻质，而这些轻质当中是否依然包含着“永恒”的因子……玛格丽特·尤瑟纳尔不提供准确答案，她写下的，远比任何答案都丰富复杂，引人省思。这部文字未能完成。剧烈的头痛病阻碍了写作的进度，让它缓慢，让它凝滞，直到突发的脑血管病将尤瑟纳尔与她的写作永远分开。说实话我并不喜欢这个“父亲”，但我喜欢尤瑟纳尔的文字，喜欢她在这个父亲的故事里埋下的那些。何谓永恒？她写下的这个个人，和我们的众人那么相像，和我的父亲，和我那么相像。她写下的不是事件，而是内心和骨骼。玛格丽特·尤瑟纳尔一向如此，如果你读过她的《安娜姐姐》《默默无闻的人》和《苦炼》的话。

耽于理想，这份理想对毕司沃斯先生来说，就是建造一座属于自己的房子。这是种象征，是毕司沃斯对于独立和身份的追求的具体体现。奈保尔以自己的父亲为基本原型，塑造了这样一个父亲，这个“父亲”身上涌动着和他父亲一样颜色的血。这个父亲其实也是众人，他们对现实对环境时常怀有不满，可又总得过且过，不思改变。他们心底有份理想，然而又一向眼高手低，力不能及。具体到毕司沃斯先生那里，具体到，他对房子的建造上——当然是挫败连连，在和具体事务的交道上这位父亲显得笨拙，无能，容易受骗。他所看中的，总是远远超过他钱袋允许的支付能力，而所有的付出都要经受一次次失败，摧毁。终于，他建造起了第一座房子，这栋房子被甘蔗种植园的劳工纵火烧掉；他建造了第二座房子，这一次，它依然未能逃过灾难的火焰，只不过，这次纵火的是他自己，虽然完全无意。《毕司沃斯先生的房子》中，房子的建造和摧毁属于作家们的惯常魔法，饶舌的奈保尔更着力的是“父亲”和“理想”之间的关系，所谓的理想为“父亲”究竟注入了什么？面对现实，这份理想如何安置才更为恰应？如果它屡遭挫败，我们能不能将它从生命中挤走，就像挤破生在脸上的痘痘？在阅读《毕司沃斯先生的房子》之前，我就猜中了毕司沃斯先生的命运走向，它不是我关注的重点。我更关注于理想和对理想的实践，更关注于，它，会不会被“父亲”强力地传承下去，试图成为儿子必须的负载？

成为儿子必须的负载：它屡见，不鲜。没有考取大学的父亲希望儿子进入大学学业有成，贫苦一生的父亲希望儿子成为骄傲的富翁，没落的贵族希望自己的儿子……“父亲”和“理想”粘接在一起有时会呈现出一种奇怪的模样，那种重压往往造成——还是举例说明吧，我要说的例子是卡尔维诺，《树上的男爵》。作为反叛的长子，柯西莫远离了父亲的“规束”和理想设计，因为一次无谓的争吵他竟然斗气选择到树上生活，并且从此真的再没有踏回地面。这个“一生生活在树上，始终热爱着大地”的男爵，在树上风着雨着霜着雪着，梦想着，痛苦着，热爱着，并且一次次发挥着自己的才能……小说中，十四章，有一段父子间的对话，它发生于柯西莫展示了自己的组织才能和领导力，扑灭几次森林火灾之后，那时，这个“父亲”已经开始衰老。书中说，当这个父亲听到柯西莫的事迹时“沉默不语，只摇摇头，别人不明白关于那个儿子的每条消息使他感到痛苦，还是他在表示赞许，或许他被奉承话打动了心，只期待着能够重新把希望寄托于他身上”——“我听说你为镇上谋利益。”“我心里想的是保卫我所居住的森林，父亲大人。”“你知道有一段森林是我们的家产，是从你那可怜的已故祖母艾丽莎白塔那里继承下来的吗？”“知道，父亲大人……正是作为森林所有者家庭的成员，我要联合一切有关人士去保护这些森林。”“对。有人告诉我这是一个面包师、菜贩子和马蹄铁匠的联合会。”“也是，父亲大人。包括一切职业，当然都是些规规矩矩的行业。”“你知道，你是有可能以公爵的头衔去指挥下属的贵族吗？”“我知道当我比他人有更多的主意时，我把这些主意贡献给他人。如果他们接收了，这就是指挥。”……这些貌似简单的话语里含义深刻，它，其实在暗示两种观点间的对抗与互融，暗示一种新理念的生成，暗示两代人之间对身份、理想、责任在认知上的不同。后来，叹过气后，经历了凝神沉思之后，父亲还是将具有象征意味的宝剑授予了自己的儿子：“你希望自己配得上你拥有的姓氏和爵位吗？”“我将尽一切努力以更配得上人这个称号，我将具备他的一切品质。”

“配得上”，当然是个高标准，是对自己行为、道德、品行的有意约范，而在父亲和儿子那里，指向却有着相当的不同。父亲要柯西莫向家族荣耀宣誓，而柯西莫在意的却是更有宽泛度的“人”，人性，个人的现代性，自由，和他者、和世界的应有关系……卡尔维诺这部容纳着理想、梦想和幻想的书让我深深着迷，我把生活在树上的柯西莫男爵看作是我，把那个书写者，柯西莫的弟弟看作是我，于是他们的父亲也便是我的“父亲”，那些话，是他对我说的。所以其中有着百感交集。多数时候，我觉得柯西莫的回答就是我的回答，我无法找到更精彩的、同时又表达真实内心的另外说法。

父亲，父亲们——卡夫卡还曾写下另一个父亲，“依然是个巨人”，这个父亲最终对自己的儿子发出判决：“我现在就判你溺死！”判决自动生效，那个儿子未给自己留下半丝试图的反抗，他选择遵从，跳进了河流。《我弥留之际》中，福克纳写下这样一个父亲，本德伦，他遵守对亡妻的承诺将她的遗体运回家乡安葬——一段极为艰难、挫折的“苦难历程”之后，大儿子卡什失去了一条腿，二儿子达尔进入了疯人院，三儿子朱厄尔失去了心爱的马，小儿子瓦达曼心愿成空，女儿没能成功堕胎却遭受了奸污……可这个父亲，独立配上了假牙，娶回了新太太；《午夜之子》中，那个叫阿吉兹的父亲遭遇到装在瓶中的魔鬼，狡猾的魔鬼经常以“酒”的面目出现。于是，经历挫败、丧失信心的父亲一次次被瓶中魔鬼击败，他在书中日渐显得倦怠，木然，无精打采。我还曾注意到：《父亲是个兵》，《父亲进城》，注意到王小波小说中的“父亲”，《百年孤独》中那个具有创世意味的“父亲”…… 父亲，我们在父亲那里获得遗传，获得对这个世界的基本看法。同时，在文章最后，我也必须悄悄承认，我的写作，尤其是对“父亲”的写作，在这些作品当中获益甚多。《镜子里的父亲》，我甚至部分地直接拿来，镶嵌于自己的文字中——

在文学中出现的时间

不太知名的美国作家安布罗斯·比尔斯写过一篇奇妙的小说,《鹰溪桥上》。故事的背景是南北战争,一名叫贝顿·法夸的种植业主被当作间谍抓了起来,吊在鹰溪桥上高悬的枕木上。迎接他的将是死亡,小说中说,灰眼珠的中士正举着枪,已经瞄准了他,只等上尉的命令了。

安布罗斯·比尔斯不给种植业主和阅读者以某种的幻想,上尉准时发布了枪决的命令,中士也准时开了枪,他们都不存在丝毫的犹豫——然而,略有些心不在焉的中士犯了一个错误:他竟然在如此近的距离也未能打中那个种植业主,而是神使鬼差,击中了套在种植业主脖子上的绳索。这个人,从高高的桥上掉了下去。小说说,他从桥上坠下去时,他已经没有知觉了，仿佛死了一般。过了很长时间，他才被喉咙口的一阵剧痛从毫无知觉的状态中惊醒过来，紧接着是一阵窒息感。阵阵疼痛从他的脖颈开始，一直延伸到四肢以及身体的每一个细胞。一时间，他周围的亮光猛地冲击过来，紧接着是水花溅起的声音——“他知道，自己已掉入河中，因为绳子断了。”小说不厌其烦地介绍他如何恐惧，如何挣扎，如何下潜，挣脱仍然绑着他手臂的绳索，躲避子弹和士兵们的追赶；介绍他身边的水流，石头，岸上的树，树上的树叶，树叶上的露水，露水边上的小虫子……等他从水下再次露出头来的时候，小说说，他不知道究竟过了多长时间。反正很漫长。漫长得让他自己都不相信，自己竟然有这样好的水性。而一露头，士兵还是发现了，他们不光是用步枪、手枪射击，甚至动用了大炮。那个人心想，完了，自己怎么也躲不过去了——就在这时，奇迹出现，或者说，在他看来是个奇迹：他的身体被一个漩涡冲走，在里面旋转着，等被这个漩涡抛出来，他已经到了对岸。对岸有一片树林。于是，这个人，借着一个斜坡的掩护，逃入了树林。子弹的声音也小了下去。他在树林里走着，走了几乎整整一天，到凌晨的时候才回到了家。他的妻子一见他回来当然异常高兴，而在经过了几乎是死别的那个人看来，自己的妻子也有着自己从来没有发现过的美，也就是这时，他才知道自己是多么地爱她，多么地牵挂她，家，是多么地温暖。就在他张开双臂，朝妻子奔去正要抱住她的时候，突然感觉，脖子根那里遭受了重重一击，一道耀眼的白光在他的四周闪耀，紧接着是一声巨响，仿佛是大炮的轰鸣。忽然之间，一切又都归于沉寂，消失在夜色中！小说说，那个人，贝顿·法夸离开了人世。他的尸体以及那个折断了的脖子，在鹰溪桥的枕木下缓缓地飘来荡去。

……读到这里我们才开始恍然大悟：所谓的逃跑是根本不存在的，灰眼珠的中士枪法很准。种植业主的逃跑，完全是他在临终之前的想象，这个想象所占用的时间，我们说的“物理时间”，我想大约一秒或者不到一秒。读到这里，故事骤然变得震撼。

在不到一秒的物理时间里，可供小说家发掘和展示的机会是极为有限的。但我们应当清楚，“一个作家应集讲故事的人、教育家和魔法师于一身，而魔法师是最重要的因素。”“大作家终归是大魔法师。”（纳博科夫《文学讲稿》）——在这里，作家安布罗斯·比尔斯施展了作家的天赋魔法，他，“创造”了另一向度的时间，这一时间与物理时间平行，但长度却是不一样的。这篇让人讶异的、深省的小说有两个时间，而具有魔法性的另一或可称为“心理时间”的时间完成了对小说的拯救，使它优秀起来。也正是在这个时间里，种植业主才活了很久，很久，才有了那么多的挣扎，有了那么多的“故事”，才有了回家和重新发现的妻子的美，生活的美。

而且，这个时间也不是线性的，它有缠绕，有回旋，甚至有折叠——毫无疑问，它属于魔法，作家的魔法，这一条时间，只有在文学里可以如此实现。

“呵，初到罗马来寻觅罗马的人
你会发现在罗马找寻不到能够被称为罗马的东西
那些断垣残壁，遗址上旧宫殿荒芜着的丘台
‘罗马’这个名称仅在它们的院墙内才有保留。

瞧一瞧，那些兴衰荣辱是如何发生的吧！
她，曾令世界都臣伏于她的法令之下，
征服过一切，而今却被征服
因为她是时间的牺牲品，而时间，则荡尽了一切。

罗马是罗马最后的纪念碑
罗马只征服了罗马这一座城市
急速奔向大海的底波尔河是罗马此刻唯一的遗迹
呵，世界！你所上演的那幕变幻无常的笑剧！
那些在时间的击打之下能够站稳的
它们，比倏忽的时间消逝得更快。”

《罗马》。庞德。在他所有的诗作中，我把它放在一个较高的位置，远远高于他过于显赫的《地铁车站》。它围绕着时间，言说的，不仅仅是一个罗马，在这里的“罗马”应是一个具有隐喻性质的复数。在时间中，在时间的流淌中，那些貌似的坚固终会被荡尽，留下的，也许仅仅是被称之为“遗迹”的部分，而它们也最终将成为历史，归于尘土。荣光，功绩，威严，权力，帝国和梦想，在时间面前多少呈现出某种的悖异性质，某种的无力感：“那些在时间的击打之下能够站稳的／它们，比倏忽的时间消逝得更快。”

围绕着时间，对时间的感吁一直是文学（尤其是诗歌）的一个常见命题，时间是审美，是感是悟，是哲学，生存态度，是某些事物呈现其性质的背景性底色。站在时间面前，“念天地之悠悠，独怆然而涕下”构成了普遍的共鸣。

歌德对时间呼吁：“请停一停！你是多么美丽。”……呼吁过时间停留的绝非仅有歌德一人，绝不止一人，佐证我的至少有一位叫拉马丁的诗人，《湖》中：“然而我徒然祈请也难延片刻时间，／光阴正在背着我而逃跑；／我对这夜说，‘慢点！’而那晨曦的光线／马上就要驱散这金子般的良宵。”“光阴就在某些东西已离我远去的时候消失。”——它来自布瓦洛，获得了诗人博尔赫斯的赞叹，博尔赫斯所赞叹的，是诗句中的时间感。他还极为赞赏丁尼生的诗句，在那里，博尔赫斯称它为“美丽的诗”，并且谈及自己的认知：

“他最初写下的诗作中有这样一句：光阴在子夜流逝。那是一个极富诗意的观念：当大家都在酣睡时，光阴像静悄悄的河流——这是个最恰当不过的比喻——在田间，在地窖，在空间流逝，在星辰之间流逝。”我把崔护的《题都城南庄》看作是针对时间发言的：去年今日此门中，人面桃花相映红。人面不知何处去，桃花依旧笑春风——在这里，去年和今年有着诸多的貌似，然而难以忽略的，是一个人的“离去”。她被时间所带走。当我重回，这里的美也因此缺少了一半儿，或者不止一半儿；她的走，让我倍感空旷和孤独，让我心里生出的呵护无从着力。平静的叙述在时间的映照之下彰显了力量，它慢慢，渗了出来。李煜，在亡国之后的所有诗歌，都可看做是对旧时光的吟叹，他说“梦里不知身是客”，他说“流水落花春去也”，他说“恰似一江春水向东流”……

张若虚的《春江花月夜》无疑也是一首时间之诗，它最为迷人的地方就在对时间、对永恒和流逝的咏叹中：“江天一色无纤尘，皎皎空中孤月轮。江畔何人初见月？江月何年初照人？人生代代无穷已，江月年年只相似。不知江月待何人，但见长江送流水。白云一片去悠悠，青枫浦上不胜愁……”江水永恒，江月不待。在江月照映之下的人和人生，则显现着一种匆匆过客的性质。愁和愁思，也由此而来，由此加重。

……时间，在柏格森看来是形而上学的首要问题，如果这个问题得以解决，那一切都可能迎刃而解——事实上，对于写作来说，尤其对于小说来说，时间问题也是一大核心，它严重地影响着叙事，影响着叙事的方法。众多的文字，都建立在对时间的结构或解构上。在文学中，时间往往就是叙事逻辑，对它的掌控考验着作家的叙述策略也考验着作家的叙述能力。

……………

纳撒尼尔·霍桑为我们叙述过一个关于时间的故事，《韦克菲尔德》。在那则故事中，霍桑说在一张报纸上看到，一个平静，自负，喜欢不近情理的神秘和有着种种奇怪性格的英国男人——韦克菲尔德，在某一年10月份的某个傍晚，借口去干一件什么事，然后毫无理由地离开了自己的妻子。是的，毫无理由，在霍桑的这个故事中没有外遇，情人和第三者，他的出走全部原因几乎就是，离开一星期，让他的妻子不安或受到惊吓。我想他离开的原因也许是想给自己平静而平淡的生活增添些什么。他在与自己家距离很近的一个地方住了下来，隐姓埋名，这一隐姓埋名一直坚持了二十年。在那漫长的二十年里，他每天都经过自己的家门口，从拐角处向自己的家的方向张望，就是不走回去。这样在几年后，他变成了另一个人，他自己也不知道，自己发生了什么样的变化。他改变了生活的习惯，搞了一个红色的假发套，重新建立了自己的生活。让他恼火的是，他觉得自己的离家出走并没有严重地打乱和影响自己太太的生活。他决定等到能吓她一跳的时候再出现。他想“我过几天就一定回去”，然而一晃就是二十年。在这二十年里，人们都以认为韦克菲尔德已经死了，他的妻子也认为他已经死了，对他的生还已不报任何希望。然而，他最终却突然打开了自家房门，走进去——看上去，韦克菲尔德是那样若无其事，仿佛他只是离开家几个小时。

可是，在回到家中几个小时后，他就去世了。在他妻子对他的突然归来仍然感到陌生的时候，韦克菲尔德再次离开了他的妻子，这次，是永别。

离家二十年的韦克菲尔德用这二十年的时间走完了他的一生，这二十年，是每一天和每一天的叠加。在这二十年里，韦克菲尔德在妻子那里的印象慢慢被冲淡，与此同时，妻子所留下的印象也变得模糊。韦克菲尔德用二十年的时间使夫妻之间原本应当相互交织、相互融和的关系变得“不介入”，两个人在二十年后可以说已经是陌生人。他们的习惯和记忆都已出现了不同。这种分开在我看来，实际具有某种程度的隐喻色彩。它可能隐喻，一种爱情的开始然后来到婚姻，两个人之间的爱随着时间的消磨变得淡然，成为一种责任，不得不在这个时候，两个人都隐藏和保持了自己的内心，就如同各自在别处生活一样，同床异梦出现了。二十年的时间，韦克菲尔德渐渐地走向了死亡。其实先于身体死去的可能是他的心灵，在他那里，爱情无论是不是曾经有过，反正此时，它几乎和韦克菲尔德先生与他的妻子毫无关联，妻子在他偶然的注意中变得陌生。我们可以注意到，韦克菲尔德的离开似乎对他的妻子并无太大的影响——这种“不影响”是在向我们昭示什么呢?

离开妻子的韦克菲尔德一天一天地过完了他的二十年，也就是生命中最后的光阴。可这二十年，对于一个人，对于时间而言，就如同是，刚刚的几个小时。韦克菲尔德在一种冷漠和不介入中很快地就用完了它。

时间，使霍桑的这篇小说在掩卷的时候，成为了一声叹息。毫无疑问这不是一个“常在”的故事，它与我们的日常发生小有区别，如果不是小说，我们很难想象会有如此的发生——一个人，用二十年的时间离开却不离远是多么地让人匪夷所思！可在小说中它获得了允许，它，也让我们思考。让我们思考人与人的关系，思考夫妻之间经历着日常却缓缓增厚的“陌生”。

从某种意义上讲，作家应当是人类的神经末梢。他的笔触，应伸向人的沉默的幽暗区域。纳撒尼尔·霍桑的这篇小说透过时间，向我们指认我们貌似平常平静的生活中会有怎样的发生。作为隐喻，韦克菲尔德的身上也许携带着我们的影子。

“我又回到时间里来了，听见表在嘀嗒嘀嗒地响。这表是爷爷留下来的，父亲给我的时候，他说，昆丁，这只表是一切希望与欲望的陵墓，我现在把它交给你；你靠了它，很容易掌握证明所有人类经验都是谬误的 reductoabsurdum（归谬法），这些人类的所有经验对你祖父或曾祖父不见得有用，对你个人也未必有用。我把表给你，不是要让你记住时间，而是让你可以偶尔忘掉时间，不把心力全部用在征服时间上面。因为时间反正是征服不了的，他说。甚至根本没有人跟时间较量过。这个战场不过向人显示了他自己的愚蠢与失望，而胜利，也仅仅是哲人与傻子的一种幻想而已……”《喧哗与骚动》，威廉·福克纳直接借用人物昆丁之口说出对于时间的某类理解，时间和它具象的代表（手表）映衬着昆丁生存，和这份生存中的苍白、不幸与虚无。

让·保尔·萨特谈到，《喧哗与骚动》里的时间是“现在”，全都是“现在”：“这样出现的时间，是现在。这个现在不是在过去和未来之间乖乖地就位并成为两者的理想界线的那个时间：福克纳的现在本质上是灾难性的；它像贼一样逼近我们的事件，怪异而不可思议，——它来到我们跟前又消失了。从这个现在再往前，什么也没有了，因为未来是不存在的。现在从不知什么地方冒出来，它赶走另一个现在；这是一个不断重新计算的总数。‘还有……还有……再还有……’福克纳像多斯·帕索斯一样把他的叙述当做演算加法，不过他做得要巧妙得多。”确是如此，福克纳创造性地使小说中的时间都以“现在”的面目出现，尽管我们明确故事的发生发展其实依然有一个时间的延脉关系；但在故事中（尤其是班吉的那一章）所有事件都如同正在发生的那样，福克纳有意取消了事件延脉的线和不得不带出的“回忆性”。这本是文学的一个崭新的创举，有巨大难度也有强烈个人面目的创举，可惜的是它未曾在之后的文学写作中获得更好的继承与延续。有时，我们可能会发出感叹，文学中的许多创举都只有个人的胚芽，它本来指向了新的可能，但在一个相对漫长的历史中另外的作家们却没有谁将这个胚芽移植到自己的文字中并让它生长成树的样子或者开出花来。这，多少有些遗憾。

柏拉图说，时间是永恒的活动形象；普罗提诺认为，有三个时间，这三个时间都是“现在”，它们分别是过去的现在、正在发生的现在和未来的现在，而詹姆斯·布拉德利则固执地认为所谓的三个时间都是“未来”，“未来”流经我们成为过去的未来、正好流淌至此的未来和将要到来的未来。当然，关于时间，我想我们自然无法绕过赫拉克利特著名的论断：“一个人不能两次踏过同一条河流。”

“经过埃德文·P·哈勃对银河系偏远速度的初步运算，可以确定整个宇宙物质在开始向太空扩展之前曾经集中于一点。造成宇宙之始的大爆炸发生在约一百五十亿到二百亿年前。”在大爆炸理论中，宇宙物质向外扩张的那时刻也是时间开始它线性运转的初始……意大利作家卡尔维诺在他让人着迷的《宇宙奇趣》中，用文学的而且只能是文学的方式向我们描绘着那一时刻的发生：当时，“一切都集中在一个点上。”集中在这一个点上的是一切，包括空间也包括时间，包括“我们”所有的“人”，包括后来构成天文的、地理的、化学的全部物质，包括“一根横穿全点的绳子。”用来晾内衣。当然，仅仅描述“这一点”的拥挤并不是卡尔维诺满足的，他还需要更多的魔法施展：就在“这一点”上，有人不公正地把 Z·zu 一家称为“移民”，某些庸俗的、狭隘的观念在最原始的状态下就已存在，后来在大爆炸发生之后，我们再次相遇时还会触及当时的那些口角、恶行和愤慨。打扫卫生的女人无事可做不断用闲言碎语和呜咽啼哭来发泄自己……但，有一个叫 Ph(i)NK 夫人的人却是我们所有人的怀念。“我很清楚，在稀薄化到了极端之后，宇宙又重新稠密化，因而还要轮到我们再度团聚的理论难以令人信服。可是我们中间不少人还是指望着它的实现，不断为我们再度团聚于那点而制定规划方案……”阅读中，我们知道重归于一点的期待更多的是对 Ph(i)NK 夫人重新出现的期待，而这位夫人之所以被怀念，“从她那里来的是幸福，是那种把我缩成一点藏身于她、把她缩成我身上的一点而保护她的幸福感，是一种冥想（把所有的人都缩成点附身于她），是一种对她纯贞的崇敬（因为缩成点的她是不可渗透的）。”小说说，Ph(i)NK夫人对我们说，“如果要有点地方，我一定给你们做鸡蛋面条吃！”而就在她说着这句话的同时，宇宙空间开始形成：“她和我们所在的那个点突然膨胀起来，成了有一光年、百光年、十亿光年的距离的大光环，而我们都被甩到了宇宙的四面八方，她却不知受哪种光热能量的作用被分解了。她在我们这个封闭的世俗世界中能够发出的第一声慷慨的呼唤就是‘我要让你们吃鸡蛋面条……’”时间，是卡尔维诺《宇宙奇趣》思考和想象的原点，而这一节略略地侧重于空间，但这个“一切都集中在一个点上”也是包括时间的，它凝滞，集中，不动。

对时间言说，我还可找到博尔赫斯的《秘密的奇迹》，它和安布罗斯·比尔斯的《鹰溪桥上》有着异曲同工之妙。两个时间，我先说物理的时间，在这个物理时间里的发生：1939年，布拉格一个叫哈罗米尔·拉迪克的作家被捕，起因是一封告发信，他是犹太人，当然他的研究也属于犹太学问。当局很快下达了命令要处死他，时间定在他被捕之后的二十几日。这个拉迪克先是恐惧，沮丧，后来它们在等待中变轻，拉迪克想到自己还有一项重要的工作，那就是完成那部正在写作的诗剧《敌人们》。可完成它，短短的二十几日是不够的，何况，他在恐惧和沮丧中已经度过了不少的日子。这当然更让他沮丧。时间一天天过去，很快，行刑的时间到了，行刑队前，拉迪克面对黑洞洞的枪口，感觉有一滴粗大的雨珠缓缓降下来——上士发出了口令。和鹰溪桥上的发生一样，枪响了。这里的枪口更多，子弹更多。

这时另一个时间出现了，拉迪克回到了一年前，而他完成《敌人们》这部诗剧，恰还需要一年的时间。于是，他专心工作，反复地书写，直到把这部在他看来完整完美的诗剧完成，找到最后一个决定性的形容词。我想我们还记得“一年前”那滴粗大的雨珠——现在，它顺着原来的时间，又滴下来了，从拉迪克的面前。小说说，“行刑队的方阵开了排枪，把他打倒。”小说说，他死于一年前，和当局所要求的时间仅差了两分钟。

返回到《喧哗与骚动》，出于对时间的抵制（更多的是，对生活里那些发生的抵制。），昆丁弄坏了父亲给他的手表。但这是无济于事的，这种方式无法取消时间，它还在，走着流着，那些纠缠的记忆，那些不幸和虚无感并未因此有半分的减轻。或许，制止住时间的只有死亡，对一个生命来说——小说中，昆丁选择了自杀。但这一制止仅针对于自己，对于昆丁的家人，对于班吉、凯蒂来说，时间还在，记忆还在，不幸和生活还在，而且因为一个亲人的死亡它们变得更加……

……………………………

面对时间，圣奥古斯丁奇妙地宣称，上帝不是在时间之中，而是和时间一起创造了天和地。其佐证当然是《圣经·创世纪》。世界在成为世界的开始之时也是时间的开始，从那刻起，时间开始了它物理的线性运转，有了过去、现在和未来……

“好的作家终归是大魔法师。”在我看来，作家在时间之中，而他们的创造却可以获得某种的特权或魔法，而和上帝一样“在时间之外”。文学创作，允许在这条物理性的时间之线的外面建立属于自己的时间轴，就像安布罗斯·比尔斯、豪·路·博尔赫斯们所做的那样。我们说文学是一项幻想的事业，是对逝去光阴的追忆、思考和倾诉，是对现实的思考和发言，是一种具有智力深度的游戏。在文学中出现的时间可以不等同于物理和哲学意义上的时间，尽管它是以物理和哲学上的时间为基础的，它，可以有它自己的方式和质地。它被允许着，并且被赋予新奇。米兰·昆德拉曾固执地重复：小说必须做出自己的提供，发现是小说唯一的道德。在文学中的时间同样也适用于这一点，时间，往往在不同的作家，不同的作品那里呈现出种种的不同，可以说，每一篇具有独立意义的小说，同样是对时间的再一次“发现”。

事实上，所有的写作都是“回望式”的，作家们会在写作开始之前事先地确定一个“故事已经结束”的现在，然后回头来书写“这个故事”。再开放的、再具有未来感的小说也均是如此，那些貌似书写未来的、人类尚未发生的故事的小说也是如此。一般而言，作家们会最先确定“终点”而不是最先确定“起点”，虽然小说呈现的样子往往是从起点开始——确定这个终点，时间的终点，可以让作家们更有余力地把控故事的走向和起伏，而不是完全地信马由缰，让故事一路无目的地奔跑下去。当然，作家们确定的故事已经结束的“现在”不是小说中所呈现的“现在”，它会比小说呈现的“现在”要晚一些，许多时候它是潜在的，似乎并不影响到小说。不过，这个作家预设的“现在”始终在着。

在时间、记忆或虚构的记忆中截取，选择一个有起伏、有深意的节点开始叙述，像茨威格《一个女人一生中的二十四小时》，像普鲁斯特《追忆似水年华》，像杰罗姆·大卫·塞林格《麦田守望者》，像杜拉斯《抵挡太平洋的大坝》，像福克纳《我弥留之际》，像大多数的小说；和时间一起生长，讲述命运的可能和命运背后，像卡尔维诺《树上的男爵》，玛格丽特·尤瑟纳尔《默默无闻的人》，拉什迪《午夜的孩子》，奈保尔《毕司沃斯先生的房子》……《百年孤独》中，从“许多年之后，面对行刑队，奥雷良诺·布恩地亚上校将会回想起，他父亲带他去见识冰块的那个遥远的下午。那时的马贡多是一个有二十户人家的村落，用泥巴和芦苇盖的房屋就排列在一条河边，清澈的河水急急地流过，河心那些光滑，洁白的巨石，宛若史前动物们留下的巨大的蛋”开始，时间就摆脱了它的线性，现实和记忆以及它可能的未来如同变幻的魔方，被熟稔的马尔克斯掌握在手上。这部讲述“一个缔造者以及他们兴衰的《圣经》般的故事，一部有关人类保存或毁坏自己的渊源和命运，以及梦想和愿望的历史”（卡洛斯·富恩特斯语）的小说，赋予时间以魔法，而其讲述方法也由此而变，变得可以随意截取、随意割舍、随意穿插，新奇而富有魅力。

时间可以骤然加快它的步伐，在文学的叙述中我们完全可以省略，“别管又过了多少时间。”——一位公主遭到了女巫的诅咒，她沉睡下去，这一睡就是一百年。一百年后，英俊潇洒的王子在仙女的指引下，遇见了沉睡着的公主，并对她一见钟情。在爱情力量的帮助下，他以神圣的一吻唤醒艾罗拉的沉睡——这一百年，在夏尔·贝洛的《睡美人》中仅占几行。卡尔维诺的《宇宙奇趣》中，他试图将整个宇宙的历史都减缩于他简短的叙事里面，所以那里的时间极为迅捷，部分章节，其最小的刻度几乎也是千年万年。不只是童话和具有童话色彩的故事才能这样——一本用文学方式讲述人类历史特别是德国历史的书，《比目鱼》，君特·格拉斯著——在《比目鱼》中，具有强大魔力的那条比目鱼其生命长度远远大于德国历史，它从干预厨房里的政治开始，从远古到中世纪，到革命，到20世纪……《秘密的奇迹》中，博尔赫斯在题记中引用了《古兰经》中的一段话，那段关于时间的书写简直是最为完美的诗："故真主使他在死亡的状态下逗留了一百年，然后使他复活。他说：'你逗留了多久？'他说：'我逗留了一日，或者不到一日。'"

在文学中，时间还可以慢下来，变得凝滞，粘稠，甚至弯曲……像电影里的慢镜头，它可以细细向我们展示子弹穿透玻璃的那个瞬间以及这一凝滞瞬间所带有的特殊震撼，让我们回味，品啜。《情人》（玛格丽特·杜拉斯）、《追忆逝水年华》（普鲁斯特）中的时间是凝滞的，它们的文字粘着有粘性的情绪流动极慢。慢下来的还有《梁山伯与祝英台》，在越剧中它被分成八个段落，而"十八相送"那段明显慢于其他叙事节奏，井台前唱一段，对着庙里的神像唱一段，对着游动的鹅唱一段，其情感在近乎的重复中渐进和叠加，而那个顽冥的人就是蒙在鼓里……奇特而浩瀚的《尤利西斯》里，都柏林的一天，乔伊斯让时间凝滞成叶片上的露珠，它几乎是以我们的肉眼所无法看清的速度缓缓落下。在乔伊斯那里，他努力使 "飞失不动"，将人的"存在"被放置在一面显微镜下观察，把时间在细分中变得如同细胞核一样大小：这种更细，反而使人和人之间的区别变得模糊起来，那种所谓的“自我”和“个性”和命运的偶然因由这个细化显得可疑，无效。它会引发真切的追问和思考。

有人说，时间之所以呈现物理的线性是因为天主教的普及，时间以线性发展最初源自天主教教义，慢慢地，它被普遍接受；慢慢地，它成为了常识。本来，对于时间，还有非常不同的解释，譬如轮回。古希腊的哲学中有轮回，他们认定在经历诸多时光之后，此日的情境会重新出现；而时间轮回在东方则是一种相对普遍的接受。在这一时间观念之下，莫言的《生死疲劳》，得以让西门闹一次次转世，为驴为牛为猪为狗……有两条（或以上）并行的时间，这些时间在某些点上可以交叉，但其长度很是不同：在中国最普遍的故事就是，某人上山学道或者砍柴，遇到道士，他们或正在修行或正在下棋。那个某人，因为吸引而停下来，或者参与或者旁观（这无所谓），而等他下山回到原来的地点时，却发现，自以为不过一日或者三两日的离开，而山下的时光已经过了许多的年头，更甚者，是自己的妻子已经苍老，而这个某人还是青年。

可以存身于时间之外，可以让人或物得以永生（博尔赫斯有篇小说写下的就是《不死的人》，在那里，永生变成了一种最为厌烦的苦恼。），可以让时间变快或者变慢，可以轮回甚至可以让时间倒流（卡彭铁尔《回归种子》），可以让死者讲述（胡安·鲁尔福的小说《佩德罗·巴拉莫》，迈克·弗雷恩的戏剧《哥本哈根》，潘军的小说《重瞳》）也可以让某个人“出生入死”（但丁《神曲》，《西游记》中孙悟空大闹地府的情节。），可以在这条时间轴外建立另一条随意长短的时间轴，甚至可以如此呼喊：“时间，停住！”——在文学中，时间真的可以停留下来，就像法国作家夏尔·贝洛在《睡美人》中所做的那样：“甚至插满山鹑和野鸡的扦子，也睡着了，连炉火都睡着了。这只是一瞬间的事。”连炉火也睡着了，多么奇妙的想象！多么奇妙的魔法，这魔法，本应归属于上帝。

我当然无意对谁的上帝进行冒犯；我只是在陈述事实，在文学中时间得以变化的事实；我只是说，或者再一次说，凡墙皆是门，对一个作家来说，只要他有足够的能力，他就可以使用魔法，从林立的旧规则中“穿墙而过”。即使，他要面对的，是时间，文学中出现的时间。

“写作的艺术首先应将这个世界视为潜在的小说来观察，不然这门艺术就成了无所作为的行当。我们这个世界上的材料当然是很真实的（只要现实存在），但却根本不是一般所公认的整体，而是一摊杂乱无章的东西。作家对这摊杂乱无章的东西大喝一声：“开始！”霎时只见整个世界开始发光、熔化，又重新组合，不仅是外表，就连每一粒原子都经过了重新组合。作家是第一个为这个奇妙的天地绘制地图的人，其间的一草一木都得由他定名……”（纳博科夫《小

说讲稿》)

……………………

某年，一个女郎来到某一个酒店。她之所以来此，是准备和未婚夫度蜜月。然而意外发生了：一个自称和她熟识的陌生男人遇到了她，男人对她说，他们两人曾是一对非常亲密的恋人，就是去年，他们在马里安巴怎样怎样。开始女人当然给予否认，她认为这是一种莫名的、毫无道理的纠缠：我不认识你；我也从未去过马里安巴，甚至，我也从未听说过这个地名。男人就说，怎么会？我们很亲密啊，我怎么样，你又怎么样，你怎么会忘记呢？……两个人使用着不同的记忆体系。后来怎样？后来两个人的叙述出现了重合，这种重合当然不是女人记忆了什么，而是，男人的叙述太逼真了，这让女人也不得不怀疑：我是不是真的去过那个地方？再后来，两个人发生了性关系；再后来，女人离开了她的未婚夫，和这个她一无所知的“陌生”男人私奔了。

时间。记忆。在罗伯·格里耶的故事中，时间有它非常明确的体系，就是现在“我们”在这，而去年“我们”曾在马里安巴。可这个马里安巴是一个根本不存在的地名，在女人记忆里，这个“去年”也不会是她的去年，如此看来，她应当有两个去年才对——她只记下了其中的一个。毫无疑问，这是不可能的，它违背常识，逻辑。那，既然马里安巴不存在，那么缺少记忆的去年也不存在，存在的能是什么呢？它，又为什么如此逼真，最后让人陷入？罗伯·格里耶和我们的“时间”开了一个大大的玩笑，使问题成为了问题。

埃梅，《生存卡》，一个充满荒诞和幽默的短篇：某个“供应紧张”的时期，个人的时间成为政府控制的资源，由政府部门负责分配——小说以日记的方式写下此后的种种发生，和因为这些发生而生出的情绪。他先是为富人和公务人员享受较多的生存卡不满，进而，作为作家，他为政府把自己和“无业者”放置于同一档中分配耿耿于怀。后来，有了贩售生存卡的黑市，有了行贿受贿，有了……其结果是，某些富人一个月里有了过多的时间，三十八天，五十八天，这些过多的时间挥霍起来也让人头疼，而另一些人，不得不靠出卖生存卡（一个月里允许存在的天数）生活。和生存卡的使用相关，一些夫妻，因为可支配天数的不同，丈夫或妻子在某一日还存在着，而另一个则处在消失的状态，它带来的问题是……

“钟表是项狄的第一个象征。”卡尔洛莱维写道，“在钟表的控制下他出生了，开始了他不幸的一生。钟表也成了他不幸的象征。贝利曾经说过，死亡躲藏在钟表之中。死亡就是时间，是一步步变得具体的时间，是慢慢分成片断的时间，或者说是渐渐走向终结的抽象的时间。个人的不幸就是这抽象时间的具体部分，是它的片断，是它的部分，而不是整体。项狄不愿意出生，因为他不愿意死亡。一切手段，一切武器都可以用来逃避死亡。如果说在时间与死亡这两个逃避不了的点之间直线距离最近的话，那么这些插叙和离题则可以使它们之间的距离延长。”同时他又说：“如果这些插叙变得十分复杂，十分曲折，让人看不清它们的踪迹，那么死亡也许不会找到我们，时间也许会迷失方向，我们也许会在这些不断变幻的掩体下被保护下来。”卡尔洛莱维谈及的是劳伦斯·斯特恩的《项狄传》，他认为，斯特恩的诀窍在于把插叙和时间无限这种感觉引入到对社会问题的观察之中，他在作品内部拖延时间，不停地进行躲避。卡尔维诺对卡尔洛莱维的话也深以为然，但他又说，“这些话让我深思，因为我并不崇尚插叙，也可以说我喜爱直线，希望直线能够无限延长，好让读者捕捉不到我。我希望我能像箭一样射向远方，消失在地平线之外，让我飞行的轨迹无限延伸……”对时间和时间的运用，无疑，劳伦斯·斯特恩和卡尔维诺拥有属于自我的方式，它们分歧巨大，然而在各自的写作中，它们又是那么地恰当，适合，对时间和时间的运用构成了他们之间风格差异的凸点，即使不能称之为核心。前面我曾谈及，对时间的处理会直接影响到故事的结构，讲述方式，我愿意再重复一遍，的确，文学的叙事逻辑建立在作家对时间关系的运用上，无论它或明还是或暗。

时间，让人着迷，让人吁叹。

当你老了，头白了，睡意昏沉，
炉火旁打盹，请取下这部诗歌，
慢慢读，回想你过去眼神的柔和，
回想它们昔日浓重的阴影；

多少人爱你青春欢畅的时辰，
爱慕你的美丽，假意或真心，
只有一个人爱你那朝圣者的灵魂，
爱你衰老了的脸上痛苦的皱纹；

垂下头来，在红光闪耀的炉子旁，
凄然地轻轻诉说那爱情的消逝，
在头顶的山上它缓缓踱着步子，
在一群星星中间隐藏着脸庞。

—— 叶芝《当你老了》

《鹰溪桥上》：“强大的虚构产生真实”

“强大的虚构产生真实。”这应是豪·路·博尔赫斯的漂亮短语，他在强调小说虚构的合法性的同时也向我们如此确信地指认：小说中的真实感是可以由虚构而产生出来的，如果你足够“强大”，如果你有足够的能力。我以为，这里的真实更多地是“真实感”，它有带你进入的力量，让你对它的虚构“信以为真”，而并非简单地仿生学处理——仿生学处理，是每一个写作者要率先完成的基础课，这一点，不应是博尔赫斯所刻意强调的。你写一个饭局安排需要的人物出现那他们必须要在事先“煞有介事”地心理波动一番，准备一番，然后携带着自己的性格和欲求出场，说着他们在那个场合会说的、可以说的、需要说的话，按照性格习惯喝他们会喝的酒，而旁观的（或介入的）作家必须像一个“亲历者”，周旋于他们之间，仔细听，仔细记，甚至“替”他们品味酒桌上的酒，品味贮含在酒里的独特气息。你写格尔高尔·萨姆沙从一个令人不安的睡梦中醒来变成一只巨大的甲虫，那，这只携带着旧人的思想和情感的甲虫在开门的时候只能用它的硬颚，只能如此滑稽而笨拙，同时它的嘴里还要流出粘粘的、和甲虫身份“匹配”的液体。仿生，摹拟得像生活，只是小说家的一项最基本的技能，这，不是豪·路·博尔赫斯在短语中强调的“真实”的全部。

在我看来，他所言及的“真实”更多是“真实感”：小说写下的是日常发生的也罢，写下的是“格里高尔变成甲虫”或爱丽丝梦游仙境也罢，写下的是柯西莫男爵一生生活在树上最后升入到天空，米哈伊尔·亚历山德罗维奇·别辽兹在莫斯科牧首塘畔遇到撒旦……也罢，无论写下的是可能的发生或不可能的发生，无论这发生或真实或神奇或荒诞或虚幻，只要它“足够强大”和具备足够的说服力，它就建立了“真实感”，这个真实感远比现实的真实更具感染。巴尔加斯·略萨在《谎言中的真实》一书中也曾谈到，小说的真实，“取决于小说的说服力，取决于小说想象力的感染力，取决于小说的魔法能力。一切好小说都说真话，一切坏小说都说假话；因为‘说真话’对于小说就意味着让读者享受一种梦想，‘说假话’意味着没有能力弄虚作假。”——之所以先要谈论小说的真实感问题，是我们被那种现实真实的理念困囿得太久了，以至于变成一种根深蒂固的习见，我们在压缩着自我的审美区域，让自己变得固执、呆板、僵硬。我们要知道，我们需要知道，“一切好小说都说真话。”无论是“格里高尔变成甲虫”或爱丽丝梦游仙境，柯西莫男爵的树上生活还是“大师和玛格丽特”故事中的奇幻之旅——这，对阅读和写作来说，都是极为重要的一点。

安布罗斯·比尔斯的《鹰溪桥上》是一则“战争故事”，尽管它是边缘处的战争故事，它的选择似乎不够宏大却含有丰富的“神经末梢”，能和它的阅读者建立起精神上的某种共通——在这点上，它具有足够的说服力和共感力。故事讲述的是：美国南北战争期间，一个在战争中“支持南方”、名叫贝顿·法夸的种植园主带着他的梦和责任，坚定和忐忑，走了大约30英里的路来到被北方军队控制的鹰溪桥，结果，他被当做间谍抓住，然后吊在高高的鹰溪桥上，等待他的将是死亡。在等待中，他望见桥下打着漩涡的流水，在水里漂流着的木头，想起自己的妻子，儿女。他想到挣脱，甩掉绞索——

接下来就是他的冒险旅行，“上帝”让奇迹发生，“当贝顿·法夸从桥上笔直地坠下去时，他已经失去了知觉，就像死了一般。似乎过了很长时间，他才被喉咙口的一阵剧痛从不省人事的状态中惊醒过来，随之而来的是一阵窒息感。”……行刑的士兵抽掉他脚下的木板，结果，吊在他脖子上的绳索竟然断了，他得以从高高的鹰溪桥上坠落。“上帝”为坠进水流中的贝顿·法夸提供了一条狭小而危险的逃亡之路，他先是要躲避一个灰眼睛哨兵的射击，接下来要躲避中尉指挥下的全体士兵们的射击，齐射与点射，然后是葡萄弹——逃遁中的贝顿·法夸有一种“心想事成”的能力，虽然这种“心想事成”是灾难性的是厄运的到来……在大水中，他还会成为急速的陀螺，激烈的旋转让他头昏眼花同时丧失了全部的力气。好在，惊险和疲累虽然时时扼住他的咽喉，虽然时时会咬他一口但可以庆幸的是，他的生命还在。他最终跳出了危险，钻入了具有陌生感的树林中去。一走就是一天，等他返回，走到自家门口时，已经是第二日的清晨。他推门进去，见到了自己的妻子，正“容光焕发，娴静而又甜蜜”地等着他，“有着举世无双的优雅和尊严。”贝顿·法夸张开双臂，朝着妻子奔过去，然而就在他将要抱住妻子的时候，“只觉得脖子根上重重地挨了一下。一道亮眼的白光在他的四周闪耀，随之是一声巨响，仿佛是大炮的轰鸣——”

《鹰溪桥上》。小说说，“贝顿·法夸死了。他的尸体，连同那折断了的脖子，在鹰溪桥的枕木下慢悠悠地晃来晃去。”

一个边缘处的战争故事，它与战争有着密切的关联却并不来自于敌对双方的战场，但毕竟，一个人，一个名叫贝顿·法夸的人，因为战争的缘故而死亡。这篇让人感吁的小说写下种植园主的死，从开始到结束（中尉下达行刑的命令，战士们抽掉木板，贝顿·法夸被吊死。），所需要的“物理时间”大约仅是几秒钟，至多半分钟——然而，这篇让人感吁同时又让人赞叹的小说却使用“强大的虚构”，为贝顿·法夸建造了“另一条时间”，非物理性的时间，正是利用这条非物理性的时间贝顿·法夸才得以有限度地“实现”他的逃亡，让他在这条非物理性的心理时间里存活了整整一天。在这一天里，他经历着紧张，恐惧，艰难地逃亡，经历着时间在他生命中所构成的涡流与回旋，经历着痛与苦，当然，也经历着对日常和生活的重新发现。正是那种“濒死”，使他察觉到在日常中忽略着的丰富和美，使他重新认识到树和树叶，树叶上的小虫，在水波上“载歌载舞”的蠓虫与掠过的蜻蜓；使他重新“认识”着河岸的沙子，这沙子竟然“像他能想象的世上一切美丽的东西”。让他重新识见的还有他的妻子，小说中，曾三次提到他的妻子，直到他朝她奔跑过去的那一刻——因为“濒死”，这些在日常生活中习焉不察的一切都被他重新发现重新重视，而这所有的“重新”都生长于另一条被作家虚构出的时间线里面，小说的最后一刻，两条时间线（物理的和虚构的）重新融合，贝顿·法夸的“逃亡”和所有的遇见在真实中是不存在的，它属于虚构。

无疑，它写下的并不是生活里的已有发生，那条供贝顿·法夸“逃亡”的时间线是作家的创造出来的，在这里，作家多少有些“无中生有”，它溢出了生活的逻辑，溢出了我们的物理学知识。然而这一溢出却又有着强烈的合理性，它是那样陌生而美妙，当然它的出现对于我们理解我们的人生也大有裨益。如果它交给一种惯常，其效果必然会遭受减损，毫无疑问。

“强大的虚构产生真实。”恰是这条虚构的时间之线，这条狭窄的、仅能容纳一天时光和贝顿·法夸侧身而过的时间之线“拯救”了小说，让它从惯常的、平庸的战争小说得以摆脱，进入到“优秀”中。假设，没有这条虚构的时间之线，安布罗斯·比尔斯的《鹰溪桥上》不会给我们带来那么强烈的陌生感与震撼感，甚至可以说，它原有的“主旨设计”并不那么高明、新颖。作为在南北战争中服役、具有某种“倾向性”的作家，安布罗斯·比尔斯在写作这篇《鹰溪桥上》的时候也或多或少地放置了自己的倾向进去，譬如他在小说中介绍，“贝顿·法夸出身于历史悠久、受人尊敬的亚拉巴马家族，本人是个殷实的种植园主，就像其他奴隶主一样，他是个搞政治的，自然也是最初主张南方应该脱离联邦，并且热心支持南方的事业。”“他毫不含糊、无条件地笃信那条露骨的格言——爱情和战争都是不择手段的。”……安布罗斯·比尔斯其实倾向于，贝顿·法夸的南方倾向促使他来到鹰溪桥畔，他将进行的是一项“破坏行动”，然而事先到来的北方侦察员掌握了他的动机，他的死“死有余辜”，甚至应当得到嘲讽（在布罗克斯与沃伦编著的《小说鉴赏》一书中，他们以讨论题的方式提问：小说的结局含有嘲讽的成分，但它是一种意味深长的嘲讽吗？）……就像列夫·托尔斯泰的《安娜·卡列尼娜》原计划是一出关于道德和讽喻的戏剧那样，《鹰溪桥上》也是如此。然而，虚构的，或者说来自于艺术自身的力量使它们并非仅仅完成了简单的讽喻，列夫·托尔斯泰与安布罗斯·比尔斯都部分地听从了来自于人物和人物内心的召唤。这，恰是对文学真实的更大尊重，它远比惯常的“表面真实”要重得多，更值得珍视。

米兰·昆德拉说，小说是个体的想象天堂，在这一领地里，没有任何一个人可以掌握全部真理，无论是安娜还是卡列宁；但所有人都拥有被理解的权力，不管是安娜，还是卡列宁。确是如此，作为出色的小说家，尽管安布罗斯·比尔斯有着个人的强烈价值取向，但他还是表现出了对于人物内心的理解和尊重，为贝顿·法夸安排了另一条时间之线，让他在死去的前一秒钟，得以短暂却意味深长地逃遁到那条时间之线中去，在那里故事起了波澜，在那里贝顿·法夸的生命、身份有了另一向度，在那里，他的挣扎和死亡都让人唏嘘。在数次的文学讲座中，我谈及《文学的魔法》，谈及安布罗斯·比尔斯的这篇小说，我承认在复述的过程中我曾做过某些“变动”，让它部分地成为另一篇小说：我会把种植园主贝顿·法夸的名字隐去，只说他的身份，种植园主，我认为这样的变动会使受刑者从一个具体的“他者”成为更多的人，我们所听到的便不再是一个具体的“别人的故事”，而可能是我们中的某一个或每一个；我会隐去小说中谈到的贝顿·法夸的政治倾向与走向鹰溪桥的固定意图模糊化，这时走向鹰溪桥的可能是间谍、破坏者也可能是一个无辜的人，他只是专注于桥那边已经成熟的橡胶树。在讲述中，我的“变动”还有：种植园主被吊在桥上，灰眼珠的中士举枪瞄准，上尉下达命令，结果灰眼珠的中士枪法不准打断了悬挂种植园主的绳索……这一变动属于记忆的偏差而非是有意，我实在想不起自己为何有那么固执的印象，甚至让我想纠正小说的原文。和这一记忆偏差相呼应的变动还有一处，出现在结尾，我说，种植园主死了。他的尸体，连同那折断了的脖子，在鹰溪桥的枕木下慢悠悠地晃来晃去。他脖子上的枪洞，正缓缓地涌出血来。也就是说，种植园主的逃亡是不存在的，它是虚构和想象之物，是作家和受害者共同完成的一条“魔法之路”。

我的“变动”或多或少改变了小说的原有主旨，让它变成了对生命价值的吁叹，以及对战争残酷性的反思，是一种人人可能处在的境遇的可能。在这里，那位种植园主的有辜无辜已经不再那么重要，我们看到的是一个生命的即将消亡，是他珍视的、珍爱的一切的消亡——即使他是有辜的有罪的，也会或多或少唤起某种的惋惜和悲悯。在这里，我不是取消“有辜和无辜的界限”，不是取消正义与邪恶之间的区别——

如果说三五年前我更愿意把道德判断驱除出小说判断的领域的话，那现在，我则倾向于认知和厘清：好的小说一直有一种潜在的道德力量，这种道德力量是给予所有人被理解的权力，对他的命运，包括他的麻木、愚蠢和荒蛮给予更多的悲悯，它会在暗暗地追问：非如此不可么？有没有更好的可能？我们的生活和未来，应当如何在好和更好之间选择？好的小说是对人性之恶的显微审视，是对人性之光的体恤与召唤。但，我还是坚持，小说的这种道德力量不是外浮在故事之上的，它不是判断性的。就像这篇《鹰溪桥上》，作为北方阵营一员的安布罗斯·比尔斯在小说中为种植园主必须的死找了诸多的理由，为他安排“罪名”和罪过，但，潜藏于这个种植园主人性里的那些所有正常人都有的光还是让他获得了悲悯。我的“变动”是试图剔除故事中外浮的道德判断，让它更潜在的悲剧力量得到强化——当然这一变动，多少也是贮含于安布罗斯·比尔斯的旧小说中的，因为那条虚构的时间之线提供了这一可能。这篇小说的主旨其实具有双重的向度，这也是它巨大的魅力之一。好的小说经得起误读，也经得起注入和改写，它不应是封闭性的，它是我们审视和思忖的一个原点。就像，希腊神话曾被反复地改写，注入，成就了诸多的文学名篇一样。

小说中，种植园主的逃亡之路是虚构的，但它的写作者安布罗斯·比尔斯也故意“装作不知”，他故意让我们不知道这个行将死去的人的感受和挣脱之路只不过是一种幻觉，而是将它努力地做大做强，让我们在阅读中一步步“信以为真”，时而为这个种植园主担心，时而为这个种植园主庆幸，时而与这个种植园主一起重新认识和审视我们的生活，以及贮藏在生活中的、平时我们习焉不察的爱与美。“强大的虚构产生真实。”当我们把整篇小说读完，意识到我们刚才认真跟随的、为之忐忑和不安的不过是“一种幻觉”——不，它不会让我们感受到欺骗的屈辱，而是因此更为强烈的触动，为那个吊在桥上的种植园主，也为其他人。真正打动我们、深刻影响到我们的可能不是小说的主旨意义（至少在这篇小说中不是），而是小说的奇妙魔法，是它言说的方式方法，是它的陌生感和新奇感，是它的精妙虚构。

没错儿，“对于一个天才作家来说，所谓的真实生活是不存在的：他必须创造一个真实以及它的必然后果。”弗拉基米尔·纳博科夫的这句话同样使我大受教益，在这里，我们也使用抽丝剥茧的方式，察看《鹰溪桥上》的真实和它的必然后果是如何确立的，哪些区域在努力仿生建造尽量与生活相似的“真实”，而哪些区域，它又有意致力于“真实感”而或多或少地溢出日常生活的“真实”的……

我们已经知道，种植园主整整一日的逃亡不过是一种幻觉；而假设，我们将它当做是这个小说“创造的真实”而接受下来，将它当做是前提，就像我们把格里高尔·萨姆沙变成了甲虫当成是前提接受那样——在这一基础的确立之后，让阅读者“信以为真”，则需要为这一基础前提和故事的前行寻找“必然”，包括仿生处理。所以，安布鲁斯·比尔斯设计让种植园主从高高的鹰溪桥上坠落下去的时候，先让他“失去知觉”，然后才是从剧痛中“醒过来”……这里有一大段感觉的描写，它完全是落水者的感受，带有某种“必然性”，接下来他还会感受到绳索，勒在脖子上的绳索和绑在手腕上的绳索……“他觉得自己的头先露出了水面，两眼被太阳刺得看不见东西，胸脯急剧地起伏着，随着一阵剧烈得无以复加的疼痛，他的肺部吸进了大口空气，但很快他又一声尖叫，把它吐了出来！”……

其实从种植园主落水的那一刻起，故事的叙述就有了某种轻微的、模糊的、不够确定的成分，它仿若真实，又不那么真实，就像透过哈哈镜或别的什么介质来观看这个世界一样。安布鲁斯·比尔斯在真幻之间恰到好处地拿捏着分寸，他这一分寸的掌握也让我着迷。在最初的阅读中，我甚至为安布鲁斯·比尔斯有意“露出的尾巴”进行辩解：这位种植园主经历了“濒死”和巨大的波澜，内心的起伏是巨大的，所以他所见的世界略有“失真”也是可理解的，而安布罗斯·比尔斯的描述恰恰遵从了种植园主在那时那刻的目力所及和心理变动……也许真的像小说中所宣称的那样，“他全身处在可怕的紊乱之中，也不知是什么东西促进了、改善了他的感官，让他觉察到许多过去从未察觉的东西。”后来我知道，安布罗斯·比尔斯的这句话其实欲盖弥彰，在这句话的掩隐之下，他一边仿生让我们信以为真又一边悄悄地拆解着，但这份拆解却始终处在可控的临界点上。落入水中时的巨痛，观赏自己为双手松绑，把吸进肺里的空气吐出去……这一切，其实都有拆解之力，不过它绝不伤及真实感。接下来，他看到树叶和每片树叶的叶脉，看到树叶上的小虫，看到鱼从他眼皮底下穿过和听到鱼身分水的“沙沙声”……我承认在初读的时候我没有任何的警觉，即使他一路如此埋伏。“夜幕降临了。他疲惫不堪，脚痛，肚子也饿。但一想到家里的妻子儿女，他又挣扎着向前走去。最后，他终于找到一条路，他知道顺着这条路准能走回家。这条路像城里的大街一样宽阔笔直，可好像也未见有人走过似的。路边没有农田，四处不见住家，甚至听不到一声使人想起此地还有人烟的狗叫声。漆黑的树干在路的两旁竖起一道笔直的墙，逐渐延伸在地平线上，最终汇成一点，好像透视课上画的图案一样。他抬起头，透过树缝看见金光灿烂的星星在天空中眨着眼睛，他觉得这些星星很陌生，而且还很奇怪地组合在一块儿。他相信它们之所以这样组合，其中一定有神秘和邪恶的意义……”

即使读到此处，已经真少幻多，可那种真实感还在，我依然和故事里的种植园主一样认定这条路是条回家的路，这样的感觉的存在多是对应他内心恐惧的产物，奇妙，但不必过于当真。直到读到小说的最后一句，“落实”的一句——贝顿·法夸死了。他的尸体，连同那折断了的脖子，在鹰溪桥的枕木下慢悠悠地晃来晃去。直到这时我才恍然大悟：一路上，作家安布罗斯·比尔斯都在悄悄地铺设着什么！我竟然用一种自欺的方式一路跟随了下来，我一直有意让自己信以为真，以为种植园主走上的这条漫长的、曲折的、起伏的回家之路是存在的。一路上，安布罗斯·比尔斯都在和“真实”做着较量，他洞悉我们观看戏剧的心理，他知道我们会“自我说服”，他也悄悄地帮助我们说服，譬如他在下坠时的疼痛感觉，譬如他的自我松绑，譬如子弹在他身侧溅起的水，譬如军官关于射击的命令，也譬如他在夜幕降临后的疲惫和饥饿感。但同时，安布罗斯·比尔斯又在不断加重幻觉的重量，他甚至知道我们会忽略，他甚至会得意于，我们读到最后才恍然大悟……

在我看来，安布罗斯·比尔斯一路上故意在真幻之间游刃的做法应是我们理解真实和真实感之间微妙差异的绝好范本，他致力建立的真实感，而并非是不溢出现实逻辑的生活真实；在这篇《鹰溪桥上》，幻觉感如同笼罩着的一层薄雾，然而它始终是具有真实感的，有一种把我们吸纳进去、“信以为真”的力量。在诸多现代作品中，真实与幻想之间的游刃则是更为普通和普遍，它会为我们习常的现实增加陌生、丰富和戏剧性，让文学生出更多的更大的魅力。《百年孤独》

中俏姑娘雷梅苔丝坐在毯子上飞离日常、再不相见即是如此，《大师和马格丽特》中马格丽特·尼古拉耶夫娜与大师的空中飞行也是如此，而在《午夜之子》中，哼哼鸟米安·阿布杜拉被蒙面人暗杀，他的“哼哼”声招来整个阿格拉城的六千四百多条狗，这些狗“就像一支军队”，一路上散落着肉骨头、狗屎和一撮撮的狗毛……这些听到召唤的狗奔向出事地点，将刺客们撕成了碎片。无疑，它是夸张而荒诞的，它不真实，具有强烈的隐喻性——恰是这种隐喻性让它具备了真实感，在鲁西迪小说自恰的、独特创造的真实中。其实，部分舍弃生活真实而致力建立戏剧性的真实感的做法是亘古的、传统的，从传说和神话开始。所以泰戈尔才会抱怨，“人类社会的童年时代早已过去，那时自然和非自然，事实与想象，好像几个亲兄妹，在一个家庭里玩耍吃喝，长大成人。今天，它们发生着巨大的家庭内讧，这是连做梦也没想到的。”小说，现代小说，在我看来可以部分地重新让这个家庭聚拢在一起，优秀的范本已经做了，而且做到了。

“我们可以从三个方面来看待一个作家：他是讲故事的人，教育家和魔法师。一个大作家集三者于一身，但魔法师是其中最重要的因素。他之所以成为大作家，得力于此。”“艺术的魅力可以存在于故事的骨骼里，思想的精髓里。因此一个大作家的三相——魔法、故事、教育意义往往会合而为一而大放异彩。”——弗拉基米尔·纳博科夫如是说。他言称的“魔法”或许即是作家的虚构能力，无中生有的能力，对着一大堆混杂的材料念动咒语、吹上口气便有了一个“新世界”的能力。安布罗斯·比尔斯掌握着这一能力，这一能力让他卓越。

从安布罗斯·比尔斯的写作中我们看到，强大的虚构确可产生出某种真实来，它甚至会比日常的真实更有真实感，更有打动人的力量。我们也可看到，小说的真实可以不同于日常的、生活的真实，它可以是由作家“创造的真实”，只要它有足够的、强大的说服力。“真实”不应成为写作的困囿，只要能对我们的表达、我们的想说有益，我们可以“打破”日常的真实而进入到另外的“真实感”中，凡墙皆是门。

声与色

"他们仨都觉得买下这匹马可是个好主意，即便这笔钱大概只够支付约瑟夫的烟钱。首先，这是个主意，这证明他们还能够有些主意。其次，他们感觉不那么孤单了，通过这匹马，他们同外部世界联系起来了，他们仍然能够从这个世界汲取某种东西，即使这不是什么大不了的东西，即使这微不足道，他们仍旧有能力取得某种从未属于他们的东西，他们能够把它径直带往他们那一小片浸透盐分的平原，直到内心充满愁闷和辛酸的他们仨。这就是运输：甚至从不毛之地的沙漠，还是可以挖出点什么东西，然后运往生活在别处的人们，运往上流社会的人们那儿。这持续了八天。这匹马太老了……"

杜拉斯，《抵挡太平洋的大坝》。大约二十年前，很可能是朋友李文东推荐了它，在一个黄昏，我开始对它的阅读。今日，我重新打开《抵挡太平洋的大坝》，抄录这段句子，竟然仿佛是第一次读到——在我印象里，小说的开头是从“那个中国男人”进入到“我们的生活”开始的，在我的印象里，根本没有这匹马的存在，以至让我怀疑它是另一本书，是另一篇作品——旧本的《抵挡太平洋的大坝》早已佚失，此时的新版是我刚刚购得的，2014年5月第1版，上海译文——我遗忘了这匹马，接下来我发现我遗忘得更多：这部书，和记忆中的很不一样，除了那个中国情人还在，对希望本身完全绝望的母亲还在，两个哥哥也还在。在开始的第一节，我读到了杜拉斯埋在文字中的暗暗嘲讽，以及和家人们的距离：他们仨。他们仨。这不是我记忆中的那部小说，那部小说似乎没有如此开始，它开始于一个暗灰色的黄昏，光，在一点点地暗下去，而渐渐厚起来的灰，则是粘稠的，散发着气息。

在接下来的二十多年里，我没有再读这篇小说，但，它对我的影响却是巨大的。巨大到，我有时不得不抵御它。

……………………

声与色，我与朋友谈及文学中的音乐感和美术感，第一个，想到的就是这部小说，不止一次。《抵挡太平洋的大坝》

里有一部大提琴，自始，至终。有无另外的乐器的加入？我感觉，没有，至少在我的旧印象里没有，她始终使用着大提琴，她信任这个有重量的乐器。至于节奏上的小小变化，也是在大提琴的范畴之内，小说当然不会只有一种节奏，乐器也不是。

“母亲一听见莱昂·博来的喇叭声，便停下手中香蕉种植的活儿，看着那条路。她还抱有希望，希望一切都能好好解决，约瑟夫在桥的另一边，在洼地边上洗车，他站起身，把背转向大路，盯着母亲，制止她离开原地，走到若先生那儿去。苏珊，光着脚，身穿一条旧的蓝色棉布连衣裙，是母亲以前的一条裙子改的。她已经把若先生送的裙子藏了起来，几乎只有手上和脚上的红指甲还留着他们相遇的痕迹。”

“母亲很快就熟睡了。突然，她的脑袋摇晃起来，嘴巴半张着，完全进入了乳白色的梦乡。她轻盈地在纯洁无邪的状态中漂浮着，再也不能恨她了。她曾经过度地热爱着生活，正是她那持续不懈、无可救药的希望使她变成了对希望本身完全绝望的人，这个希望已经使她精疲力竭，摧毁了她，使她陷入赤贫的境地，以致这使她得以在此休息的睡眠，甚至死亡，似乎都无法再超越它。”

是的，我觉得，固执地觉得，这部小说里的每一个文字都是交由大提琴来演奏的，你能听到那种浸在文字里的声响，它沉缓，回旋，粘滞，有一个慢慢加重的涡流。它，能带着你沉入。《抵挡太平洋的大坝》让我发现叙述本身即有的吸力，它，甚至可以完全外在于“故事”——二十年前的那个黄昏，我的双耳里灌满了大提琴的声响，我将它们从文字的中间吸出来，吸进了自己的胃和肺里。那个黄昏，光线越来越暗，书上的字也越来越模糊，但我坚持着在院子里将它读到最后一页。大提琴的声音还在，那股情绪的涡流还在，它们如同夜晚的潮汐。

那本旧书，这时我突然想到，它印刷得极其疏朗，段落和段落之间竟留出了空行——或许，这是出版者出于商业目的为使图书增厚的做法，但，恰是这一做法让我发现了小说中文字最为舒适的“呼吸”。它留出的空白是有用的，那么大片大片的空白，让我参与，让我有所填充。很可能就是这份空白，让我找到的大提琴，找到的埋藏在叙述里的色调感。

尽管，它们是，完全主观性的。

《抵挡太平洋的大坝》，整体色调是暗蓝色，它的蓝色用得有些重，再就是混杂的灰。我将它看成是油画，或是水粉。我感觉胡安·鲁尔福喜欢用淡黄，即使那篇弥漫着死亡气息的、交由死人来讲述的《佩德罗·巴拉莫》主体色调也是黄色，不过是种灰黄，亮度有所变化而已。它或有水彩的感觉。君特·格拉斯，《铁皮鼓》，毫无疑问是油画，甚至带出了松节油的气味。它，和下午时的沙漠使用了同一个色调，并且有被风吹起的沙，弥漫着，打到脸上有些硬——后来，我看到沃尔克·施隆多夫的电影，对里面色调的使用多少有些不满：他使用了太多的灰，并且偏蓝——在格拉斯那里没有这样暗，它有大片的光尽管这光不是非常的透明。而从语速上看，它也应是暖色调的，它给其中的阴郁也涂有暗黄的暖色，而不是冷，而不是蓝。沃尔克·施隆多夫和我的理解竟有相当的不同（当然我绝不保证我的理解具有正确性，它是感觉，再说一遍：它有太强烈的主观色彩。）。

....

许多年后。我开始写作我的第一部长篇，《如归旅店》。我决定在这部小说里，我也使用大提琴。这里面包含着致敬：是杜拉斯的《抵挡太平洋的大坝》让我注意到"乐器的使用"，注意到在所谓语调的音乐性之上，还有更具统领性的设计，它定下 1 ＝ C 或 1 ＝ D，它定下节拍和其中的变换，它定下或者暗含地定下句词间的起伏，速度，和变化。我当然听说过不少作家为自己的写作"寻找第一个句子"，但当时，我没有想到那个"第一句"除了求新求奇的陌生化诉求之外还有什么，是杜拉斯让我意识到：它更是为这场"演出"寻找核心乐器，之后的全部都可以此为核心，完成叙事的围绕——这是小说结构中的另一条暗线，它能使故事的结构有更为坚实的辅助并赋予魂魄。我自《抵挡太平洋的大坝》中获得了这一启示，而这一启示，作用于我的诸多小说，尤其是在短篇中。

使用大提琴，在我的小说中并非第一次，可以说它是我诸多小说的核心乐器，像《被风吹走的人》，像《沉船》和《失败之书》……我发现我习惯使用这一乐器，不只是杜拉斯的影响，更重要的是某种心性上的契合。偶尔，我会将大提琴调成中国古琴，二胡，或者想象：在这里，我要用到鼓……但在长篇中，使用单一乐器，如果不是杜拉斯的完成我也许不会如此用到。小说发出后，有朋友指认：你的这篇小说有某种的杜拉斯化，语调，应是深受《情人》的影响……我承认影响，尽管不是来自《情人》而是《抵挡太平洋的大坝》，我承认，那种沉缓、回旋、粘滞的语感让我着迷，它是由大提琴琴弦和弓的摩擦发出的声响。在写下这篇文字的时候，我再一次，想象，我使用的依旧是大提琴。我是演奏着的乐师，尽管我的音乐知识少得实在可怜。

出于区别的考虑，我在小说中使用的是暖色调，它的整体色调是偏赭石一点儿的黄，偶尔加重一些灰。小说中，我也强化了镜头感，在叙述中架设了相对固定的机位，并强化了“构图”……我想象，在第一章节，我画下的均是油画，而且是，古典一些的油画：它没有故意清晰的笔触，柔和而平缓。色彩都是叠加上去的，有一个渐变的过渡，同时保证不使用纯粹的原色。在写作《如归旅店》的时候，我故意不肯再读《抵挡太平洋的大坝》，只是循了印象里的气息，印象里的音调，在更改色调的同时并保持时时有所溢出……完成了《如归旅店》的写作之后，两年，我重新阅读《抵挡太平洋的大坝》，赫然发现它不是，不是我印象里的样子，记忆用强有力的方式篡改过它——我感激记忆的篡改，但同时也对《抵挡太平洋的大坝》生出小小的失望。我不想“破坏”我的记忆，于是在读到三分之二的时候放下了它。直到今日，在准备这篇文字的时候，它又是陌生的了。

....

在《关于结构艺术的对话》中，曾任乐队指挥的米兰·昆德拉谈及“复调”，音乐的和小说的：“在音乐中复调就是两种或多种声音（旋律的乐谱线）同时呈现，它们是完美地结合在一起的，同时又仍然保持着其相对的独立性。”“我们来把陀思妥耶夫斯基的复调与布洛赫的复调作一比较。布洛赫走得更远。在（陀思妥耶夫斯基）《群魔》中，三条线索（1、关于斯塔夫罗金夫人与斯蒂芬·维尔科文斯基之间爱情的讽刺小说；2、关于尼克莱·斯塔夫罗金及其恋情关系的浪漫小说；3、关于一个革命团体的政治小说）各有不同的特征但体裁是同一种（三者均为小说叙述），而在布洛赫那里，五条线索的体裁是根本不同的：小说、短篇小说、报告文学、诗、论文。把非小说的题材整合到小说的复调之中，这是布洛赫的革命性创新。”“它们仅靠共同的主题来连接。但对我来说，这种主题上的统一就完全够了。”

“让我们回到小说和音乐的比较上：一章就是一个乐章，各节都是节拍。这些节拍可长可短或在篇幅上有相当的变化，这就是给我们带来的速度的问题。在我的小说中，每一章都可以标以音乐的指示：中速的、快速的、缓慢的，等等。”

我承认，在我阅读米兰·昆德拉那本《小说的智慧》的时候并没有耐心阅读厚厚的陀思妥耶夫斯基，也未曾阅读过布洛赫，但，米兰·昆德拉的说法却对我构成了吸引：原来小说如此，可以如此。原来，小说还可以如此地对应到音乐中，他竟然能做这样的打通！这，是我之前未曾想过的。把长篇小说、短篇小说、报告文学、诗、论文整合在一部书中的提法至今让我跃跃欲试，我暗暗期许，希望有朝一日自己也能完成。他说，“一直到我二十五岁时，音乐都比文学更强烈地吸引我，那时我做的最出色的事就是为四种乐器：钢琴、中提琴、单簧管和打击乐器写的一部乐曲。这几乎滑稽地预示了我小说的建筑结构，但当时我一点也未察觉到将来会写小说……”

让小说建立在音乐性上，为小说建立音乐性结构，是我从昆德拉那里得来的启发，然而，我并未从米兰·昆德拉那里得到更多的理解，翻译过来的昆德拉似乎并不乐感强劲。直到，我遇到了杜拉斯。《抵挡太平洋的大坝》。是的，《抵挡太平洋的大坝》不是复调，真正具有音乐性“复调”感的小说我还得晚几年遇到，我是在《抵挡太平洋的大坝》遭遇了那把沉郁的大提琴，它，让我领略到了叙述的音乐性，以及这份音乐性对文字的赋予。

文字里的声与色是同时出现的，它们相互呈现，相互补益，无法截然地分开——给我强烈音乐感的小说往往也会给我强烈的画面感，譬如杜拉斯的小说，福克纳的小说，布鲁诺·舒尔茨的小说，马尔克斯的小说，让·热内的小说，纳博科夫的小说。语词的音乐性犹如笔触。而那种画面的构建也会使文字生出乐器之声，我以为。它们相互调动，相互调和。有批评者言，在文学里可称为文学性的东西是“稀薄”的——我承认这一认定是对的，然而，文学存在的诸多理由中这一稀薄的文学性的存在恰是最为可贵的，是它成为艺术的首要品质。我将文字中的声和色看做是文学性的部分，是它们，让我们的小说生出可以品啜、回味的魅力，而无法被其他学科替代。哲学不能，社会学不能，电影、电视不能，音乐和美术也不能。

前些日子，在鲁迅文学院和朋友们聊天，谈到音乐、美术对文学的影响，有朋友极为敏锐地谈到：学习过音乐、美术的写作者在音乐、美术中学到的不仅是技艺，可以带入到小说创作中的技艺，更重要的，可能是艺术观和有着别致的方法论。细细回想，确是如此，这一点，远比我们能见的技艺更为潜在但也更为重要。

我学过三年的美术。我当然会将美术的呈现样式带入到小说写作中，同时也敏感于他人文字中的美术之美，造境之美，敏感于文字中“光”的使用，然而，更为重要的影响可能是艺术观的。譬如我会注意到小说的整体色调，块面的使用。譬如我会更多地注意到“均衡感”和统一性，在暖色系的小说中如何使用冷色并使它不跳不抢，反之，在冷色系的小说中如何使用暖色并使它不跳不抢。因为对美术的学习，我也从那里带过了一种强烈的观念：文学是可以教授的，尤其是方式方法，我们可以从中抽出基本规律，同时我们也应当下些更大的功夫在“临摹”上，它不讨好是笨功夫但很可能事半功倍；要善于“拿来”，把非我的因素化成我的，画国画，我会考虑把油画、水彩、细密画、日本画的因素加入进去变成“特质”或“异质”，我也会考虑把木板画、摄影的因素加入进去。画油画，水彩，我会尝试杂糅其他画种的样式，我也会想办法从文学中、哲学中、新闻中寻找元素。是美术的学习让我更为轻视界限和壁垒；对自我缪斯的独特表情的强调也是美术给我的，它要求我努力增加文字的“个人辨识度”；我还在美术的学习中学到了“随类赋彩”，选择了想说的母题和基本故事构架之后我会考虑如何寻找相适应、相匹配并且在我感觉中最恰合的语感方式，让我的想说决定怎么说，而不是只用一套笔墨。在对美术的学习中，还给我一个强烈的观念：好的作品要有高格，必须不俗。不俗。不俗。三十年了，这个观念竟然比想象的坚固，构成了我固执的偏见，我得承认，它，也阻挡了我对一些作品的欣赏，这里面也许不乏佳作。

在音乐、美术中学到的不仅是技艺，更主要的，可能是艺术观和方法论。

……………………

“我的观点是，一部小说的形式，它的‘数学结构’，不是一件计算出来的事，它是无意识的驱动力，一种迷念……几年前的一天，我在研究贝多芬的四重奏作品第131号时，我不能不放弃这个自我陶醉的主观的形式构想。请看——

第一乐章：慢，赋格形式；将近7：30分钟。

第二乐章：快，无类别形式；3：30分钟。

第三乐章：慢，一个主旋律的呈现；1：00分钟。

第四乐章：慢与快，主旋律与变奏；14：30分钟。

第五乐章：很快，谐谑曲；5：30分钟。

第六乐章：很慢，一个主旋律的呈现；2：00分钟。

第七乐章：快，奏鸣曲形式；6：30分钟。”

……初次读到米兰·昆德拉《关于结构艺术的对话》中的这段话时并无印象，很可能跳过了它。我不了解音乐，也不曾听过贝多芬的这部作品。第二次重读，第三次……在很长的一段时间里，米兰·昆德拉的《小说的智慧》是我的枕边书，在很长的一段时间里我也将米兰·昆德拉看做是“小说的立法者”，但他的这段话包括后面大段的解释都无法让我共鸣，我将它看成是我所陌生的物理知识，甚至匮乏了解的兴致。它，被一次次跳过。直到，我在向他人讲述我对小说结构样式的理解时才重新注意到它，直到，我读到君特·格拉斯的《铁皮鼓》《比目鱼》。我觉得，米兰·昆德拉找到了音乐和小说结构间的某种对应关系，他是启示性的，而君特·格拉斯则依借卓越的个人才能凸显地展示了它。

顺便提一句，君特·格拉斯还是一位画家。在完成《铁皮鼓》之前，他的收入多来自绘画，德文版《比目鱼》的封面即用的是他自己的插图。

……………………………………

使用一至两种核心乐器，而让其他的乐器辅助，从第一章开始，《铁皮鼓》就是有着众声辅承的交响，它浓厚得甚至有些复杂。第二章，第三章，我并没有意识到节奏上的变化，君特·格拉斯只在旋律上做着微调，及至《演讲台》，节奏明快的鼓声加了进来，叙述的起伏也变得急促。随后，小说的调式又恢复到第一、二章的样子，众声辅承，波澜迭起，也就在读到《没有出现奇迹》和《耶稣受难日的菜谱》时，我想起了昆德拉所言及的小说与音乐之间的对位法，想起他对贝多芬四重奏第131号的分析……《尼俄柏》，格拉斯甚至直接向我们宣称，“好的，布鲁诺，我想试着对我的鼓口授下面这宁静的一章，尽管这一章的主题是需要由饿慌了的、咆哮着的人组成的乐队来演奏的。”——

《有信有望有爱》。它采取本属于童话样式的公式和套话，让一种似乎被榨尽了可能的旧形式再次“复活”，我感觉，在这一章节，君特·格拉斯充任指挥，让之前纷繁而辽阔的乐手们暂时停歇，而让一枚小号独自演奏：“从前有个音乐家，名叫迈恩，他小号吹得美妙无比。他住在一所五层楼公寓的屋顶室里，喂养四只猫，其中一只叫做俾斯麦。”“从前有个音乐家，名叫迈恩，他小号吹得非常美妙。他住在我们这所五层楼公寓的屋顶室里，喂养四只猫，其中一只叫做俾斯麦。”“从前有个冲锋队员，他名叫迈恩。在他每天喝杜松子酒、小号吹得非凡美妙的那段时间里，他在家里喂养了四只猫，其中的一只名叫俾斯麦。”……赋格曲。它一遍遍地重复并在重复中加深，完成着叙述，而这重复里面加入些小小的变化，从而使那些字、词的音乐性更为活跃。没错儿，这一章所使用的小号在前面的章节中并不突出，它不是核心，单单在这一章它被骤然地凸显并降止了其他的乐器……这一章，是《铁皮鼓》第一篇的最后一节。在这一章，之前积累过重的凝重被略略地释放了一些，而余音袅袅，在耳侧回旋。

第二篇，整个乐队又开始他们的交响，它使用着和第一篇大致相同的旋律——在旋律感上，有特点的《有信有望有爱》其实也是被纳入的，它的游弋依然有着和主旋律粘接的线——其中只有小小的微调。直到第二篇的小半节，贝布拉的前线剧团来到诺曼底，他们一起“参观水泥”：

兰克斯：（敬礼）道拉七号，一名上士，四名士兵。没有特殊情况！

海尔佐格：谢谢！请稍息，兰克斯上士。——您听到了，上尉先生，没有特殊情况。多年来就是如此。

贝布拉：总是落潮和涨潮！大自然的表演！

海尔佐格：正是这个使我们部队有事可干。正为了这个缘故，我们一个挨一个地建造地堡。我们自己相互间处于射程之内。我们不得不炸掉一些地堡，给新的水泥腾出地方来。

贝布拉：（敲敲水泥，他的前线剧团团员也跟着他敲敲水泥）中尉先生相信水泥吗？

——有些夸张感、滑稽感的话剧。再一次，君特·格拉斯更改了节奏，当然也再一次让乐手们停歇，我猜测，在这一节的中段君特·格拉斯强调的大约是单簧管，让它呈前，作为伴奏的其他乐器将声音一再压低……我又一次想到昆德拉关于贝多芬作品的分析，想到杜拉斯的写作：在杜拉斯那类的小说中，它低语，呢喃，倾诉，单一乐器便可很好地完成，而到格拉斯处，那种浑厚、繁杂和阔大则必须要有一个庞大的乐团。杜拉斯，文字的乐感构成叙述的推动，而在君特·格拉斯那，音乐即是建筑，他通过对文字音乐感的建筑来建筑起小说的结构，每个乐章之间都有其相对的独立性又相互勾联，为了破除单调与沉闷，他还有意插入强烈些的变化，然而这一变化又始终处在主体旋律的统摄之中，它们亦是主体的有力支撑……

....

2012年，我开始长篇《镜子里的父亲》的写作，这一次，我决定使用乐队。大提琴还在，是弦乐中的部分，但它只会在背景处使用，充当核心的是另外的乐器，小提琴、中提琴应得到更充分地使用，而双簧管、大管、小号、定音鼓也要得到使用……“一部小说分成数章，数章再分为数节，数节再分为数个段落——作品的连接——我希望这一切是完全清楚明白的。七个部分的每一部分自身是完整的，每一部分都以它自己的叙述方式为特征。例如，《生活在别处》的第一章：持续的叙述（即在各节之间有着因果的连续）；第二章，梦境的叙述；第三章，不连续的叙述（即在各节之间无因果关系）；第四章，复调叙述；第五章，持续的叙述；第六章，持续的叙述；第七章，复调叙述。每一章都有它自己的视角（由不同的想象性自我的观点来讲述），每一章也有它自己的长度……”我重新翻出米兰·昆德拉，重新审视他关于小说结构艺术的文字，我认为，这一方式可以在我的这部长篇里得到运用。

我试图，用我的方式完成交响，并利用好其中的“危险平衡”。

代跋：经典小说，经典文学

2015年，在解放军艺术学院文学系教学时，我曾为硕士生们开过一门课，《经典小说研究》，侧重讲述20世纪以来较为新颖的、但同时具备经典性和启示意义的小说文本，这本书，部分是那堂课的“成果”，当然也有所延伸。现在，我在河北师范大学文学院担任教职，我希望这门课能够延续，我愿意将我作为作家的审美与趣味，我对文学的理解和审视能与更多的人分享，尤其是“读图时代”的年轻人。

我对文本的选择原则是：一、经典性，当然是经典性，在这点上我愿意保持某种的苛刻，包括部分偏见。二、侧重于20世纪以来，有创见和展示了新可能的文本，它，多少是其他教授在教学中不会过多谈论的，但又是影响着作家、影响着写作面目变化的文本。三、侧重于国外经典，国内经典非不想谈，是不能谈，面对诸多现当代的老师与研究者，我怕自己太过不严谨，露怯。其实第二点、第三点或多或少都是出于“选择战场”的考虑，我要选择我所擅长的、有利的，甚至是“独有”的。四、个人兴趣与个人偏好。我承认它会是一本过于“个人”的书，它过多地遵从了“我”对文学对作品的判断。我所选取的，是我自认的“背后神灵”，是闪耀于我头上的星辰。

这里，侧重谈的是小说，间或涉及诗歌，但诗歌是很小的部分，仅有两篇文字有所涉及。

需要承认，诗歌，一向是我所喜欢的，我愿意列举那些对我构成影响的诗人们的名字：艾略特，普拉斯，博尔赫斯，希尼，艾利蒂斯，帕斯捷尔纳克，里尔克，马克·斯特兰德，帕斯，尤瑟纳尔，保罗·策兰，辛波斯卡……终有一天，我会更多地谈论我对诗歌和诗人的理解，但在本书中我只收录了我谈米沃什的一篇文字，以及一篇谈论叙事性对诗歌“拓展”的文字。而在米沃什身上，思想者的身份较之其他诗人可能更明显些，我重点谈论的也是他的思考与启示，只在最后一段谈及了他的诗。豪尔赫·路易斯·博尔赫斯也兼有诗人的身份，但在谈论中我部分地“切割”了他的文学，专注谈论的是他的小说。“切割”掉他的诗歌，或多或少，是因为我认为他的小说艺术质地和个人特征更强烈些，它本身就具备诗歌的“功能”，诗歌在博尔赫斯那里更多是种延伸——是的，这是偏见，但我不准备修正。

我承认，在这本集子中的部分篇什，还保留有课堂教学时的口语痕迹和语言痕迹，虽然我曾试图将它们完全地、完整地修正一遍，消除它。但完全删除同样是有问题的，它有时会破坏我的解析方式。在经过权衡之后，我决定不做完全地修改。

何谓经典？什么样的小说才是经典小说？经典小说又应具有怎样的品质？它，永远是个问题。经典，字典上给出的定义是：具有典范性、权威性的作品。典范性，就是要求这部小说是某一艺术方式、叙事类型的集大成者，有代表性，有高度，并且达至基本的完美；而权威性，则强调的是它有广泛的认同，有让人信服、敬重的艺术力量。

有时，所谓的权威性是需要时间检验的，所以，豪·路·博尔赫斯关于经典有过这样的定义，他说：“经典是一个民族或几个民族长期以来决定阅读的书籍，是世世代代的人出于不同的理由，以先期的热情和神秘的忠诚阅读的书。”“长期以来”，“世世代代”，它强调的是检验经典的时间长度。我们不少的学者、作家在什么是经典上与博尔赫斯所持的是同一种态度，用作家马原的话来说，我们更应当读的是“死人的书”，是那些已经做古的、和当下的时间有一定距离的、经过岁月淘洗沉淀之后留下来的小说文本——它们会更让我们受益。在对经典的定义中，博尔赫斯强调的标准是读者的阅读，他说读者应对经典作品有一种“先期的热情和神秘的忠诚”——我认为这点非常值得重视，值得强调，尤其是在我们这个时代，在这个被命名为“浅阅读”和“读图”的时代。热情和忠诚，对于文学的“热情和忠诚”会让我们不断获益，至少我个人的体验如此。这份获益，也许不是门前车马喧，不是粮食、金钱、房屋和美人，但它对你认识人类、认识世界、认识自我是有益的，对你在获得对生活的艺术感觉是有益的，对你的心灵安妥是有益的，对你提高文学悟性、敏锐艺术感觉、提高鉴赏能力，进而成长为一个作家是有益的，对你内心中的悲悯的唤醒是有益的。过去，过去的许多年里我都认为文学是“无用之用”，我遵从着这一普遍流行的作家认知，但现在，我对它进行着修正。我们为什么要长期以来、世世代代抱着“先期的热情和神秘的忠诚”来阅读这些经典？当然是它的典范性和权威性。我也相信，随着时间的积累，我们从中的获益会越来越多，它可能会参与到对我们的人格塑造中，参与到我们对世界和他者的理解中，参与到我们对美和好的感受中。这，自然是有用的，甚至是更有用的。

当然，在对时间跨度的强调中我们可能会生出某种忐忑的疑问：时间长度是对经典权威性检验的最重要的标准么？而那些被后世认为是经典的文学作品在它刚刚问世的年岁中，难道就不应当获得广泛阅读和“权威性”的敬重？如果我们不从阅读者这样的外部考虑，而专注于小说文本本身，那，经典是不是应当从它出生出现的那一刻起就具备着经典品质？那，经典品质又应具有一种怎样的标准，可以让我们在这些作品一出现的时候就从中嗅到它所弥漫着的“经典气息”，而不错过它和漠视它？

意塔洛·卡尔维诺有一本书，叫《为什么读经典》，在他著名的那篇《为什么读经典》的文章里，提出了关于经典的十四条定义，像“经典是那些你经常听人家说‘我正在重读’而不是‘我正在读’的书”，“经典作品是这样一些书，它们对读过并喜爱它们的人构成一种宝贵的经验；但是对那些保留这个机会，等到享受它们的最佳状态来临时才阅读它们的人，它们也仍然是一种丰富的经验。”……在这里，我不准备将它十四条定义一一枚举，而是选择其中我认为较为重要的、也更能确立标准的几条。他说，“一部经典作品是每次重读都像初读那样带来发现的书。”“一部经典是一本即使我们初读也好像是在重温的书。”“一部经典作品是一本永不会耗尽它要向读者说的一切东西的书。”为什么在重读的时候依然会有“初读”的感觉？因为，伟大的作品永远不会耗尽它“要向读者说的”，每次的重读，都会有新的启发，新的发现，新的风景。那，为什么说初读的时候也好像是在重温？因为经典性，因为经典性的标准，因为，一部经典的作品，具备某种“前人经验的综合性”，因为它在任何一个时代似乎都具有现实针对，是对我们人性某些微点的深度指认。对此，卡尔维诺有过阐释，“如果我读屠格涅夫的《父与子》或陀思妥耶夫斯基的《恶魔》，我就不能不思索这些书中的人物如何一路转世投胎，一直到我们这个时代。”在我们的生活中，时常会听到如此的评价：某某某这个人，就是一个猛张飞。某某某这个人，小诸葛。某某某，活脱脱是一个林妹妹。张飞，诸葛亮，林黛玉，这些经典文学中创造的形象成为一种性格标识，一方面说明着文学形象的魅力，也恰是印证经典的恒久：它早早就是“旧的”，它又从来都是新的。

在第九条，卡尔维诺又如此定义：“经典作品是这样一些书，我们越是道听途说，以为我们懂了，当我们实际读它们，我们就越是觉得它们独特、意想不到和新颖。”这一点儿也同样重要，我想我们不止一次地听人谈及《红楼梦》《三国演义》《聊斋》《变形记》《老人与海》《安娜·卡列尼娜》《呼啸山庄》，我们对其中的一些故事也极为熟悉。单单是故事上已经不构成对我们的阅读吸引，但当我们实际去读它们，真的去阅读这些经典作品的时候，你会在其中发现贮藏在其中的独特、意想不到和新颖，这些独特、意想不到和新颖恰就贮藏在你已经熟悉了的故事中，从那些道听途说中已经获得了的所谓经验中。之所以我强调这一条，是种小有刻意的提醒：对于经典作品，我们可能仅有道听途说的那些间接经验是不够的，仅依借在我们文学史论中老师所教给我们的那些知识是不够的，你需要耐下心来，用那种“先期的热情和神秘的忠诚”认真阅读，从中领略。当我们实际读它们，我们就越是觉得它们独特、意想不到和新颖——我相信它在，它具体而真切地在着。

确认了经典的基本标准，确认了选择标准之后，还有一个问题应当得到回答，那就是，为什么要读经典，为什么要对经典文学尤其是经典小说进行研究？我个人认为，我们选择经典作品进行阅读，一是为我们的审美确定标尺，让我们能更好地领略文学的内在魅力；二是我们借助这些经典作品，可以更好地认知世界，认知人生和我们自己，经典可以让我们和我们的思考变得深邃；三是经典的典范性会给我们的当下写作、当下阅读构成影响，形成启发。斯特劳斯曾说：“今人已无法与古人直接交谈，因而不能通过聆听循循善诱的言说，来接受其教诲和点拨；同时人们也不知道，在这个喧嚣浮躁的时代，是否还能产生他所说的‘最伟大的心灵’，即使能产生，又有几人能幸运地与之在课堂或现实中相遇。好在‘最伟大的心灵’的言说是向今人敞开的，人们可以也只能与那些心灵在其智慧的结晶——‘伟大的书’中相遇。”

……………………

对于经典小说的解析，我不想将它变成惯常的小说史论，甚至会有意地区别。多多少少，也会对经典文本的作者生平、生成时的社会背景以及它的时代影响等进行某种切割，那些资料，可以在小说史论或网络资源中得到，我会忽略它，甚至有意“忘掉”它。北大吴晓冬教授曾说过，“传统的小说研究往往侧重于对小说内容的研究，如主题、时代背景、人物类型等，着重点在于小说写了什么，并且进一步追问小说的社会文化根源，但很少关注小说中的这一切是怎么被小说家写出来的。”——传统的小说研究方法当然重要，应当足够重视，但我对经典小说的解读分析，更愿意从另外的角度来完成，即：小说中的这一切是怎么被小说家写出来的。我认为，这一点儿，可能对我们学习写作、理解写作、剖析写作更有益，更有收效。从文本的内部出发，追问小说中的一切是如何被小说家写出来的，进而继续追问如果把同样的主题、内容交给我们来处理我们应怎么办可以怎么办，这是我的重点——我承认，这具有相当的难度，而且较少同质的资料、成果可以借鉴，然而我愿意在难度中、在探索中行进，这本也是文学创作的应有之意。

我愿意从文本内部出发，尽可能地做到与文本的贴。我愿意对经典小说的启示性、独特性和艺术创见进行言说。我也部分地对小说进行“拆解”，试图打开其内部，看它血液的流动是如何完成的，看它心脏的位置，看它的骨骼和肌肉……我知道不止是我,几乎都有的作家都喜欢“文本解剖”，他们也都有独特的解剖刀，像布罗茨基，像托尔斯泰，像巴赫金，像毕飞宇和王安忆。

从文本内部出发对小说进行解剖，这一想法受到了电影教学的启发。在鲁院上学期间，一位从事电影文学创作的同学告诉我，他说，一个电影导演如何看电影？他要先按正常速度看一遍这部电影，这时他基本和我们普通观众一样，了解故事，跟着电影叙事的节奏走，让自己尽可能地融入。但在此之后，他需要第二遍第三遍第四遍地去看，看什么？他会在第二遍第三遍第四遍的观看中放置不同的关注，譬如第二遍他看剪辑，那故事叙述就要忽略掉，灯光忽略掉，人物命运等一切都忽略掉，只看它是如何剪的，处理的方式好不好，有没有更好的而它没用到，为什么。第三次，他就专注于灯光，看这部电影中光是如何用的，光源位置和达到的效果。第四次，他可能会只关心音乐……是的，这一过程尤其是后面的过程显得有些枯燥，甚至多少是种折磨——但这一训练必不可少，而且完全会事半功倍。如此训练三十部电影四十部电影之后，那位导演再看电影，基本可以在最初的观看中把所有的要素、要关注的都一次完成，而不必再第二遍第三遍第 N 遍地反复看了。他的这一说法让我有种豁然开朗的感觉，我突然想到，这一方法完全可用在小说的鉴赏解读上。事实上，许多作家就是如此做的，一直这样做，只是可能没有清晰地意识到而已。在解放军艺术学院，有次讨论课上谈论的是莫言的短篇小说《倒立》，我很看中那种众人一起的参与感，很看中大家各抒己见的争论，有些问题，看法，很可能在那种各抒己见的争论中得以明晰、确认、渗透和修正，很可能让我们从“他人的角度”中发现自己忽略的却也相对重要的东西。根据学员们的讨论，我曾提出过几个需要思考的问题：一、写同学聚会，我们往往会把笔墨集中于聚会现场的喧哗、大家过往今夕的比较上，它容易引发感慨也颇具意味，而莫言在写作这篇小说的时候却点到为止，使用着简笔，和他泥沙俱下、恣肆汹涌的固有风格都有些不相称，为什么？这个不同是出于怎样的考虑？二、有同学提出这个“倒立”形式感太强，有些溢出生活逻辑，尽管对此我小有保留，但我们是否可以设置一个相似的、又不那么强烈的细节，同时让它的力量感不但不会减弱还会有所增强？三、如果我也写一篇同学聚会的文字，在莫言的《倒立》之后，我可以如何去做，既有风生水起的故事，又有丰富细微的描述，同时又与已有的小说有显著区别？……作为一个写作者，我习惯思考这样的问题，我觉得它对我来说是极为有益的。

小说鉴赏，阐述它讲述了什么，是如何讲述的，它的效果又是如何达到的，它的新颖性又在哪儿等基本问题是首先要解答的，在这之后，我们似乎还可以追问：这个具有典范性的作品它的典范性在哪儿，我在自己的写作中如何学习和借鉴？同类的题材，同类的内容，如果交给我们来做，我们将会如何完成，和这篇经典的小说相比，有哪些是可能的长处而哪些又是我们的不及？我能否将这篇经典文本的方法技巧运用到我的写作中，而完全变成是我的，我个人的？

……

在这些篇什中，我有意地凸显着“作家角度”。我们的经典小说研究本质上是一个写作者对文学文本的看法，解读，在这里我们也许更强调经验和技艺的成分。我想它或许与经典的、惯常的学院批评、专业批评构成某种的互补。

传统学院研究注重理论、阐释和知识，这是它的侧重点儿，而具体针对性、关注文学创作问题则是我们这一经典小说研究的侧重。强调鉴赏力和审美，强调艺术感觉的培养，是我们所更为关注的，而这，恰是一般传统学院研究所忽略的。1977 年，罗兰·巴尔特在法兰西学院文学符号学讲座就职讲演中曾强调，“文学包含许多科学知识。”“因为一切学科都出现在文学的纪念碑中。”“但是由于本身这种真正百科全书式的特别，文学使这些知识产生了变化，它既未专注于某一知识，又未使其偶像化；它赋予知识以间接的地位，而这种间接性正是文学的珍贵的所在。”——这种珍贵的“间接性”也可能是我所要着力探寻的。罗兰·巴尔特接着说，“科学（或者说我们的传统学院研究）是概念性的，生命却是精微的，对我们来说文学的重要性正在于调整两者之间的这种差距。”——我很认可这种说法。

学者蒂博代把作家批评称为“大师的批评”或者“作坊的批评”，在某种程度上来讲应当是恰当的。站在作家的角度，我的经典小说研究确有“作坊批评”的意味——它是来自文学最深处的，是由内及外的。这种研究方式，更多的，可能是出于作家对作品的辩护和对自我文学观的捍卫，对文学创作规律、知识、智慧的捍卫。蒂博代以雨果《论莎士比亚》为例，认为作家雨果在评论另一位作家莎士比亚的时候，是以一种“体验其创造”的方式来进行批评的：“他体验这种创造如同神秘主义者体验上帝，一个哲学家体验存在一样。”我愿意和同学们一起体验经典小说的创造，体验它让我们两块肩胛骨之间骨骼震颤时的那种艺术美妙。

我不否认也难以否认，站在写作者的角度的小说研究有其偏颇之处，也有它显见的弱点。第一点就是它缺乏体系感，缺乏一种“史脉”的连贯性。作家的小说研究往往是随意的，偶发的，或者有现实针对的，而缺少理论自觉。在以往的作家批评中，普鲁斯特的《驳圣伯夫》纯粹是出对于对圣伯夫的保守主义的不满而做出的，列夫·托尔斯泰《论莎士比亚和戏剧》更多的是出于对自我文学趣味的坚持和捍卫，福楼拜在与乔治桑的通信中谈论自己的创作主张完全是借与这位纯粹的浪漫主义作家的辩论来阐述自己的现实主义主张，博尔赫斯、昆德拉、库切、王安忆、马原等人的批评和随笔中也无法见到“建立理论体系”的诉求和自觉——尽管在大量的、有针对性的阅读中我们可以看到这些作家的背后还是有一个体系存在的，可它却是隐藏的，不确定的，甚至有着相互的否定。第二点，作家的文学批评主观性较强，也就是说，它可能会带有某种的个人化的艺术偏见。列夫·托尔斯泰《论莎士比亚和戏剧》中当然有显见的艺术偏见，甚至带有隐秘的、故意贬抑的情绪；福楼拜对现实主义的维护中不自觉地对其他方式方法进行着贬低；雨果的《论莎士比亚》，“作为艺术家，他对艺术做出了解释；作为天才，他对天才做出了天才的解释；作为有偏见的人，他的解释也带有偏见。”（蒂博代《六说文学批评》）

我承认自己保留了太多的偏见。虽然，我非常希望自己写下的能是“学者和艺术家的结合”，但力有不逮。

……………………

如何面对经典作品？我们应当采取怎样的态度才是恰当的？我们如何在这些经典作品的学习中补益我们自己的创作，丰富和确立自己的审美？

我想到两个成语。一个是“胡服骑射”，一个是“邯郸学步”。它们连在一起，我以为就是我们面对经典应有的态度：“胡服骑射”是拿来主义的，它要求敞开自己，学习他者的长处，不断修正自己，以适应变化的需要，时代的需要，文学的需要，思考前行的需要；“邯郸学步”，则是要我们在拿来的同时一定要注意什么是自己的、本质的，它是根，是固有，所有的拿来都必须作用于你自己的、本质的固有，在对经典的学习中要始终记得什么才是自己的，必须坚持的，和他者区别的。“邯郸学步”是个非常有意味的警告。

“倘使列举所有令我或多或少受益的作家，他们的影子一定会将在场的所有人都笼罩在黯然之中……他们向我揭示讲故事的秘诀，更促使我探究人性的奥秘，让我敬仰人的丰功伟绩，也让我惊恐于人的野蛮恶行。这些作家是我最诚挚的良师益友，他们激发我的使命感。我在他们的书中发现，即使在最恶劣的环境下，希望始终存在；即便只为能阅读故事，能在故事中任幻想驰骋，此生不枉也。”这段话，来自于马里奥·巴尔加斯·略萨，他在2010年获得诺贝尔文学奖时的感言。是的，倘使列举所有令我或多或少受益的作家，他们的影子一定会将所有人都笼罩在黯然之中；当然，倘使处在暗夜，那些或多或少令我受益的作家们也会亮出他们的微光，就像是，头顶的星辰。

感谢凤凰文艺出版社，感谢我的责编李黎先生。感谢河北师范大学，为这本书的出版提供的资助。感谢文学的给予，它的给予时常让我百感交集。

图书在版编目（CIP）数据

在我头顶的星辰 / 李浩著. — 南京：江苏凤凰文艺出版社，2018.1（2019.2 重）
ISBN 978-7-5594-1373-4

Ⅰ. ①在… Ⅱ. ①李… Ⅲ. ①随笔—作品集—中国—当代 Ⅳ. ①I267.1

中国版本图书馆 CIP 数据核字(2017)第 275102 号

书　　名	在我头顶的星辰
著　　者	李　浩
责任编辑	李　黎
出版发行	江苏凤凰文艺出版社
出版社地址	南京市中央路 165 号，邮编：210009
出版社网址	http://www.jswenyi.com
印　　刷	南京台城印务有限责任公司
开　　本	880×1230 毫米 1/32
印　　张	10.75
字　　数	160 千字
版　　次	2018 年 1 月第 1 版　2019 年 2 月第 2 次印刷
标准书号	ISBN 978-7-5594-1373-4
定　　价	40.00 元